Adolf Bacmeister

Alemannische Wanderungen

Band 1. Ortsnamen der keltisch-römischen Zeit. Slavische Siedlungen.

Adolf Bacmeister

Alemannische Wanderungen

Band 1. Ortsnamen der keltisch-römischen Zeit. Slavische Siedlungen.

1. Auflage | ISBN: 978-3-75252-496-3

Erscheinungsort: Frankfurt am Main, Deutschland

Erscheinungsjahr: 2021

Salzwasser Verlag GmbH, Deutschland.

Unveränderter Nachdruck der Originalausgabe von 1867.

Alemannische Wanderungen

von

Dr. Adolf Bacmeister.

I.

Ortsnamen der keltisch-römischen Zeit. Slavische Siedlungen.

Ich fragte: seit wann ist die Stadt erbaut?
Chidher.

Stuttgart.
Verlag der J. G. Cotta'schen Buchhandlung.
1867.

Gewand angelegt, und es erwies sich daß er, seinen Sonntag zu feiern, demselben Ziel wie wir entgegentrachtete. Wir zogen einmüthig unsers Weges weiter um zwei Stunden später beim edlen Schweinsteiger, in der ebenso anmuthigen als berühmten Herberge „zum Tatzelwurm,“ zu landen. Nach Lage, Ansehen und innerer Ausstattung läßt das Schweinsteigerium wenig zu wünschen übrig. Hinter uns die siegreich überwundene Höhe, rechts und links die steil ansteigenden Bergwände, und zwischen ihnen, tief unten, die donnernde Fluth des Sturzbachs, vor uns aber die Schneefelder des Wilden Kaisers, blank und blitzend wie wenn die Sonne auf eines Helden Stahlbrünne leuchtet; wiederum vor uns, aber etwas näher, eine schöne Auswahl mannichfalt geformter Gefäße wie sie nach heißer Bergfahrt eines durstigen Mannes Herz erfreuen. Zur Krönung des Gebäudes endlich hatte der Freund im fernen Saloniki das echteste türkische Kraut gesandt, in München hatte es eine schöne sorgsame Hand zu niedlichen Cylindern geformt und, ein liebliches Dank- und Brandopfer für die edle Spenderin, mischte sich jetzt der aromatische Duft der fremden Cigarette mit den heimathlich anmuthenden Wolken der Schweinsteigerischen Pfeife. Unter sothanen Umständen pflegen auch die Zungen nicht still zu stehen.

Es war gut anzuhören wie der Schäfer in anspruchsloser Rede sich vernehmen ließ über Land und Leute; wie ihm alles so fremd und wunderlich erschienen und schier immer das Widerspiel von Schwabenland, wie er aber doch mit Manier und gutem Willen sich mählich eingewohnt, und wie sogar der sprachliche Verkehr sich ganz leidlich mache. Zwar, so etwa sagte er mit etwas anderen Worten, zwar jene fabelhafte Mundart sei ihm allzeit fremd gewesen welche Immermann seine Schwaben in Westfalenland reden lasse, aber eine berechtigte Eigenthümlichkeit sei sein Plieninger Idiom so gut wie das Brannenburger, gleiche Sprache, Zucht und Natur gezieme höchstens dem lieben Vieh; sein Hund — es war ein schönes Thier — belle freilich genau wie die Hunde von Audorf und seine Schafe blöken ebenso wie die auf der schwäbischen Alb, und wie nach Ilias, δ 435 und andern Stellen schon die homerischen Schafe gethan;

alles über Einen Kamm scheren sei gleichfalls recht gut bei den Schafen, wäre aber eine Thorheit bei den Menschen. Der Schweinsteiger nickte und brummelte energischen Beifall zu solchen Reden und noch manches geflügelte Wort erklang, und noch manche nützliche Betrachtung ließ sich herausspinnen über Art und Weise der deutschen Volksstämme und wie sie eigentlich mit einander sich stellen und vergleichen könnten und sollten. Gerade die Leute von besserer Bildung und schärferer Erkenntniß, meinte man, sollten es sich zur Aufgabe machen zum friedlichen Vergleiche beizutragen. Solange sich aber deutsche Buch- und Zeitungsschreiber gelegentlich noch die Dintenfässer an die Köpfe werfen, so lange sei es nur natürlich und billig daß sich unsre Bauernbursche zum Schluß eines gottesfürchtigen Sonntags die Schädel mit den Maßkrügeln einschlagen. Die Menschen überhaupt und zunächst die deutschen Stämme und Provinzen im Besondern würden viel besser und gemüthlicher mit einander stehen, wenn sie sich nur einmal besser kennen würden, und sie würden sich besser kennen und schätzen, wenn aus jeder Parcelle Germaniens ein oder mehrere Leute aufstünden welche in manierlichen, freundlichen und unterhaltenden Büchern ihre heimathlichen Herrlichkeiten, so Land wie Leute, Altes und Neues einander gegenseitig vorstellen würden. An einigen löblichen Vorgängern und Vorbildern, nördlichen und südlichen, fehle es nicht; es käme nur darauf an das bisher Vereinzelte zur Methode und unverbrüchlichen Regel zu erheben.

War es diese Wendung des Gespräches, oder war es das Getränke des Tatzelwurms, der Wein, der schon so manche dunkle Missethat ans Licht gefördert — kurz, ich machte das erröthende Bekenntniß daß, wenn ich je ein Buch anfertigen würde, ich es am liebsten in der angedeuteten Weise halten möchte; und ehe fünf Minuten vergingen, so hatten Sie heraus daß mein Buch eigentlich schon geschrieben, und zuletzt: daß es so zu sagen schon unter der Presse sei.

Der Gedanke dazu, so beichtete ich, war im Sommer 1862 entstanden. Die nach Reutlingen ausgeschriebene Versammlung der deutschen Alterthumsforscher hatte unter anderem einige auf Ortsnamen bezügliche Fragen aufgeworfen, und ich gedachte als

Festgabe eine Schrift beizusteuern über die Ortsnamen von Reutlingen und Umgegend. Klänge wie Achalm, Echaz, Erms und dergleichen hatten längst gelockt und auf manchem Wandergang hatt' ich das Ohr an den Boden gelegt ob nicht eine Quelle der Vorzeit rausche, hatte mit dem Stab an die Felsen gerührt ob nicht eine verschollene Sprache noch einmal nachklingen wolle. Ich begann meine Arbeit und sah mich bald zu weit geführt. Die Versammlung kam und traf mich noch tief in der Häufung des Materials; sie ging und war gegangen, und meine Hefte wuchsen immer noch; die Wellen der Echaz schwollen höher und höher und trugen mich unwiderstehlich hinaus. Seitdem sind beinahe sechs Jahre dahin, zweimal glaubt' ich den Bau fertig zu haben und zweimal warf ich ihn wieder ein. Was ich heute bringe ist ein kleiner Theil der dritten Umarbeitung, die mühevoll gezogene und vielleicht doch noch unreife Frucht der dürftigen Nebenstunden, wie sie Beruf und Arbeiten anderer Art nur neidisch und widerstrebend abzulassen pflegen.

Dieß und vieles andere noch erzählte ich, und heute, da ich eine sogenannte Vorrede schreiben sollte, stiegen jene sonnenhellen Wandertage wieder vor mir auf und ich wußte was ich zu thun hatte.

Da liegen nun diese Blätter, unruhig in der Form, unvollkommen in der Ausführung, ungleich in Ton und Haltung, getreue Zeugen ihres Entstehens. Und im vollen Bewußtsein all dieser Mängel wag' ich es noch, Sie, verehrter, ahnungsloser Freund, meuchlerisch mit diesem Vorwort zu überfallen, das nun fast wie eine Widmung aussieht.

Ein Heft über keltische Ortsnamen gerade dem Manne der schon im Jahr 1857 etliche bajuwarische „Keltenschwärmer" mit so liebenswürdigem Witz an den Ufern des Starnberger Sees abgethan hat! (Allgemeine Zeitung Nr. 11.)

Ob auch meinem Unterfangen von irgend einer Seite ein ähnliches Schicksal droht? Das deutsche Publikum ist des Geredes über die ewigen Kelten nachgerade satt und will sich, nach so mancher Täuschung, kaum mehr die Zeit nehmen zu untersuchen ob es sich auch hier wieder von selbstgesponnenen Luftgespinnsten und Fantaseien handle, oder um eine ehrliche Arbeit.

Mag die Arbeit für sich selbst reden. Etwaigen Kritikern und „Merkern" habe ich hoffentlich durch den Ton der eignen Rede nirgends Anlaß gegeben Saiten aufzuziehen wie sie in dem europäischen Concert der Wissenschaften leider fast nur noch unter Deutschen Brauch sind. Speziell in dem Streite zwischen „Kelten und Germanen" ist nicht überall der Ton festgehalten worden durch welchen man beweisen sollte daß wir zweitausend Jahre über die streitige Culturperiode hinausgeschritten sind. Sogar über Rhätier und Etrusker zu schreiben und sich in die innersten Thalschluchten Tirols zurückzuziehen, rettet nicht immer vor der autochthonen Höflichkeit Germaniens; das haben Sie selbst erfahren. Die mildeste Form der Opposition war ironisches Achselzucken. Der Vorzug der Bequemlichkeit ist dieser Methode nicht abzustreiten; was aber außer Ihren eigenen Schriften positives hergestellt worden wäre auf dem schwierigen Gebiete „rhätischer" Namenkunde, das wüßte ich kaum zu sagen. Um so mehr habe ich selbst versucht die von Ihnen gezogene Grenzlinie zwischen Keltischem und „Rhätischem" nicht zu verletzen. Zwar handelt es sich diesmal eigentlich nur um die Nordgrenze, etwa vom Gotthard über Bregenz nach Salzburg, aber ich ließe im Nothfall noch über manche Dinge mit mir handeln die nördlich jener Linie liegen.

Ueber all meinen guten Vorsätzen aber ist mir doch etwas passirt was ich lieber vermieden hätte: das Büchlein sieht beinahe gelehrt aus. Nicht als ob die Gelehrsamkeit so groß wäre; aber — meide auch den bösen Schein. Ich habe hunderte von Citaten gestrichen, habe den Ernst des Lebens in die Noten verwiesen, wollte überhaupt eine Herberge einrichten in welcher es dem Einkehrenden wohl sein sollte. Den unvermeidlichen gelehrten Miethsmann mit seinem ölbefleckten Schlafrock und seinen schweinsledernen Folianten setzte ich ins Parterre, für die Gäste behielt ich mir den ersten Stock vor mit Aussicht ins Freie. Wo jetzt der Fehler liegt, im Bauplan oder im Miethcontract oder sonstwo, das weiß ich selbst nicht mehr zu unterscheiden und kann nur hoffen daß es im nächsten Hefte besser werde, wenn es an die deutschen Namen geht.

Sonst ist wenig zu sagen. Das Register war ich bemüht eher zu reich als zu arm einzurichten. Im Verzeichniß der Quellen und Hülfsmittel habe ich natürlich Werke wie Grimm's und andere nicht genannt, da sich deren Benützung von selbst versteht; habe dagegen manches nicht unmittelbar einschlagende aufgezählt, weil es weniger bekannt ist, namentlich einige Schriften die Förstemann in seiner Ortsnamen-Bibliographie entweder übersehen oder aus begreiflichem Grunde noch nicht gekannt hat. Einzelne Bücher sind lediglich im bibliographischen Interesse genannt. Eine kleine Bibliographie findet man auch in Pott's „Personennamen“ S. 411 ff. Daß ich aus einer Menge Gründe eine Menge Hülfsmittel unbenützt lassen mußte, kann niemand mehr bedauern als ich selbst. Ob noch so manches andere was ich im Laufe der Jahre aus alemannischem Grund und Mund erlebt und erlauscht, mit der Zeit in diesen „Wanderungen“ Raum finden werde, das hängt von der Aufnahme des ersten Heftes ab und freilich auch, wie noch viel größere Dinge, von der nächsten Zukunft unserer nationalen Geschicke. Einstweilen sei Ihnen, dem sinnigen Forscher, dem beredten Streiter, dem anmuthigen Erzähler von deutschen Dingen auf baierischem und tirolischem Boden, dieses Heft übergeben. Ihr kundiger Tadel soll mich stets belehren, Ihr anmuthiger Spott mich niemals kränken, Ihr etwaiges Lob mich tief erfreuen. Das Publikum hat sein Entrée bezahlt und beginnt ungeduldig zu werden; ich überreiche ihm dieses Vorwort als Programm, natürlich gratis, und der Vorhang geht auf. Was uns beide betrifft, so möchte ich den Vorschlag machen nach so reichlicher Libation aus der Dintenflasche zu etwas anderm überzugehen.

Geschrieben in der Stadt und im Monat des Kaisers Augustus.

In treuer Gesinnung

Ihr

A. B.

Quellen und Hülfsmittel.

(Mit Angabe der Abkürzungen.)

Abg. — Abgegangene Orte (Wüstungen).

Abg. B. — Abgegangene Burg.

Allgemeines Hydrographisches Lexicon aller Ströme und Flüsse in Ober- und Nieder-Deutschland .... Von einem Nachforscher in historischen Dingen. Frankfurt a. M. 1743.

Althd. — Althochdeutsch.

Ammianus Marcellinus.

Ausonius.

Bazing, H., Zur Erklärung Württembergischer Ortsnamen (Württ. Jahrb. 1863 ff.).

Bergmann, Jos., Der Bregenzer Wald (Wien. Jahrb. f. Literatur. 1847).

Birlinger, A., Volksthümliches aus Schwaben. Freiburg 1861.

" " Wörterbüchlein zum Volksthümlichen a. Schw. Freib. 1862.

" " Die Sprache des Rottweiler Stadtrechtes. München 1865.

" " Schwäbisch-Augsburgisches Wörterbuch. München 1864.

Buttmann, A., Die deutschen Ortsnamen mit besonderer Berücksichtigung der urspr. wendischen in der Mittelmark und Niederlausitz. Berlin 1856.

Caesar, Jul.

Chronicon Sindelfingense, ed. C. F. Haug. Tübingen 1836.

Codex Hirsaugensis (Ausgabe des literar. Vereins). Stuttgart 1843.

" *Laureshamensis.* Mannheim 1768.

Crusius, Annales Suevici (meist in der Uebersetzung von J. J. Moser).

Die älteste Bevölkerung der schwäbischen Alb (Deutsche Vierteljahrsschrift 1854. III).

Dief. — Diefenbach, L., Celtica. Stutt. 1839—40.

" *Or.* — " Origines Europaeae. Frankfurt 1861.

Duncker, M., Origines Germanicae. Berlin 1840.

Ficker, Ad., Das Keltenthum und die Lokalnamen keltischen Ursprungs im Lande ob der Ens. (Mittheil. d. K. K. geograph. Gesellsch. V. Jahrg. Wien 1861.)

Fickler, C. B. A., Quellen und Forschungen zur Geschichte Schwabens und der Ostschweiz. Mannheim 1859.

Fizion, Chronika der Statt Reutlingen, herausgegeben von A. Bacmeister. Stuttg. 1862.

Forbiger, A., Handbuch der alten Geographie. Leipz. 1842—48.

F. — Förstemann, Ernst, Namenbuch. I. Personennamen. II. Ortsnamen. Nordhausen 1856—59. (Unter einfachem F sind stets die Ortsnamen gemeint.)

F. D. O. — Förstemann, E., Die deutschen Ortsnamen. Nordhausen 1863.

Freudensprung, S., Bayrische Ortsnamen. Freising 1856. (Gymnasialprogramm.)

Gad. — Gadner, Georg, Dr. juris, Chorographia. Beschreybung des löbl. Fürstentums Wirtemberg, 1596. (Atlas bestehend aus 27 Pergamentblättern, die 5 letzten von M. Joannes Oettinger gezeichnet. Ein weiteres Blatt enthält die Mömpelgartischen Lande. Aufbewahrt im K. Plankabinet zu Stuttgart.)

Gatschet, A., Ortsetymologische Forschungen als Beiträge zu einer Toponomastik der Schweiz. I. Bd. Bern 1867.

Geogr. Rav. — Geographus Ravennae.

Gayler, Historische Denkwürdigkeiten der .... Reichsstadt .... Reutlingen. Reutl. 1840.

Germania (Zeitschrift, herausgeg. v. Fr. Pfeiffer).

Gewerbeblatt aus Württemberg (Jahrg. 1862, Nr. 36, Beilage, enthält eine Zusammenstellung der Wasserkräfte des Landes und bei diesem Anlaß mehrere hundert Namen von Flüssen und Bächen).

Gl. — Chr. Wilh. Glück, Die bei C. J. Cäsar vorkommenden Keltischen Namen. München 1857.

Glück, Chr. W., Rênos, Moinos und Moguntiâcum, die gallischen Namen der Flüsse Rein und Main und der Stadt Mainz. München 1865.

Gl.-R. — Eine Reihe von keltischen Convoluten, welche Hr. Ob.-Appell.-Rath Glück in München mir aus dem Nachlaß seines Bruders zur Benützung gütigst übergeben hat.

Gotthard, H., Die Ortsnamen in Oberbayern. Freising 1849. (Gymnasialprogramm.)

Griesinger, C. Th., Universal-Lexicon von Württemberg u. s. w. (mit Nachträgen von K. Pfaff), Stuttgart 1843.

H. U. — Das Habsburg-Oesterreichische Urbarbuch (c. 1300), herausgeg. v. Fr. Pfeiffer. Stuttgart 1850.

Haug, C. F., die älteste Grafschaft Wirtemberg als Gaugrafschaft. Tübingen 1831.

Herzog, E., Sachsens wüste Marken (Archiv für die sächs. Geschichte. Zweiter Band. 1864).

Heyd, C. F., Geschichte der Grafen v. Gröningen. Stuttgart 1829.

„ „ Geschichte v. Markgröningen. Stuttgart 1829.

Hoffmann, H. F. B., die Gewässer Europa's. Leipz. u. Stuttg. 1836.

Jäger, C., Geschichte Ulms. 1831.

Jmmisch, R., Die slavischen Ortsnamen im Erzgebirge. Bautzen 1866 (Gymnas. Programm).

It. Ant. — *Itinerarium Antonini.*

K. — Wirtembergisches Urkundenbuch, bearbeitet von E. v. Kausler. I. II. Stuttgart 1849—58. (Vom Anfang des III. Bandes durfte ich die Aushängebogen benützen).

Kehrein, J., Nassauisches Namenbuch. Weilburg 1863.
„ „ Sammlung alt- und mitteldeutscher Wörter aus latein. Urkunden. Nordhausen 1863.
Kern, Etymologische Versuche. 1858 (Programm des Stuttgarter Gymnasiums).
Kl. L. — Klunzinger, Geschichte der Stadt Laufen, Stuttgart 1846.
Kl. Z. — „ Geschichte des Zabergäus. 1841.
Köhl. T. — Köhler, Tuttlingen. 1839.
Köhl. O. — „ Oberndorf. 1836.
Lamprecht, Joh., Historisch-topographische Matrikel oder Geschichtliches Ortsverzeichniß des Landes ob der Ens als Erläuterung zur Charte des Landes ob der Ens in seiner Gestalt und Eintheilung vom 8. bis 14. Jahrh. Wien 1863.
Landau, G. — G. Landau, Hessengau. Kassel 1857.
„ „ — „ Wettereiba. Kassel 1855.
„ „ Historisch-topographische Beschreibung der wüsten Ortschaften im Kurfürstenth. Hessen und in den großh. hessischen Antheilen am Hessengaue, am Oberlahngaue und am Ittergaue. Kassel 1858.
Lagb. — Lagerbuch, lagerbüchlich.
„ — Eßlinger, vom Jahr 1334 (im Eßl. Archiv).
„ — Eßlinger Urbar vom Jahr 1490 (im Eßl. Archiv).
„ — Reutlinger Pfründpfleg-Erneuerung von 1484 (in der Registratur des Cameralamts Reutlingen).
„ K., Auszüge aus verschiedenen Lagerbüchern, die mir Hr. Archivdirector v. Kausler aus seinen Heften gütigst mittheilte.
Lb. — Deß Herzogthumbs Württemberg Land Buch, Darinnen alle deßelben Aemter und Vörst, sammt den Stätten, Clöstern, Schlößern, Flecken, Dörfern, Weilern, alten Burgstäln, Höfen, Kelttern, Mühlinen, Flüßen, Bächen, Fischwaßern, Seen, Bergwerken, auch Einsäßen und Burgern, darunter doch die Wittfrauen und selbgewachsene unverheurathete Söhn mitbegrifen verzeichnet seynd. 1624. (Auf Befehl Herzogs Johann Friedrich abgefaßt von Johann Oettinger.)
Leo, R. — H. Leo, Rectitudines singularum personarum. Halle 1842.
Liebusch, G., Erklärung der alten Ortsnamen in der Provinz Brandenburg (im Archiv f. Stud. d. neueren Spr. u. Lit. von L. Herrig. 39. Band. 2. Heft. 1866).
Lucanus.
M. — Mone, Zeitschrift für die Geschichte des Oberrheins.
Meyer, Z. — H. Meyer, die Ortsnamen des Kantons Zürich. 1848.
Mittelhd. — Mittelhochdeutsch.
Mon. Zoll. — Stillfried, Monumenta Zollerana. Halle 1843.
Müller, Fr. Deutsche Sprachdenkmäler aus Siebenbürgen. Hermannstadt 1864. (Enthält u. a. viele Orts- u. Flurnamen vom Jahr 1075 an).
Nomenclator Omnium Rerum Propria Nomina Variis Linguis Explicata Indicans. Hadriano Ivnio Medico Avctore. Tertia Editio. Antverpiae MDLXXXIII.
Not. D. — *Notitia Dignitatum.*
Ob. (ob. ob.) — Württembergische Oberamtsbeschreibungen.
Paulus, P. T. — Erklärung der Peutinger Tafel. Stuttgart 1866.

P. T. Peutinger'sche Tafel.
Pf. E. — Karl Pfaff, Geschichte von Eßlingen. Zweite Aufl. 1852.
„ M. — „ „ Geschichte von Möhringen. 1854.
„ St. — „ „ Geschichte von Stuttgart. 1845—46.
Plinius.
P. Mela. — Pomponius Mela.
Pott, PN. — F. Pott, die Personen-Namen. 2. Aufl. Leipzig, 1859. (S. 411 eine Bibliographie der Ortsnamen.)
Ptol. — *Ptolemaeus.*
Quenstedt, Geologische Ausflüge in Schwaben. Tübingen, 1864.
Reysch. — Reyscher, Sammlung altwürttembergischer Statutar-Rechte. Tübingen, 1834.
Rösler, E. R., Dacier und Romänen. Wien, 1866 (S. 21—26).
Rösl. — G. F. Rösler, Beyträge zur Naturgeschichte des Herzogthums Wirtenberg u. s. w. Tübingen, 1788—91.
Roth, Beitr. — Karl Roth, Beiträge zur deutschen Sprach-, Geschichts- und Ortsforschung. München, 1854.
Ruckg. R. — Ruckgaber, Geschichte von Rottweil. 1835.
„ Z. — „ Geschichte der Grafen v. Zimmern. 1840.
Sattler, Chr. Fr., Historische Beschreibung des Herzogthums Würtemberg. ... Stuttgart und Eßlingen. 1752.
Sattler, Chr. Fr., Topographische Geschichte des Herzogthums Würtemberg. Stuttgard, 1784.
Schmaler, J. E., die slavischen Ortsnamen in der Oberlausitz. Bautzen, 1867.
Schmell. — Schmeller, Bayerisches Wörterbuch.
Schmid, Joh. Christoph v., Schwäbisches Wörterbuch. Stuttgart, 1844.
Schm. Pf. — L. Schmid, Geschichte der Pfalzgrafen von Tübingen. 1853.
Schm. ZH. — L. Schmid, Geschichte der Grafen v. Zollern-Hohenberg. Stuttgart, 1862. (Band II unter dem Titel Monumenta Hohenbergica.)
Schmidt, Th. Die Bedeutung der pommer'schen Städtenamen. Stettin, 1865. (Gymnas.-Programm.)
Schott, Albert, Die Ortsnamen um Stuttgart, 1843 (Gymnasialprogramm).
„ „ Die deutschen Colonien in Piemont. Stuttgart, 1842.
Sidonius Apollinaris.
Silius Italicus.
St. — Stälin, Wirtembergische Geschichte. Stuttgart, 1841—56. (Unter St. ist der erste Band gemeint.)
Stetter, F., Ueber die Wichtigkeit und Erklärung der Ortsnamen. Constanz 1845.
Steichele, Anton, Das Bisthum Augsburg, historisch und statistisch beschrieben. Zweiter Band (zuerst erschienen). Augsburg, 1864.
Steub, L., Ueber die Urbewohner Rätiens. München, 1843.
„ „ Zur Rhätischen Ethnologie. Stuttgart, 1854.
„ „ Herbsttage in Tirol. München, 1867 (Enthält von S. 113—198 ethnologische Betrachtungen über Rhätier und Romanen, Bajuvaren, Gothen und Longobarden; die deutschen Ansiedlungen in Wälschtirol und im venedischen Gebirge. — Die beiden erstgenannten Werke sind mit I und II citirt.)
M.

Tacitus.
Tscherning, F. A., Beiträge zur Forstgeschichte Württembergs. Stuttgart, 1854.
Venantius Fortunatus.
Wackernagel, W. Die Umdeutschung fremder Wörter. 2. Aufl. Basel, 1863.
Wagner, G. W. J., Die Wüstungen im Großherzogthum Hessen. Provinz Rheinhessen. Darmstadt, 1865.
Wartmann, H., Urkundenbuch der Abtei St. Gallen. Zürich, 1863.
Weinhold, K., Alemannische Grammatik. Berlin, 1863.
Weishaupt, M., Ortsnamen in der bayer. Provinz Schwaben und Neuburg-Kempten, 1863 (Gymnas.-Programm).
WF. — Zeitschrift des histor. Vereins für das Wirtembergische Franken.
Wietersheim, E. v., Ueber die Urbewohner des heutigen Sachsen (Archiv f. sächs. Gesch. Dritter Band. 1865.)
wj. — Württembergische Jahrbücher.
Württemberg; das Königreich W. Herausgeg. von dem statistisch-topographischen Bureau. Stuttgart, 1863.
Z. — *Zeufs, J. C.*, Grammatica celtica. Lipsiae, 1853.
Z. D. — Zeuß, J. C., Die Deutschen und die Nachbarstämme. München, 1837.

Verzeichniß der, meist in Abkürzung gegebenen, Oberamtsstädte.

Aalen.	Eßlingen.	Künzelsau.	Nürtingen.	Tettnang.
Backnang.	Freudenstadt.	Laupheim.	Oberndorf.	Tübingen.
Balingen.	Gaildorf.	Leonberg.	Oehringen.	Tuttlingen.
Besigheim.	Geislingen.	Leutkirch.	Ravensburg.	Ulm.
Biberach.	Gerabronn.	Ludwigsburg.	Reutlingen.	Urach.
Blaubeuren.	Gmünd.	Marbach.	Riedlingen.	Vaihingen.
Böblingen.	Göppingen.	Maulbronn.	Rottenburg.	Waiblingen.
Brackenheim.	Hall.	Mergentheim.	Rottweil.	Waldsee.
Calw.	Heidenheim.	Münsingen.	Saulgau.	Wangen.
Canstatt.	Heilbronn.	Nagold.	Schorndorf.	Weinsberg.
Crailsheim.	Herrenberg.	Neckarsulm.	Spaichingen.	Welzheim.
Ehingen.	Horb.	Neresheim.	Stuttgart.	
Ellwangen.	Kirchheim.	Neuenbürg.	Sulz.	

Ein Sternchen bei den Jahreszahlen der Urkunden (z. B. 917*) bedeutet spätere Copie eines aus dem angeführten Jahre datirenden Originals. Bei den Abkürzungen ist hie und da, übrigens unbeschadet der Sache, deutsche und Antiquaschrift verwechselt worden.

Inhalt.

Ich fragte: seit wann ist die Stadt erbaut?
Chidher.

Wenn der Leser den bescheidenen Versuch, dessen unvollkommene Ausführung diese Blätter füllen soll, unter irgend eine Wissenschaft einordnen und wenn er dieser Wissenschaft — auf seine Gefahr hin — einen vornehmklingenden Namen geben wollte, so könnte er sie etwa eine geographische Paläontologie benennen. Und wenn der Verfasser dieses Gleichniß rechtfertigen und ausführen wollte, so könnte er zu dessen Gunsten manches beibringen; er beschränkt sich aber auf folgende Andeutung. Es liege vor uns ausgebreitet eine politisch-topographische Karte des südwestlichen Deutschlands vom Jahr 1867, unter ihr eine deßgleichen, aber um hundert Jahre älter, und so Blatt unter Blatt, stets um ein Jahrhundert rückwärts schreitend bis in die Zeit wo von politischen und topographischen Verhältnissen Südwestdeutschlands überhaupt keine Rede mehr oder noch keine Rede ist. Dieser Fall möchte ungefähr eintreten wenn wir die zwanzigste Schichte abgeteuft haben, d. h. mit dem ersten Jahrhundert vor unserer Zeitrechnung. Vereinzelte Namen tauchen zwar früher schon auf, flüsternde Schatten, welche kaum ein geographischer Körper zum festen Begriffe zusammenhält. Selbst auf die Anfänge des Welfenreiches deutet noch kein Punkt und keine Linie, und nur aus der Gewißheit daß es bis zum Ende der Zeiten dauern wird, ersteht uns der metaphysische Rückschluß daß es auch am Anfang der Zeiten schon gewesen ist.

Was heute besteht von Schichte zu Schichte zurückzuverfolgen, was nicht mehr bestehend vor Zeiten gewesen ist, wieder aufzudecken, was scheinbar ohne Sinn und Bedeutung uns heute noch zum Ohre klingt zu deuten und neu zu beleben, das Jetzt mit dem Einst in organischen Reihen zu verbinden, das wäre die Aufgabe. Ihrem inneren Wesen nach werde ich dieselbe höchst unvollkommen, dem Stoffe nach nur zum kleinen Theile lösen. Der Form nach werde ich einen der oben angedeuteten Methode entgegengesetzten Weg einschlagen, indem ich, von den ältesten Schichten ausgehend, dem Zeitenlauf stromabwärts folge. Es sind die Jahrhunderte links und rechts von Christi Geburt, aber ungleich getheilt, kaum eines vor, etwa vier nach ihr, in welchen sich das erste und älteste geographische Bild vor uns gestaltet.

Die alten Völker, des Ostens wie des Westens, liebten es sich Ureingeborene ihrer Länder zu rühmen, Autochthonen, terra editi, mit Tacitus zu reden. Aber frühe schon treten, in unbewußtem Widerspruch zu solchem Selbstruhm, dunkle Erinnerungen auf an eine Zeit da ihre Väter flüchtig und unstät über die Erde fuhren, um erst nach langer Wanderung sich bürgerlich in eine letzte Heimat einzuwohnen. Was jene traumartig geahnt, das ist uns Neueren zur wissenschaftlichen Klarheit aufgeleuchtet. Wir seien Fremdlinge auf Erden, sagt die Bibel; wir sind es auch, wie andere Völker, auf dem Fußbreit Erde den wir unser Land nennen. Niemand weiß mehr zu sagen wann der erste germanische Kriegsmann über Ural und Wolga herüber Fuß und Speer auf europäischen Grund und Boden gesetzt hat, und doch hat auch er schon das unbekannte Land nicht herrenlos gefunden. Die keltische Völkerfamilie, gleich der germanischen und slavischen ein von Asien her abgezweigter Sproß jenes arischen (indogermanischen) Urvolks, und also blut- und sprachverwandt mit den Germanen, hatte Jahrhunderte vor unserer Zeitrechnung einen breiten Gürtel durch Mittel-Europa gezogen, der sich von der iberischen Halbinsel bis zur mittleren Donau, nordwärts bis über die britannischen Inseln ausdehnte. Keltisch ist auch das südwestliche Deutschland gewesen.[1]

[1] Daß die Kelten selbst zum Theil schon auf ältere Stämme gestoßen, zum Theil gleichzeitig mit und neben solchen Stämmen (finnischen, rätischen,

Gewiß hallt noch von hundert Felswänden, klingt aus hundert Waldthälern das Echo der alten Keltensprache für den der verhaltenen Athems stille zu stehen und zu lauschen weiß. Aber nicht immer hört sich der leise Grundton so leicht aus dem rauhen Alamannischen heraus. Ja, wenn nur jene Stämme, wie sie nacheinander in unser Gebiet eingerückt sind, die alten Namen in den eroberten Boden hineingetreten hätten, dann wäre jetzt ein leichtes, kraft der philologischen Geologie, eine Culturschichte um die andere abzuheben und die Sprachfossilien unter Glas und Rahmen im Kabinet aufzustellen. Oder wenn jene Eroberer minder energischen Fußes auftreten wollten, so hätten sie wenigstens das Ueberkommene schonen, in seiner Reinheit erhalten und ihr Eigenes ebenso reinlich daneben stellen sollen, und unsere Karte böte jetzt eine anmuthige Mosaik von keltischen, römischen, slavischen, germanischen und anderen Namen, die man nur in ebensoviele Fächer zu werfen hätte — ein Kartenbild und Sprachengemenge wie es etwa jenseits des Oceans die Yankees mit bekanntem Geschmack hergestellt haben. Aber nicht jenes, nicht dieses ist geschehen, sondern ein drittes. Mongolische Nomadenhorden vielleicht, nicht aber Culturvölker, lösen sich ab wie Wachposten, wo der B an die Stelle des A tritt, um spurlos wieder einem C zu weichen. Jene Stämme haben sich weder in die Erde getreten noch in die Luft geblasen; sie haben sich bekämpft, besiegt, unterdrückt, aber sie haben sich auch geduldet und gemischt; Kelten, Römer und Germanen haben in verschiedenen Perioden und Combinationen zusammengelebt, nur langsam wich der eine dem andern, und wohl bis auf den heutigen Tag rollt ihrer aller Blut noch in schwäbischen Adern. Diesem Gesetze gemäß sind auch die Sprachformen der Ortsnamen weder fossil noch überlebend rein und ungemischt geblieben. Die meisten sind verschwunden, viele sind gerettet; aber, mit dem alten Meister Konrad von Wirzburg zu reden, die gebliebenen sind von jedes Volkes Zunge so manigfalt geschlagen und geschmidet worden, daß jedes Volkes Eigenthum nicht immer

ligurischen u. s. w.) gewohnt, zum Theil auch sich mit ihnen verquickt haben, das wird hier vollständig zugegeben.

leicht zu scheiden ist. Zeiget mir den Groschen, weß ist das Bild und die Ueberschrift? — keltische Bronze, mit römischem Eisen legirt, alamannisches Gepräge.

Die ältesten geschichtlichen Spuren von Menschen überhaupt auf alamannischem Boden liegen bekanntlich zwischen den vermoderten Holzpflöcken der Pfahlbauten in den Seen der Schweiz, im Bodensee, an den Quellen der Schussen und anderwärts; Trümmer eines Geschlechtes über dessen häusliches Leben wir gelegentlich in den Beilagen der Allgemeinen Zeitung unsern Zeitgenossen gründlichen und anmuthigen Bericht erstattet haben. Eine Spur von Schrift oder Rede dieser Menschen ist uns natürlich nicht überliefert; da sie aber ihren heimischen Sitzen wohl auch dermaleinst den Stempel ihrer Naturanschauung und Redeweise aufgeprägt haben werden, so wäre möglich daß sich Trümmer dieser verschollenen Sprache, von späteren Geschlechtern bewahrt, in den ohnedies oft so räthselhaften Ortsnamen des Alpengebietes bis in unsere Tage gerettet hätten, ein Echo aus einem versunkenen Jahrtausend.[1] Um so zahlreicher und sicherer sind die Zeugnisse von einer einst keltischen Bevölkerung unseres Gebietes; nicht allein mittelbare, wie die sprachlichen Reste die uns selbst beschäftigen, sondern unmittelbare, geschichtlich aufgezeichnete. Sie, von Herodot an, aufzuzählen gehört nicht hierher; aber greifbare Wirklichkeit über Land und Leute des Oberrheins bietet Julius Cäsar. Beide Ufer waren zu seiner Zeit schon längst von germanischen Stämmen besetzt, welche aber derselbe Fluß gegen Süden von den keltischen Helvetiern scheidet. Indeß sogar Tacitus weiß noch daß in früherer Zeit das Land „zwischen dem Herkynischen Walde, dem Rhein und dem Main von den Gallischen Völkern der Helvetier und Bojer

[1] Daß die Bewohner der ältesten Pfahlbauten eine vorkeltische Rasse gewesen, ist wenigstens wahrscheinlich; daß aber diese Bauten noch tief in die keltische Zeit hereinragen, ist als sicher anzunehmen. Zu dem Neuesten in der Pfahlbautenliteratur gehört was Felix Dahn in Würzburg mit Kenntniß und heiterem Witz in der Allgemeinen Zeitung Nr. 185, 188, 190 geschrieben. Ferner die Aufsätze Moriz Wagner's im „Ausland" (Nr. 16 ff.). Die älteste bildliche Darstellung pfahlbürgerlicher Architektonik aber will man neuesterdings auf der Trajanssäule in Rom gefunden haben (Ausland Nr. 27).

bewohnt gewesen," und noch Ptolemäus nennt jenen Wald die helvetische Einöde.[1]

Hierher gehört ferner jene Bemerkung des Tacitus: nicht zu den Germanen möchte er die Bevölkerung der Decumatenländer jenseits des Rheins und der Donau (d. h. zwischen Main und Donau) rechnen; gallisches Gesindel, durch den Mangel kühn gemacht, habe dort den herrenlosen Boden in Besitz genommen. So werden wir für die Zeit der römischen Herrschaft das germanische Element unseres südwestlichen „sinus imperii" nicht allzuhoch anschlagen, werden vielmehr eine Mischbevölkerung und zum Theil Verquickung keltischer und germanischer Einwohner und jetzt auch römischer Bürger und Soldaten und romänisirter Provinzialen als ethnographisches Bild jener Periode aufstellen dürfen.

Die Steinhämmer der Pfahlbauten lagen längst in dem Ufersand des Bodensees begraben; und schwerlich haben die vindelikischen Anwohner eine Flottille von „Einbäumen" dem römischen

[1] Das Wort Helvetia als Bezeichnung des Landes kommt bei den Alten nicht vor. Der richtige Name der Einwohner lautet Elvetii, entsprechend dem Volke der Elvii (falsch Helvii) in Gallien. Keltische Personen-Namen sind Elvus, Elvius, Elvorix u. a. (Gl. 111). Hauptstadt war Aventicum, jetzt Avenche. Andere Orte sind Noviodûnum, jetzt Nyon; Eburodûnum, jetzt Yverdun; Urba, jetzt Orbe; Ariolica, jetzt Pont-Arlier; Salodûrum — Solothurn, Vitudûrum — Winterthur, Vindonissa — Windisch, Ganodûrum (Stein am Rhein?), Turicum — Zürich, Minnodûnum (Moudon, Milden?); Viviscus, jetzt Vevay. Römischen Klanges sind ad Fines — Pfinn im Thurgau, Forum Tiberii (Zurzach?). Lausanne ist das keltische Lausanna (Z. 88). Der Genfer See, lacus Lemannus hat seinesgleichen in dem brittischen Meerbusen welchen Ptolemäus Lemannonios kolpos nennt (Z. 100). Dem Luzern entspricht das (keltische?) Locarno. Die heutige Schweiz heißt bekanntlich von dem Orte Schwiz und dieser a. 970 Suuites, 1040 Suites, letzteres wohl so wenig deutsch als keltisch, wohl aber, wie auch Glarus, Glärnisch, Uri u. s. w., rätisch zu nennen. In der Schweiz stößt überhaupt keltische und rätische Zunge scharf gegeneinander. Die alten Namensformen von Schwiz, Glarus, Uri, Sarnen, Pfäfers u. s. w. stehen der keltischen Laut- und Namenbildung so fremdartig gegenüber wie der germanischen. Den Säntis, a. 868 Sambiti, den Kamor, a. 1426 Gamor (s. Steub I, 100), den Lukmanier u. s. w. — das alles werden wir einstweilen gut thun mit dem, wenn auch noch etwas unbestimmten, Namen rätisch zu bezeichnen. Sogar um Luzern und Bern (Verona) lasse ich im Nothfall mit mir handeln. Z. 29 frägt ob Vêrôna nicht mit dem alt-irischen fêr = carex, gramen zusammenhänge? Wenn ja, so entspräche das Wort etwa dem deutschen Ried oder Wangen.

Imperator entgegengeführt. Aber ein neues reges Leben erhob sich jetzt auf dem breiten Gürtel dieser neuen Militärgrenze. Lateinisches Wort und Recht, romanische Sitte und Unsitte zieht ein, Handel und Gewerbe blühen auf, in Augsburg bietet schon ein jüdischer Kaufmann seine Purpurstoffe feil (St. 106), italische Landwirthschaft tritt an die Stelle der urheimischen Bebauung, römische Tempel steigen auf und römische Bäder. Baden, die stolze Aurelia Civitas Aquensis, hat damals schon, wie es scheint, seinen heutigen Zauber im Guten wie im Bösen geübt. Schon damals mochten schlachtenergraute Legionenführer ihre Wunden kühlen unter dem Schutze der „Diana Abnoba," mochten auch römische und gallische Schwindler „levissimus quisque Gallorum" und wohl auch levissima quaeque Gallarum, manch goldhaarigen Germanenjüngling in's Leben einweihen, und Juvenal's „alea quando hos animos?" galt vielleicht damals schon auch für die Culturstätten des Barbarenlandes.[1] Ob auch in jenen Zeiten schon

[1] Unserem Baden-Baden entspricht das englische Bath, welches den Römern — Aquae Calidae nannten sie's — seinen Ruf verdankt. Unter demselben Namen kannten sie auch den Napoleonischen Jungbrunnen von Vichy. Noch hatten sie in Gallien die Aquae Bormonis („Bourbon l'Archembaux"), Aquae Neri (jetzt Neris), Aquae Convenarum (Bagnères), Aquae Gratianae (Aix bei Chambery), Aquae Nisineii („Bourbon l'Anci"), Aquae Segeste (Fontainebleau?), Aquae Sextiae, das bekannte Aix (entstanden aus aquas), Aquae Siccae (Seiches? Seix?), Aquae Tarbellae, jetzt Dax, Dacqs (de aquis) am Adour. Ein pannonisches Aquae ist jetzt Baden bei Wien. Das schweizerische Baden ist oben genannt. Wiesbaden — die Aquae Mattiacae (Fontes Mattiaci) sind römisch. Es scheint mir daß unsere deutschen Baden überhaupt alle auf römischen Ursprung weisen, auf Aquae, schon durch die Form des Dat. Plur. Die echtdeutschen Bäder heißen einfach Bad (Thierbad, Wildbad u. s. w.). Das Aachen Karls d. G. ist ohnehin keine deutsche aha sondern ein lateinisches aquae. Badenweiler im südlichen Schwarzwald ist bekanntlich römisch. Baden südöstlich von Bremen aber heißt im 11. jh. Botegun (F.). Birlinger (Wörterbüchlein zum Volksthümlichen) führt auch die Flurnamen Akken-, Aggenthal, Akkenbühl u. a. auf römische Aquäducte zurück. Wenn übrigens das Ackenthal bei Seitingen und Wurmlingen (Tuttl.) „am römischen vallum Conciense = Konzenberg liegen" soll, so sei bemerkt daß der Conzenberg, obgleich möglicherweise römisch oder keltisch (vergl. Cunetio in Britannien u. s. w.), doch als solches nicht belegt ist. Ich finde erst c. 1400 Esslingen ob Cuntzenberg, Schm. Zh. Urk. Nr. 890. — Summa: das Baden als Kunst haben wir lediglich von den Römern und neuerdings wieder von den Russen und Türken gelernt.

von der feinen Touristenwelt Scenen aufgeführt wurden wie vor einigen Jahren in dem Kursaal von Baden=Baden, ist uns leider nicht überliefert. Daß glänzend lackirte Sitte und rohe Flegelei sich nicht ausschließen, wissen wir allerdings aus sonstigen Berichten der Klassiker. Als Zeugniß wie die Römer auch im Barbarenland den Segen der Kunstbäder zu würdigen wußten, sei nur die Stelle des Tacitus angeführt welche sich auf Baden im schweizerischen Argau (Vicus Aquensis) bezieht: longa pace in modum municipii exstructus locus, amoeno salubrium aquarum usu frequens — in langer Friedenszeit hatte es sich bis zum Aussehen einer unsrer Municipalstädte aufgeschwungen, ein beliebter und viel besuchter Gesundheitsbrunnen; was den Legaten Cäcina nicht abhielt den Ort plündern zu lassen. (Hist. 1, 67.)

Auf mancher jetzt zerfallenen Heer= und Hochstraße dröhnte der gemessene Tritt der latinischen Legionen wie sie die Standlager wechselten, der barbarischen Cohorten und Reitergeschwader, die das allmächtige römische Commandowort von den Enden der Erde zusammenrief, aus Schottland, Britannien, Südfrankreich, Spanien, Afrika. Bei Benningen lag ein Tribun in Garnison, der aus Sicca Veneria in Afrika stammte, bei Offenburg in Baden ein Centurio aus Armenien, bei Schlossau bewachte einer aus Sinope den Grenzwall; sie und hundert andere mochten wohl oft mit Tacitus ausrufen „quis Asia aut Africa aut Italia relicta Germaniam peteret informem terris, asperam coelo, tristem cultu aspectuque nisi si patria sit;“ und, wenn anders die Sprache der Garnisonen schon damals eines derberen Accentes sich erfreute — manche noch kräftigere Betheuerung in allerlei Zungen und in minder gewähltem Latein mochte diese Anschauung erhärten, wenn die Kriegsführer mit ihren Cohorten durch Sumpf und Waldung stolperten. Denn wie mit den Verkehrswegen war es mit den Generalstabskarten des südlichen Germaniens nur mittelmäßig bestellt. Oberflächliche Landesbilder, wie die sogenannte Peutinger'sche Tafel, meist wohl nur dürre Verzeichnisse der Stationen nebst Angabe der Entfernungen, sogenannte Itinerarien, hatte man den ausziehenden Imperatoren und Legaten mitzu=

geben;[1] das Uebrige war ihrem Auge, ihrem Geist und Muth und der eisernen Energie überlassen. Und vor und hinter den Adlern und Vexillen der Legionen her wimpelten die Signalstangen der römischen Ingenieure von Höhe zu Höhe, ein vielmaschiges Netz von Militärstraßen zog die neue Provinz in festen Bann, und Castra und Castella, an den wichtigsten Knotenpunkten errichtet, festigten und sicherten das straffe Gewebe, wie es unser Landsmann Paulus auf seiner großen Karte aus den Tiefen der Vorzeit wieder emporgehoben hat.

[1] Daß solche antike Bädeker auch bei Privatleuten sich fanden, das zeigte sich im Jahr 1852. Am Lago di Bracciano, auf dem Grunde der Bäder von Vicarello, fand man drei Silbergefäße in Form von Meilensäulen, auf denen die vollständige Reiseroute von Gades nach Rom mit Angabe aller Stationen und Entfernungen eingravirt war; ohne Zweifel eine Votivgabe hispanischer Badegäste (s. Friedländer, Sittengeschichte Roms, II, 6. Leipz. 1864).

I. Virodûnum — Wirtemberg.

Woher dieses Herzogthum seinen Namen habe, scheint zwar mehr eine fürwitzige als nützlich oder nöthige Frage zu seyn. Viele haben aber sich darüber den Kopf zerbrochen und allerhand wunderliche Hirngespenste hervorgebracht, welche doch bei dem gemeinen Pöbel großen Beifall gefunden.

Ch. Fr. Sattler.

Die Stammburg der Wirtembergischen Fürsten steht nicht mehr; ihr Name hat sich auf ein erlauchtes Geschlecht niedergesenkt und über ein Königreich ausgebreitet; an dem Berge selbst haftet er nicht. Dieser heißt längst schon der rothe Berg, vielleicht von der Farbe des Keupersandsteins. Auf der Höhe steht jetzt ein griechischer Tempel, die Ruhestätte des Königs Wilhelm und der Königin Katharina. Etwas tiefer liegt das Dorf Rothenberg.[1] Um den Namen Wirtemberg zu deuten sei gestattet etwas weiter zu greifen.

An der oberen Iller liegt die bairische Stadt Kempten, das alte Cambodunum (Pt. und It. Ant.; die Schreibung Campo — ist falsch).[2] Ein zweites Cambodunum liegt im Kanton Zürich,[3] ein drittes lag in Britannien. Im südlichen, badischen Schwarzwald liegt Zarten, das alte Tarodunum des Ptolemäus.[4]

[1] a. 1311 oppidum in Monte rubro prope arcem Wirtemberg, St. 3, 130.

[2] a. 1370 in der stat ze Chömptun. Schmell. 1, 48.

[3] a. 812 Camputuna, campitona, 1223 de Kembiton, 1230 de Kemitun, 1256 de chempton, 1290 de Chemtun (Meyer).

[4] Zarduna, Zartuna a. 765. 791 (F. 1358. 1581). Keltisch-römisches t im Anlaut vor Vocalen wandelt sich althochdeutsch in z. So ward aus Turicum Zürich, aus Taberna Zabern, aus Tulbiacum Zülpich. So auch bei Appellativen; z. B. tabula — Zabel (Schachzabel = Schachbrett), tegula —

Der Dichter Ausonius, selbst ein Gallier von Geburt, bringt in seinem Gedichte Mosella (die Mosel) folgenden Vers (423), der sich auf ein Ereigniß des Jahrs 368 bezieht:

hostibus exactis Nicrum super et Lupodunum,

Die Feinde wurden von den Römern über den Neckar und über Lupodunum hinausgeworfen. Das hat man früher auf den Berg Lupfen[1] (Spaichingen) mit dem Weiler Lupbühl gedeutet. Wir wissen jetzt daß es Ladenburg[2] bei Heidelberg ist. In der Gegend von Würzburg ist Segodunum (auf der P. T. falsch Segodum) zu suchen.[3] Dieses dûnum finden wir nun über den ganzen altkeltischen Boden als Ortsnamen verwendet und von Griechen und

Ziegel. Derselbe Wandel besteht innerhalb der deutschen Mundarten selbst; dem gothischen, niederdeutschen, englischen t entspricht oberdeutsches z. Gothisch tvai, engl. two, oberd. zwei; goth. tagl, engl. tail, oberd. Zagel (Schweif); goth. tagr, engl. tear, althochd. zahar Zähre; goth. tainjo Zaine, timrjan zimmern, taihun zehn, tiuhan ziehen, tuggo Zunge, tunthus Zahn, teihan zeigen. — Zur kelt. Wurzel tar: Ein britischer Ortsname war Tarvedum, gallische Personen-Namen Brogi-tarus, Dêio-tarus, Z. 823. Gl. 3. Zu dem obigen Zabel = tabula gehört vielleicht auch Zavelstein (Calw), a. 1303 Zauelstein, M. 5, 338. Das Wappen, was freilich nie entscheidet, wohl aber sehr oft irreführt, ist ein Zabelbrett. Ein bairischer Ort heißt a. 1313 Zabelstein, M. 11, 145.

[1] c. 1126 Heinrich de Luphun, K.; 1308 Lupfen, M. 7; 1314 die burg ze Lupphen, 1405 Hanmann v. lupffen, Schm. ZH. — Keltisch-römischem p entspricht althochd. ph, pf, f; planta Pflanze, porta Pforte, parêdrus altd. pharit Pferd; der Fluß Po, römisch Padus heißt altd. Pfät. Ich bin sehr geneigt auch im Lupfen ein altes Lupo-dunum oder Lopodunum zu erkennen.

[2] Ladenburg heißt a. 628 Lobodenburg und so noch in späteren Jahrhunderten. In der Beilage zur Allgem. Ztg. des Jahrs, Nr. 47, sind die neuen Entdeckungen gemeldet. Dort ist urkundlich erwiesen daß Ladenburg ein altes Lopodûnum ist, von Ausonius in Lupo — latinisirt. Ein Lopo-sagium lag im Lande der gallischen Sequaner. Keltische Inschriften zeigen die Pers.-N. Luppa, Luppo, Loupus, Lubus. Brieflich erfahre ich aus Mannheim daß Ladenburg in einer Urkunde König Albrechts kurz vor der Schlacht bei Göllheim (a. 1298) Lautenburg heiße.

[3] Manche wollen den Ort in Burg-Sinn an dem Flusse Sinn (Main) finden. Die Sinn heißt im 9. jh. Sinna. Aus Segodunum konnte allerdings ein Siddûna sich abschleifen (vergl. Sense aus althochd. sagansa) und dieß zur Noth wieder in Sidna, Sinna sich bescheiden. Aber alles schon so früh fertig? — Ein Segodûnum lag auch in Gallien, ebenso ein Segobodium („jetzt Seveux an der Saone"); zwei Segobriga waren spanisch u. s. w. — Das kelt. seg ist v. Z. mit althochd. sig Sieg verwandt (Gl. 149).

Römern verzeichnet. Ein Dunum schlechtweg lag in Irland. Augustodunum Hauptstadt der gallischen Aeduer, später Austunum, jetzt Autun. Brannodunum in Britannien. Caesarodunum, Hauptstadt der gallischen Turŏnes, später kurzweg Turones genannt, jetzt Tours.[1] Im nordwestl. Spanien Caladunum, in Britannien Camulodunum; ostwärts in Pannonien und im Gebiete der Weichsel Carrodunum in drei Exemplaren; im südlichen Gallien Crodunum (?). Dreimal erscheint Eburodunum, eines in Gallien, jetzt Embrun, ein zweites in Helvetien, jetzt Yverdon, deutsch Ifferten, Iefferten; das dritte im Lande der Quaden (Böhmen, Mähren). Gleichfalls in Gallien lag Ernodunum. Wieder ostwärts führt Gêsodunum in Noricum. Am Nordabhang der Pyrenäen finden wir Lugdunum, minder berühmt als die gleichnamige Stadt am Rodanus (Rhone) welche die französische Zunge in Lyon, als das dritte Lugdunum, mit dem Beisatz Batavorum, welches die deutsche Zunge in Leyden umgewandelt hat. Ein viertes erscheint im Nordosten, im Lande der Lygier und soll, von slavischer Zunge berührt, noch im heutigen Liegnitz leben, was ich mit Buttmann (S. 106) bezweifle. Maldunum, Margidunum, Maridunum sind britannische Stätten. Mellodunum ist das französische Melun, und sonder Zweifel das gleiche Wort ist Meliodunum im Quadenland. Im heutigen Moudon (deutsch Milden) in der Schweiz vermuthet man das alte Minnodunum. Ein britischer Ort ist Moridunum (Muridunum, It. Ant.).[2] Siebenmal erscheint Novio-

[1] Dieser Uebergang des Volksnamens auf die einzelne Hauptstadt erscheint in jenen Zeiten häufig. Es ist das Widerspiel zu der später, besonders im mittelalterlichen Deutschland geltenden Ausdehnung eines Ortsnamens, einer Stammburg auf Land und Volk; so Wirtemberg, Baden, Schweiz, Tirol, Nassau, Braunschweig, Oldenburg, Mecklenburg, Luxemburg, Brandenburg. In der Mitte stehen Formen wie Sachsen-Weimar, Sachsen-Coburg-Gotha, welche ungefähr dem Ausdruck Caesarodunum Turŏnum entsprechen, indem sie den Namen der Stadt mit dem des Stamms verbinden.

[2] Die Ortenau in Baden, die Gegend nördlich von dem keltischen Breisgau (mons Brisiacus) heißt ursprünglich, vom 8. jh. an, Mortenau, Mordun-, Mortun-, Mortan-, Mortin-, Morden-owa u. s. w. Ein deutscher Pers.-N. Morto ist mir nicht bekannt, dagegen erinnere ich an das schweizerische Murten, im 11. jh. Murtena. Vergleicht man nun Formen wie Tarodûnum — Zartuna — Zarten, Lobodûnum — Lobodengow — Ladenburg, so dürfte man in

dunum, darunter vier gallische: im Lande der Bituriger, vielleicht jetzt Neuvy; ein zweites am Einfluß des Niveris (jetzt Nièvre) in den Ligeris (Loire), daher später Nivernensium civitas, jetzt Nevers genannt. Das dritte im Lande der Diablintres, daher später civitas Diablintrum (Diablintum), heutzutage Jublains.[1] Auch das Noviodunum der Suessonen ward in eine kaiserlich römische Augusta Suessonum umgeschmeichelt, das heutige Soissons. Das fünfte spiegelte sich im Genfer See (lacus Lemannus) und hat seinen alten Vollklang in das anderthalbsilbige Nyon zusammengenäselt — „vocis brevissimus usus," wie Ovid sagt. Zwei östlichste Posten des gleichen Namens stehen in Pannonien und Mösien.[2] Ihnen folgen Repandunum und Rîgodunum in Britannien, und ein zweites Rîgodunum (falsche Lesart ist Rigodulum) im Moselgebiet;[3] Rumbodunum in Thrakien, Sebendunum im nördl. Spanien. Dem oben erwähnten Segodunum in der Gegend von Würzburg stellt sich ein zweites zur Seite im südl. Gallien, im Gebiete der Ruteni, daher civitas Rutenorum, viel=

jener Gegend ein kelt. Moridûnum, Muridûnum vermuthen, woraus Mortun-, Morten- wurde. Und vielleicht ist die Form Mortono-gowa a. 866 richtiger als die gewöhnliche owa; — au und gau verwechseln sich leicht in gewissen Lautverbindungen, s. F. 145. Für die schweizerischen Morgenthal und Langenthal nennt Meyer S. 156, jedoch ohne Belegstellen, die Formen murgetun und langetun und führt sie ebenfalls auf dûnum zurück, wie sein Turbenthal im K. Zürich, welches a. 829 und noch 1268 Turbatun heißt.

[1] Dieser Lautwechsel entspricht dem Uebergang des latein. diurnus in das französ. le jour (journal = diurnalis).

[2] Noviodûnum heißt Neuburg, Neustadt, aus dem gemeinsam arischen Stamme nov = neu (alt-irisch nû), Z. 825. Man frägt sich freilich, was denn an der Stelle der vielen keltischen „Neuburgen" Altes gestanden sei? Möglich daß eben die römische Occupation die Veranlassung gab zur Scheidung des alten Keltensitzes in Altstadt (city) und Neustadt. Erstere würde bei den Kelten Senodunum geheißen haben (wie es neben Noviomagus — Neufeld, ein gallisches Senomagus — Altfeld gab. Alt-irisch sen = latein. sen-ex, sen-ior, sanskr. sanas, goth. sineigs = alt; irisch senmagh = Altfeld). Fremde Ansiedlung gibt auch sonst solche Beispiele; so das hellenische Neapolis, die slavischen Naugard in Pommern, Nowgorod in Rußland, alle gleich Neustadt, Neuburg, Noviodûnum.

[3] Passen würde die Form Rigodulum zu dem Orte Reol auf den man jenes zu deuten sucht; das aber kann nicht entscheiden.

leicht das jetzige Rodez. Singidunum in Mösien wird bei dem heutigen Belgrad gesucht. Sorbiodunum war britannisch; ebenso Uxellodunum, das sich aber auch in Gallien findet (im heutigen Frankreich finde ich zwei Orte Uzel und Ucel). Gallisch ist Vellaunodunum, britisch Venantodunum.

Die Form dûnum als Element keltischer Ortsnamen ist durch obige Beispiele sattsam belegt. Im besondern legen sich um unser Wirtemberg die fünf Taro-, Cambo- (zweimal), Sego- und Lopodunum, wie in einem Kreise herum, und als Mittelpunkt desselben wäre ein Viro-dûnum wünschenswerth. Es gab ein solches, wenigstens auf gallischem Boden; das heutige Verdun in Lothringen ist das alte Virodunum,[1] im 8. jh. Virdunûm geschrieben. Ein zweites Verdun liegt in der Gascogne, ein drittes in Aragonien; für diese beiden freilich fehlen mir die alten Namensformen. Ferner sei genannt das Kloster Schönenwerd im Kant. Solothurn, welches c. 650 monasterium Verdunense heißt. Werden a. d. Ruhr heißt im 8. jh. Wirdinna, Wirdina, Wiridine, Virdunum, Werdina u. s. w. (F. 1553). Ein Wirtenstein a. 1359 lag auf der Höhe zwischen Birmensdorf und Nielen im Kant. Zürich (Mone 5, 109).

Wir wenden uns zum ersten Theil der Zusammensetzung. Ein gallisches Volk waren die Viromandui (auch Veromandui geschrieben); gallische Orte waren Viro-vesca und Viroviâcum (falsch Vironinum), britische Orte Viro-sidum, Viro-conium, Virovedrum; gallische Personennamen sind Viro-mârus, Viro-manus und Virovius.[2] Wie verhalten sich nun zu diesem vorausgesetzten Virodûnum die alten Formen des Namens Wirtemberg selbst? Die älteste Urkunde datirt aus Ulm, 2. Mai 1092, ist unterzeichnet von Cônradus de Wirtinisberk (K. Nr. 241).[3] Ihr folgt: a. 1123 Cônradus de Wirdeneberch (K. Nr. 280), a. 1139

[1] Auch Verodunum geschrieben, mit nicht seltenem Wechsel zwischen i und e. Die echte Form ist Viro—; s. Glück 184.

[2] Die P. T. hat ein Viro-magus in Gallien; allein It. Ant. liest dafür Bromagus.

[3] Diese Genitivform, obgleich die älteste, steht so vereinzelt daß ich sie nicht anzuerkennen vermag.

Wirdenberc, c. 1153 Werteneberch, a. 1153 Werdeneberch, a. 1154 Wirttemberg (späte Abschrift), a. 1177 Wirteneberc, a. 1181 Werthenberc, a. 1206 Wirtenberc, a. 1208 Wirtemberch, a. 1209 Wirtenberc.[1] Nach diesen dem Wirtembergischen Urkundenbuch entnommenen Formen brauchen wir die übrigen bei Stälin 2, 488 ff. aufgeführten nicht zu wiederholen. „Sehr verdächtig" ist eine Urkunde vom J. 1204, welche Wirtilberch schreibt; doch erscheint die gleiche Form a. 1209. Das älteste wirtemb. Sigel mit den drei Hirschgeweihen vom J. 1228, trägt die Umschrift: S [C]OMITIS CVNRADI DE WIRTENBERC, diese Form (mit n) bleibt die herrschende im 13. jh., und noch 1268 steht Wirtinberc. Auch das chron. Sindelf. (c. 1300) schreibt regelmäßig Wirtinberch. Eberhard der Aeltere schrieb sich Wirtemberg, ebenso seine Nachfolger bis Christoph fast ausnahmslos. Erst unter Ludwig a. 1587 kommt Würtem- und Württemberg auf und dauert bis Herzog Karl, der bis 1780 mit ü zeichnet, 1781—88 mit ü und i wechselt und dann bis an sein Ende Wirtemberg schreibt. Dabei blieben seine Nachfolger bis zum 4. April 1802. Durch Generalrescript von diesem Tage wurde die heutige Schreibung Württemberg festgestellt,[2] so ziemlich die schlechteste, sprachlich und geschichtlich mindest berechtigte, fast so schlecht wie die unsers Nachbarstaates „Bayern". Von dem langweiligen tt aus der sprachlichen Zopfzeit ganz abgesehen, ist es eine wahre Ironie, daß der Schwabe sein Land mit einem Buchstaben schreibt, den er gar nicht ausspricht, nämlich dem ü.

Wir haben erwähnt daß Tarodūnum im 8. jh. als Zarduna, Zartuna erscheint. Dem entspräche ein gleichaltriges Virduna, Wirtuna, und dieses verwittert und verflüchtigt sich zu Wirtine, Wirtene. Die Bedeutung des alten keltischen Namens hatte sich verloren, sie ergänzte sich wieder durch den deutschen Zusatz berc, berg (wie Lobodunum Laden-burg). Auch das Schluß-e schleift

[1] Noch früher allerdings, zwischen 1089—92, erscheint Konrad von „Wirtineberc"; allein diese Urkunde ist nicht Original, sondern ein Auszug des Zwiefalter Chronisten Ortlieb der c. 1135 schrieb.

[2] Württ. Jahrb. 1819 und 1824.

sich ab und es bleibt Wirten-berg. Der Uebergang des n in m vor einem b erscheint namentlich häufig in Urkunden der hohenstaufischen Zeit (Nellemburg, Hohemberg; vergl. Luxemburg,[1] Spitzemberg rc.). Dem Virodunum würde schon ein bloßes Wirten so vollständig entsprechen wie dem Taro-, Cambodunum ein Zarten, Kempten, dem alten Wimpina ein Wimpfen,[2] dem französisch-gallischen Virodunum das französ. Verdun, deutsch Werden. Doch, wie Staufen und Staufenberg nebeneinander bestehen, wie wir ein Wimpfen im Thal und Wimpfen am Berg unterscheiden, so lag es nahe das auf dem Berge gelegene Wirten als Wirtenberg zu bezeichnen. Aehnlich nennt der Dichter des „Hêliand" die Stadt Rom Rûmu-burg, so ward aus Augusta Augsburg. Nöthig wäre dieser Zusatz, wie gesagt, nicht gewesen; denn in Viro-dûnum selbst steckte schon das Wort Berg oder Burg, und damit kommen wir zur Deutung des Namens. Zunächst steht zweifellos, daß das keltische dûnum einen festen Ort bezeichnet. Ein solcher ist

[1] Ich glaube ein ähnlicher Zusatz ist das —burg in einem andern jetzt vielgenannten Namen. Luxemburg hat man sich gewöhnt als Französirung des deutschen Lützelburg, d. h. kleine Burg, zu betrachten (Gegensatz Mecklenburg = oberdeutschem Michelburg, im 10. jh. Mekelenborch und Michilinburg). Dafür sprechen allerdings die alten Urkunden des 10. jh. mit den Formen Luzilun-, Lucelen-, Liuzelenburg u. s. w. Die älteren französischen Formen des Worts sind mir nicht zur Hand, aber einstweilen ist mir wahrscheinlich daß vielmehr die Form Lützelburg Umdeutschung eines noch älteren keltischen Namens ist, der in dieser durch und durch keltischen Gegend am wenigsten auffallen kann. Dafür spricht mir erstens das französische x und zweitens die Erscheinung ähnlicher keltischer Ortsnamen. Das heutige Luxeuil ist das alte Luxovium der Sequaner, und das normannische Lisieux heißt bei Greg. Tur. gleichfalls Luxovium (Z. 746), ist vielleicht aber identisch mit dem Volksnamen der gallischen Lexovii (Cäsar); wenigstens nach Martin Zeillers Topographia Galliae (Frankfurt 1655) heißt Lisieux früher Lezou, und das würde stimmen. Wie leicht ein französisches Luxeuil in deutsches Lüzel sich wandeln konnte, sieht jedermann. Zu dem Stamme lux stellt sich vielleicht der brittische Fluß Loxas und das altkymrische llwch = stagnatio (Z. 147).

[2] Wimpfen unterhalb Heilbronn, mit römischen Alterthümern, macht sich durch sein pf fremden Ursprungs verdächtig; a. 856 Wimpina, 988 Winpina K. Bedenkt man daß die Wimper aus wint-prâ, wind-brâ entstanden, so möchte man schier an ein ursprüngliches Vindo-bona denken, den alten Namen von Wien. Allerdings müßte man eine zweifache Lautverschiebung annehmen (Vindbona-Wimpina). Aus Rindbach ist freilich nur Rimbach geworden, aber bei fremden Worten ist die Lautbewegung freier.

schon jeder frei und hoch gelegene Punkt an sich, jeder Hügel, jeder Berg; und gleichwie Berg und Burg auch sprachlich zusammenhängen, so berühren sich in dûnum ebenfalls beide Bedeutungen. Welche von beiden die ursprüngliche ist, bleibe hier unentschieden.[1]

Nicht ganz so klar ist der erste Theil von Viro-dûnum.[2] Hübsch wäre es freilich, wenn dieses vir mit dem latein. viridis verwandt wäre; wir hätten dann statt des Rothen Berges eine Grünburg. Doch, das sind fromme Wünsche; danken wir Gott daß an den reizenden Hängen unseres Virodunum kein Grüneberger wächst,[3] sondern ein ganz anderer, also daß schon Berthold von Zwiefalten die dortige Thalgegend als optima terrae medulla pries.

[1] Schon Plutarch (de flum.) sagt bei Gelegenheit des Namens Lugdunum (Lyon): „An dem Arar liegt ein Berg, genannt Lugdunos . . . . dûnos aber nennen sie in ihrer Mundart einen hervorragenden Ort, wie Kleitophon erzählt.“ Auch sonst noch heißt es Lugdunum mons und wird (freilich falsch) gedeutet als mons lucidus (Lichtenberg). Im 9. jh. wird Augustodunum genannt mit dem Beisatz Augusti montem transfert quod Celtica lingua. Brittische Zeugnisse sagen: „Wilfores Dun i. e. mons Wilfari. — Locus celebris lingua illius gentis (d. h. schottisch) Dunbreatan i. e. mons Britonum nuncupatus.“ Alt-irische Glossen sagen: dún (= dûn) castrum, arx; frisdúnaim obsero (ich befestige, verrammle). Auch in den neukeltischen Sprachen blüht der Stamm noch. [Dagegen ist in den Zeuß S. 30 angeführten altkeltischen Mannsnamen Conetodunus, Cogidunus ohne Zweifel -dubnus zu lesen, vergl. Glück S. 63.] — Sprachrechtlich entspricht diesem keltischen dûn das niederdeutsche, altnord., angelſ. tûn, engl. town, althochd. zûn, unser Zaun. (Vergl. Dief. Or.; Z. 29; Glück 139.) — Gar nichts aber mit dûn hat das schon von Tacitus erwähnte Taunus-gebirge zu schaffen. — Es könnte jemand fragen wie denn diese lange und betonte Silbe dûn, tûn sich in dem germanischen Zarten, Kempten, Wirten so ganz und gar in ein tonloses e habe abschleifen können? Nun, es ist derselbe Proceß, der aus hiu-jâru = in diesem Jahr, das Wort „heuer,“ aus burgâri den „Bürger“ werden ließ, der aus dem betonten „Tag“ einen Sonntich, Montich u. s. w. bildet, der Proceß welchem wir insbesondere bei den Ortsnamen noch tausendmal begegnen werden. — Der Dombach-Wald bei Heilbronn heißt a. 856 Dunberg (K. 126). Sollte hier das obige dûnum stecken?

[2] Das i in viro scheint kurz zu sein. In diesem Fall entspricht ihm das kymrische gwyr = frisch, kräftig, urverwandt mit latein. viridis. Einem langen i entspräche das kymrische gwîr, das irische fîr (= fír) d. h. rein, wahr, recht, verwandt mit latein. vêrus (Glück 186).

[3] Hieher stelle ich noch den Württemberger Hof (Gaild.). Derselbe soll a. 1528 (Lb.) auch Miltenberger Hof heißen, ob. — Zwirtenberg (Saulg.); a. 1398, ob. [Wohl entstanden aus „Zu Wirtemberg, z' W—; so kommt 1254 ein Weckhofen bei Mengen vor, das noch heute im „Zweckhofer Oesch“ fortlebt; wj. 1825, S. 426.]

II. Bragodûrum.

Wohin ist Stadt und Meer und Schalmei?
Chidher.

In Wirtemberg hatten wir einen topographisch zweifellos festen Punkt, konnten aber dessen älteste Namensform nur mittelbar erweisen. Dießmal haben wir einen urkundlich festgestellten Namen, vermögen ihn aber nicht an einen bestimmten topographischen Punkt zu binden. Wir wissen nur soviel daß das obige, von Ptolemäus aufgezeichnete Bragodûrum in der Gegend zwischen Donau und Bodensee zu suchen ist. Paulus (Peut. T. S. 14) vermuthet es bei Mengen a. d. Donau, „das wichtige römische Alterthümer aufzuweisen hat." Uns ist der Name werthvoll, weil er echt keltisches Gepräge zeigt, wie nachstehende Aufzählung beweist. In Gallien lagen Augustodurum und Autissiodorum, das jetzige Auxerre. Batavodurum im Lande der Bataver; Boiodurum (falsch Bolodurum) auf bojischem Gebiet am Einfluß des Inn in die Donau. Wiederum gallisch: Breviodurum, Brivodurum, Diodurum. Dîvodurum war Hauptstadt der Mediomatriker, daher Mediomatrici schlechtweg, im Mittelalter Mettis genannt, jetzt Metz. Im Gebiete der Sequaner Epomanduodurum, jetzt, mit Abfall des ersten Gliedes, Mandeure. Ganodurum in der nördlichen Schweiz (Stein am Rhein?); Ibliodurum und Ictodurum in Gallien; Lactodurum in Britannien. Im Lande der Ubier erscheint Marcodurum, vielleicht das Dura, Duria des 8. jh. (F. 448), das heutige Düren zwischen Köln und Aachen. Im nördl. Spanien Ocellodurum. Helvetisch sind Octodurum und Salodurum, letzteres noch lebend in Solothurn. Zwischen Donau und Inn Serviodurum, zwischen Rhein und Mosel Teudurum. In Gallien Velatodurum. (Dazu Venaxamodurum Glück 151.) Endlich das heutige Winterthur, das alte (Vitudurum = Vitodurum).[1]

Das Wort erscheint aber ferner auch als erstes Glied der Zusammensetzung: Durocortorum, Hauptstadt der gallischen Remi; später Remi, jetzt Rheims[2] genannt. Châlons sur Marne (die gallische Matrŏna) auf den catalaunischen Feldern hieß Durocatalauni (eigentlich ein Volksname), später Catelauni, woraus Châlons. Gleichfalls gallisch ist Durocassium, jetzt ein sehr lakonisches Dreux; und Durotincum; endlich Duronum und Duroicoregum. Auf Britannien fallen zwei Durobrîvae und ein Durocobrîvae; ferner Durocornovium, Durolevum, Durolitum, Duroliponte, Durovernum, sowie das Volk der Durotriges. In Mösien ganz vereinzelt Durostorum (Dorostolon).[3]

Ich behaupte nicht, daß all diese Duro-, deren Lesarten ohnedies theilweise verdächtig sind, mit unserem -dûrum zusammenhängen, so wahrscheinlich es auch ist; um so bestimmter weisen jene -durum auf ein und dasselbe Wort hin. Alt-irische Glossen erklären das Wort dúr (= dûr) mit daingean, d. h. fest, stark, Befestigung; also zweifellos urverwandt mit dem lateinischen dûrus (Zeuß 30. Glück 133). Zu dem ersten Theile des Namens Bragodûrum aber weiß ich nichts beizubringen.

[1] Schon im 9. jh. Wintur-, Wintar-, Winter-dura, -tura, F.

[2] Das französ. s stammt daher daß diese Namen, eben weil sie Ortsnamen waren, gewöhnlich mit einer Präposition verbunden gesprochen wurden — ad Remos, in Remis u. s. w. Dieses s entspricht also dem —en der deutschen Ortsnamen.

[3] In Glück's Nachlaß finde ich noch als Eigennamen verzeichnet: Durat (ius). Durnacus. Durotix.

III. Von Vindonissa — Windisch nach Juliomagus — Hüfingen.

Weh den Persern! Römer kommen,
Römer ziehn im Flug heran.
Platen.

Die Peutinger'sche Tafel führt einen ihrer Straßenzüge von Augusta Rvracum[1] nach Reginum (Regensburg), mitten durch unser Land. Vindonissa,[2] erwiesenermaßen das heutige Windisch am Zusammenfluß von Aar, Reuß und Limmat, ist nach Stamm und Endung keltischen Klangs. Keltisch-römischen Klang gibt jener ganze Winkel dort zwischen Rhein und Donau. Liegt doch nördlich von Windisch zwischen den Einflüssen der Aar und der Wutach in den

[1] Augusta Rauracorum, das heutige Augst bei Basel, im Gebiete der ehemaligen Rauraker, wie Augusta Vindelicorum, Augsburg, in dem der Vindeliker. Letztere Stadt heißt im 9. u. 10. jh. Augustburc, Augistburch, Augusburk, Ougespurc u. s. w. Auch der Name Basel scheint undeutschen Stammes. Schon bei Ammian und Not. Imp. Basilia, Geogr. Rav. Bazela, im 8. jh. Basala, Basila. Von einer angeblichen Basilika kommt der Name gewiß nicht. Dagegen vergleiche ich das französische Bazas, das wohl mit dem Volksnamen Vasates und Basabocates (so bei Plinius; Cäsar hat Vocates) zusammenhängt. Basabocates ist offenbar Verquickung von Vasates und Vocates, mit dem bekannten Wechsel von v u. b (Verona — Bern). Dazu noch das gallische Vasio („jetzt Vaison"). Betreffs der Endung vergleiche man die gallischen Sicila, Jopilia (Z. 728). In der Nähe lag Arialbinnum, das Artalbinnum der P. T. Letzteres würde sich wie Arto-briga zu dem altirischen art, gälisch artan = Stein fügen („usque ad petram quae Artemia dicitur" Z. 78). Sicherer zu bestimmen ist das alte Larga an der Straße von Vesontium (Besançon) nach Argentoratum (Straßburg), in der Gegend des jetzigen Ober- und Unter-Larg.

[2] Die gleiche Endung erscheint in den kelt. Namen Armisses (Erms), Dumnissus (wohl besser Dubnissus, Gl. 69), Autissius u. a. (Z. 749). Vindo ist ein beliebter kelt. Stamm für Lokalnamen. So Vindobona — Wien, Vindo-

Hauptstrom das schweizerische Koblenz,[1] eine alte Confluentia (Confluentes) gleich jener, welche weiter unten sich in den Fluthen von Rhein und Mosel spiegelt. Bei Zurzach, wo dereinst die 11. römische Legion lag, oder „ein Stück von ihr," überschreitet die Straße den Rhein und führt nordöstlich auf das „Heidenschlößle" bei Geißlingen. Will schon Zurzach[2] uns wie ein keltisches Turtâcum klingen, so fällt uns auf dem Wege nach Geißlingen rechter Hand vollends der Kussen- oder Küssenberg auf mit dem Dörflein Küßnach an seinem Fuße. Der Name erinnert an die beiden schweizerischen Küßnacht, deren eines jenen „Meisterschuß" gesehen haben will. Ob auch wir vielleicht ins Schwarze treffen, wenn wir in diesen drei Namen drei keltische Cussiniâcum vermuthen?[3] Vielleicht hatten diese Cussinier dermaleinst den biedern Sipplinger Pfahlbauern am Bodensee drüben ihre Hütten niederbrennen helfen. Nun jetzt konnte ihr Enkel vom Küssenberg zu-

gara, Vindobala, Vindomora, Vindogladia und Vindolana[1] in Britannien, Vindomagus und Vindinum (Ptolemäus) in Gallien. Auch Personennamen, Vindo u. s. w. sind häufig (Gl. 73). Das alte vindo, vind lautet kymrisch gwinn (statt gwind), irisch aber find, finn. Find, Finn heißt auch der sagenhafte Stammvater der heutigen Fenier, d. h. der Weißen (mit Bezug auf die Hautfarbe). Andererseits gemahnt der Klang Vindonissa an das nahe (räto-keltische Misch-) Volk der Vindelici, deren Name wieder an den lacus Venetus (s. Bodensee) und an die Veneti (Venedig) anklingt, wie denn auch z. B. der Ort Tarvesium, Tarvisium in Venetien, jetzt Treviso, an das (rätische?) Tarvessedum (am Splügen?) erinnert (Dief. Or. 73). Wer ferne und dunkle Beziehungen liebt, sei noch verwiesen auf die slavischen Venedi, Winidi.

[1] Der Ort heißt a. 1290 ze Kobelz, Köwelz. Die verschiedenen romanischen Conflans sind dasselbe. Dem Sinne nach entsprechen die kelt. Condâte (franz. Condée), die deutschen gamundi, Gmünd, Münden.

[2] Im 9. jh. Zurzacha. In Frankreich erscheint in der That ein mittelalterliches Tortiâcum (Gatschet).

[3] Küßnacht am Vierwaldstättersee heißt a. 848 Kussenacha, a. 1036 Chüsenache. Das Züricher K. heißt a. 1087 Cussinach, a. 1290 Kussenach, a. 1313 chuessenach (F.; Meyer); a. 1406 erscheint ein Hans v. Küssenberg (Gatschet, 51).

[1] In Vindo-lâna steckt wohl dasselbe Wort wie in Medio-lânum — Mailand. Keltisch medio, alt-irisch médon, irisch meadhon, ist lautlich und sachlich unser mitten; das altkelt. lân kenne ich nur in der Bedeutung voll, ganz (lautlich = latein. plênus; das lan, laind = Land, Z. 168, paßt sprachlich nicht). In Gallien gab es fünf Mediolanum, darunter eins am Unterrhein, vielleicht das heutige Mayland. Auch in Britannien lag ein Mediolanum. Das oberitalische verdeutschte Mailand ist genau gebildet wie niemand statt nieman; aus Mediolan(um) konnte Meilan, Meilen werden, so heißt ein Ort am Züricher See, der möglicherweise des gleichen sprachlichen Ursprungs ist (s. jedoch Meyer).

sehen wie eines Tages die dritte hispanische Cohorte an seiner Höhe vorüberzog, im nahen Tenedo Quartier nahm und ihre Unsterblichkeit unter der Chiffre C. III. H. I. in den Granit des Schwarzwalds meißelte. Aber auch der dritten spanischen Cohorte kam der Tag, von welchem Homeros singt, und sie war längst verschwunden als der Alemanne Gisilo sich zwischen dem Schwarzbach und dem Klingengraben auf zerschmetterten Mosaikböden sein Gehöfte zimmerte, darum es die Nachbarn dâ ze den Gisilingun benannten, wie es mit geringem Lautwandel, auch mit einigem Wechsel der Sitten und Bräuche, der Religion und der Steuern noch heute steht, als Geißlingen. Dort nämlich vermuthet Herr Paulus das alte Tenedo. Hätte der keltische Name sich erhalten, so würde er in alemannischer Zunge etwa Zenten lauten. Sollte sich ein solches Zent-, Zind-, Zünd- vielleicht in alten Lagerbüchern finden? [1]

Wir schreiten, Hrn. Paulus folgend, nordostwärts und schauen von der Höhe des „Randen"[2] auf das Thal der Wutach nieder, welches ein Dichter in römischer Zunge, „aegroto distans in exilio" also schildert:

Cominus saltus proclives,
eminus alpinas nives
sol illustrat occidens;
subtus arva per fecunda
susurranti ruit unda
Wutach, aqua furiens. [3]

Nicht ohne Verwunderung und Beifall vernimmt der Leser, wie die römischen Cohorten, neben Marsch und Kampf, Garnisonsdienst,

[1] Ob in Tenedo das alt-irische tene Feuer (bandea tened = Vesta, d. h. Göttin des Feuers, Z. 272, 273) stecken mag?

[2] Dieser deutsche Name erscheint a. 1111 als forestum quod vocatur Randa, 1121 in confinio Randin (Fickler).

[3] Zu deutsch etwa:

Waldeshügel uns zu Füßen,
Fern herein die Alpen grüßen
In der Abendsonne Glut;
Unten durch die Prachtgefilde
Rollte mit Gebraus die wilde
Wutach ihre rasche Flut.

topographischen Aufnahmen und Würfelspiel, inter pocula et tesseras, noch Zeit und Laune fanden, jene rauhe Natur so ästhetisch zu fassen und so anmuthig zu schildern.

Scisne quoties laetabundi
visebamus finem mundi,
Blumnegg florum angulum?
— — — — — — —
Tunc per rupes prominentes
et convallia descendentes
scisne quo tetendimus?
septus hortis et pometis
portus adnuit quietis
Achdorf, pagus rusticus.
O dulcissimam tabernam,
o rosaceum pincernam,
rusticas delicias!
vinum tilia sub frondosa
haurit filia graciosa
Marigutta — Springmitdemglas![1]

Hier freilich wird die Sache etwas verdächtig und wird das Bekenntniß rathsam, daß nicht sowohl ein römischer Leutenant des 3. Jahrhunderts als ein deutscher Poet des 19., Jos. Vict. Scheffel in Karlsruhe, dieses Schwarzwaldlied ersonnen und seiner „Frau Aventiure“ einverleibt hat.

Herr Paulus führt uns auf seiner Römerstraße fürbaß nach Hüfingen, allwo er das Peutinger'sche Juliomagus ansetzt.

[1] Weißt du noch die Waldesbuchten
Die wir jubelnd einst besuchten,
Blumnegg, jenes Blüthenthal?
— — — — — — —
Dann durch Fels und Felsenspalten
Ging's hinab die grünen Halden,
Und wohin? gedenkt es dir?
Sieh, umsäumt von Baum und Blüthen
Winkt der Hafen schon den Müden,
Achdorfs ländliches Revier.
O du auserwählte Kneipe,
Kellnerin mit dem schlanken Leibe,
Die des Dorfes Zierde was!
Unter der Linde Riesendolde
Füllt die Becher uns die holde
Marigutta — Springmitdemglas!

Dabei sei nicht verschwiegen, daß südöstlich von Hüfingen das Dorf Sumpfohren steht, verwunderlichen Namens. Da indessen eine Stunde nördlich Pfohren liegt, so möchte jenes erstere altdeutsch Sunt-foren, d. h. Süd-foren geklungen haben[1] und könnte das eine wie das andere ein römisches Forum gewesen sein, woraus alemannisch Pforen wurde, wie aus der Station ad fines das heutige Pfinn. Freilich ob sich in den beiden Pforen römische Fußtritte finden, weiß ich nicht; daß sie in Hüfingen sich finden, wissen wir aus den dortigen Mosaikböden und den Denksteinen der Legio XI Claudia Pia Fidelis (St. 37). Urkundliche Gewißheit für die Gleichung Juliomagus = Hüfingen haben wir auch nicht; wohl aber haben wir, wie in jenen Alterthümern Beweise für eine Römerstation, so in dem Namen Juliomägus die Gewähr für einen alten Keltensitz in jener Gegend. Das Argentomagus der gallischen Bituriger heißt jetzt Argenton. Im nördl. Gallien lag Augustomagus, am Südhange der Alpen Bodincomagus in der Gallia cisalpina. Die Nibelungenstadt Worms am Rhein hieß keltisch Borbetomagus, alt- und mitteldeutsch Wormiza, Wormeze, Wormez.[2]

Südlich von Worms Brocomagus (Brogo-), jetzt Brumat oder Brumpt im Elsaß. Ein Bromagus (Viromagus?) in der Schweiz.

[1] Wirklich heißt der Ort a. 883 Sundphorran. Dazu a. 817 Forran; 821 Phorra, 825 Forren. An Föhren (Fichten) ist nicht zu denken, sonst würde es Forhun lauten. Die etwa 40 Forum, von welchen die alten Quellen berichten, sind zum Theil in merkwürdigen Stummeln erhalten. Daß Klagenfurt ein Claudii Forum gewesen, ist wohl nur Vermuthung; dagegen sind Friaul (Friuli) und Frejus beide ein F. Julii, Forli ist F. Livii, Feurs = F. Segusianorum, Fossombrone = F. Sempronii.

[2] Das magus ist hier ganz abgefallen und nur Borbeto geblieben, woraus zunächst Worweto (wenn nicht schon die urkeltische Form Vorvetomagus lautete). Dieser Wechsel zwischen w und dem weichen b ist eine der häufigsten Lautwandlungen in verschiedenen, namentlich den romanischen Sprachen. So ist auch im Deutschen das b in den Wörtern gelb, falb, gerben, Sperber, Schwalbe, Erbse, albern, Milbe u. s. w. aus alt- und mitteldeutschem w entstanden (vergl. auch Grimm, Wb. I, 1054). Aus Worweto ward sodann Wormeto. (Umgekehrt sind die bairischen Erwel, Haiwel, Paiwel, Wirwel = Ermel, Hälmlein, Pälmlein, Würmlein.) Endlich z aus t wie Straße, Strauß, Kessel, Samstag [althochd. sambaz-tag] aus latein. strâta, strûtio, catillus, sabbat-us u. s. w. Gothisch fotus, engl. foot ist althochd. fuoz, Fuß u. s. w.

Cäsaromagus im Lande der Bellovaci, daher jetzt Beauvais;[1] ein gleichnamiges lag in Britannien. Carantomagus im südlichen Gallien heißt heute Charenton. Eben dort lagen Cassinomagus, Caturimagus, Cobiomachus (= -magus), Condatomagus.[2] Oberitalisch ist Comillomagus. Am Mittelrhein fallen mehrere deutsche Ortsnamen mit der Endung -magen auf; so Remagen bei Bonn, urkundlich das keltische Rigomagus,[3] Dormagen das alte Durnomagus, Marmagen einst Marcomagus. In Südgallien Eburomagus, in Noricum Gabromagus. Wieder gallisch Icidmagus, Lintomagus[4] und Mosomagus an der Maas (Meuse, keltisch Mosa), vielleicht das heutige Mouzon. Wie oben die Noviodûnum, so wiederholen sich die Noviomagus, deren wir zehn finden, darunter acht auf gallischem Boden. Eins derselben, vielleicht Neufchâteau[5] an der Meuse, ein zweites vielleicht Noyon im nördlichen Frank-

[1] Wie aus lat. bellus, facere das franz. beau, faire wurde.

[2] Ein Drûsomagus (Ptol.) bei Glück 124. Bei Forbiger ist dieser Ort nicht verzeichnet, dagegen sagt eine St. Galler Glosse des 9. jh.: Claudius Drûsus, cujus Mogontie est tumulus, l. Trûsilêh. Ueber dieses Grabdenkmal des Drusus bei Mainz berichtet schon Sueton (in Claud. c. 1); ebenso Eutrop (7, 8: Drusi qui apud Mogontiacum monumentum habet); später Otto von Freising (monstratur adhuc monumentum Drusi Moguntiae per modum pyrae) und Konrad von Ursberg (Drusus apud Moguntiam habet monumentum). Vom 14. jh. an bis zum Jahre 170 · wird in Mainzischen Lagerbüchern u. s. w. ein Drusenloch genannt, Entstellung des uralten echt deutschen Trûsi-lêh = Drususgrabhügel. Man sehe darüber Pfeiffer's schöne Abhandlung in seiner Germania I, 81—100, wiederholt in seinem neuesten anmuthigen Sammelwerk „Freie Forschung" (Wien 1867). Dieses Trûsilêh, Drusenloch, ist ein schlagendes Beispiel, wie doch auch im Barbarenland sich geschichtliche Erinnerungen an die frühere Römerzeit gehalten haben. Der Name Drûsus selbst ist nicht römisch, sondern keltisch, gallisch (ab interfecto Drauso Gallorum duce, Sueton. Tib. 3). Irisch heißt er Druis (a. 724); irisch drûs, drûis = libido; Drusus etwa = libidinosus; s. Glück 64. Z. 29.

[3] Peut. T. und Ammian. a. 770 Rigimagus, a. 1003 Remago, a. 1082 Rigemaga; zu deutsch etwa = Königsfeld.

[4] Der Name mahnt mich an die dem Zürchersee (Zürich, kelt. Turicum) entströmende Limmat. Sie heißt a. 691 lindimacus, a. 1245 lindemage, a. 1346 lintmagen, später limacus, limatus 2c. (F; Meyer.) War es ursprünglich eine Stadt, welche dem Flusse den Namen gab? vielleicht gar eins und dasselbe mit Turicum = Zürich? Ein solcher Doppelname ist nicht unerhört, wie ich sogleich unter Speyer zeigen werde. Vergl. den Fluß Neumagen.

[5] Dieß wäre die ganz genaue Uebersetzung des kelt. Noviodûnum — Neuburg.

reich. Germanisirt ist Noviomagus Batavorum im heutigen Nimwegen,[1] entstanden aus einem mitteldeutschen Niumagen, neudeutsch Neumagen, wie in der That jetzt ein zweites ehemaliges Noviomagus heißt. Ein unzweifelhaftes und merkwürdiges Beispiel von Namenwechsel bietet Speier am Rhein, im einstigen Gebiete der Nemetae. Ursprünglich heißt der Ort Noviomagus (Ptol.; Peut.; It. Ant.); später (Not. D; Ammian.) nach einem uns schon bekannten Vorgang Nemetae, Nemetum; endlich (zuerst beim Geogr. Rav.) Sphira (offenbar Schreibfehler), gleichnamig mit dem Gewässer an dem die Stadt liegt, der Spîraha, Spîrâ, Spîra (jetzt die Speier).[2] In Britannien nur ein einziges Noviomagus.[3] Aus Rotomagus (Ratomagus) ist das französische Rouen geworden. Gallisch sind auch Ritumagus, Salomagus, Scingomagus, Senomagus, Seranicomagus, Sostomagus, Vindomagus. Aus Britannien sind noch zu schreiben Sitomagus und das Volk der Vacomagi. Noch gehören vielleicht hierher der Ort Magnis (zweimal in Britannien), sowie der gallische Stamm der Cênimagni.

Ein Juliomagus war die Hauptstadt der gallischen Anticavi, daher Civitas Anticavorum genannt, jetzt Angers. Wie den Cäsar und Augustus, so finden wir auch den Julius in einer Menge keltisch-römischer Orte verewigt. Jülich[4] am Nieder-Rhein ist o. Z. ein altes Juliâcum. In Gallien lag Juliobona, im nördl. Spanien Juliobriga. Germersheim in der Pfalz ist wahrscheinlich der alte Vicus Julius (St. 141). Dort am Rhein liegt u. a. auch der besterhaltene römische Ortsname unsrer Gegenden, Altripp, das Alta Ripa der Römer, Altripe beim Geogr. Rav. Ein Ort gleichen Namens lag in Pannonien. Hannover, im

[1] Im südlichen Schwarzwald wird a. 902 ein Fluß Niumaga genannt. (F. 1083), jetzt ebenfalls Neumagen, s. d.

[2] In deutschen Urkunden erscheint der Name Spira zuerst im 8. jh. War es römischer Casernenwitz, welcher den geschlängelten Bach mit den Windungen einer Bretzel verglich?

[3] Wenn Olimacum für Olimagum steht und nicht etwa gleich Olimâcum, so ist das Wort auch in Pannonien vertreten.

[4] Im 11. jh. einmal Guliche genannt. Der ganze Gau heißt a. 898 Julihgewe, a. 1029 Julichgowi, F.

11. jh. Hanovere, ist die wörtliche Uebersetzung — Hohenufer. Uebrigens braucht dieses Julio- nicht durchaus nothwendig auf den berühmten römischen Julius zurückgeführt zu werden, indem auch der echt gallische Personenname Jolus vorkommt (Z. 41 f. Gl. 82). Sicher keltisch ist jedenfalls das -magus mit der Bedeutung Feld, Ebene, dann überhaupt Ort, Stätte;[1] Juliomagus also etwa Juliusfeld.

[1] Die alt- und neukeltischen Belege bei Z. 5. Gl. 122. Der Urbegriff dieses mag ist wohl die Ausdehnung, die Fläche, Weite, also lautlich und sachlich gleich dem lateinischen mag-nus, sanskrit. mahat u. s. w. Insofern gleicht das kelt. mag dem deutschen Breite, Gebreite, d. h. einem zusammenhängenden Gütercomplex, was z. B. in Bauersbreite (einem abg. Ort im Fränkischen, a. 1446) zum förmlichen Ortsnamen wird.

IV. Cassiliăcum — Kißlegg. — Lauriacum — Lorch.

Es scheint ein langes, ewges ach! zu wohnen
In diesen Lüften die sich leis bewegen.
Platen.

Kißlegg und Lorch haben nichts gemein als den Kehllaut am Schluß; der aber genügt uns die zwei Orte zusammenzustellen. Das heutige Kißlegg (Oberamt Wangen) hieß nicht immer so, sondern bis zum Jahr 1420 wird es Zell, Zell im Ampt genannt; erst da gieng der Name der zerstörten Nachbarburg auf den Ort selbst über. Diese Burg heißt a. 1239 Kisslegg, c. 1280 Kisilecke, und schwerlich wird man den Namen etwa durch Kieselecke erklären wollen. Dagegen führt die Not. Imp. eine römische Station Cassiliăcum auf, die nur in Oberschwaben liegen kann (St. 138). Diese Namenform an sich fällt nicht auf, sie ist eine der häufigsten aus der keltisch-römischen Zeit: Abudiacum (Abodiacum) in der Gegend des Lech,[1] Annedonnacum in Gallien, Antunnacum, jetzt Andernach am Rhein,[2] Arenacum im Lande

[1] Eine spätere Form ist Abuzacum. Das erinnert an Formen wie Ziaberna, Ziurichi (Zabern, Zürich, aus Taberna, Turicum), an das griechische Διός neben Ζεύς, ζα- aus διa-, πεζός aus πεδιός, das spätlateinische zabulus aus diabulus. Man sieht — der Wandel des t in z gieng durch Vermittlung eines nachschlagenden i oder j. So ward latein. leczio aus lectio; so deutsch setzen, sazjan aus satjan, u. s. w. (s. Wack. Umdeutschung S. 9. Diez, Rom. Gramm. 2. Aufl. I, 217). Später erscheint ein vindelikisches Eptaticum, das auch Abudiacum genannt wird; das heutige Epfach?? Auch ein Ort Eptiacum wird erwähnt. Eptadius ist gallischer Mannsname. Epfich im Elsaß heißt a. 763 Hepheka (= Epheka). Vgl. Z. 74 und Forbiger.

[2] Wieder ein rechtes Beispiel von Umdeutschung eines fremden Namens. Anternacha schon beim Geogr. Rav. Auch Endenich bei Bonn ist wohl des gleichen Ursprungs, wie denn a. 1076 ein Antinih vorkommt. (F. 68.)

der Bataver, Bagacum (Baganum?) in dem der Nervier, Bedriacum in Oberitalien, Bibacum bei den Hermunduren, Brementonacum und Brovonacae (?) in Britannien, Camaracum, jetzt Cambray, deutsch Kamerik, Canabiacum in Gallien, Catusiacum ebenda, Cortoriacum, Coveliacae in Vindelikien, Curmiliaca im Lande der Bellovaker (jetzt Cormeilles), Darentiaca in Gallien, Eboracum, jetzt York in England, Eborolacum (? in Gallien, wozu das heutige Evreul wenigstens sprachlich vollkommen stimmt), Gêsoriacum,[1] Hermomacum (?) in Gallien, Iciniacum,[2] Joviacum in Norikum, Jûliacum (darf wenigstens aus dem oben erwähnten Jülich vermuthet werden), Lauriacum (s. u.), Mattiacum (ist vielleicht urdeutsch), Mederiacum und Minariacum in Nordgallien, Mogontiacum, jetzt Mainz,[3] Nemetacum und Ninittacum in Gallien, Olenacum in Britannien, Olimacum in Pannonien, Origiacum in Gallien (jetzt „Orchies“), Ricciacum (Peut. T.), Segontiaci (britische Völkerschaft), Septemiacum, auf der Römerstraße von Bopfingen nach Regensburg, Setisacum in Spanien, Solimariaca in Gallien (jetzt „Soulosse“),[4] Stanacum in Norikum, Tolbiacum, jetzt Zülpich, Turnacum, jetzt Tournay, deutsch Dornick,[5] Urbiaca in Spanien, Vagniacae (?) in Britannien, Viminiacum in Spanien, Viroviacum (falsch Vironinum) jetzt „Werwik an der Lys,“ Vodgoriacum (?) in Gallien, (jetzt „Vaudre.“)

Aber auch in der mittellateinischen Zeit wird diese Endung

[1] Ein neues Beispiel von Namentausch. Der Ort wurde später Bononia (alter Name des italienischen Bologna) genannt, das heutige Boulogne sur mer.

[2] Wird bestimmt als das heutige Itzing gedeutet, auf der Römerstraße von Bopfingen nach Regensburg.

[3] Der Name Mainz hat mit dem Flusse Main gar nichts zu schaffen. Letzterer heißt ursprünglich Moenus, aus älterem Moinos, im früheren Mittelalter immer Moin, Moen. Die Stadt dagegen heißt in den ältesten (römischen) Quellen Mogontiâcum, und so auch inschriftlich, dieses aber stammt von dem Mannsnamen Mogontius, der auch als keltischer Göttername vorkommt. Das deutsche Mittelalter kürzte in Moguntia, aus welcher immer noch romanischen Form sich leicht die deutschen Mogunze, Moginze, Möginze, Meginze (schon im 8. jh. Megunze), Meinze ergaben (etwa wie aus althochd. sagansa unsere Sense, aus Raginbald Reinwald u. s. w. wurde.) Ein Mogetiana lag in Pannonien.

[4] Eine keltische Göttin wird Solimâra genannt.

[5] Der alte Name lebt noch als Geschlechtsname Tornaco.

noch für Ortsnamen verwendet; so finden wir Avitacum, Brennacum, Juliacum, Tiberiacum, Martiniacum,[1] Prisciacum, Lubariacum, Camiliacum, Childriciacum (Stadt des Merowingen Childerich), Flaviacum, Festiniacum, Aureliacum, Pauliniacus, Corboniacus, „locus qui a Corbone viro inclyto dicitur."[2]

Am klarsten erhellt die Bedeutung dieses -âcus, -iâcus in altkeltischen Doppelnamen wie Dîvito und Dîvitiâcus, die sich verhalten wie römisch Lepidus zu Lepidanus und Lepidianus. Es ist eine Gentil-Endung, Abstammung oder Verwandtschaft bezeichnend. Die Endung erscheint alt-irisch als -ach, -ech, altkymrisch als -auc, -iauc (s. Z. 772 f.). Die meisten der obigen Namen[3] lassen sich auf einen altkeltischen Personennamen zurückführen, und diese Endung entspricht also vollkommen dem -ingen, -ungen in deutschen Ortsnamen. Cassiliâcum war die Burg des Cassilius,[4] genau wie das gallische Cassinomagus die Stadt eines keltischen Cassinus gewesen ist. Aus Cassiliâcum konnte deutsch Kasslach, durch Umlaut und Angleichung Kesslich, Kisslich werden, von wo aus spätere Anlehnung an Ecke, Eck sich leicht ergeben mochte.

Nun zu Lorch im Remsthal. Eine älteste Form des Namens

[1] „In qua celebre ferebatur orasse [sanctum] Martinum." Z. 773.

[2] Von den -acum in Tirol und Oberitalien spricht Steub II, 23 ff. Mit der Römerstation Masciacum (bei Kufstein?) vergleicht er Meschach im Vorarlberg, Masciago bei Como, Messy in Frankreich. Aus Welschtirol, als möglicherweise auf kelt. -âcum beruhend, nennt er Lisignago, Cavedago, Almazago, Dermenzago, Stimiago. „Häufig sind diese Namen auch in den westl. Thälern von Bergamo und Como. Gleichwohl scheint zumeist nur der Ausgang den Kelten anzugehören, während der Vordertheil des Wortes rhätisch sein dürfte." In Lisignago wenigstens scheine deutlich das deutschtirol. Lüsen (Lusina) zu liegen, in Dermenzago das deutschtirol. Darmenz. Aus dem kelt. Po-lande nennt Steub die Orte Tregnago, Legnago, Gusago, Cavernago 2c. In dem oben genannten Coveliacae „bei Ammergau am Fuße des Ammergauer Kofels" findet Steub (I, 107) gleichfalls ein undeutsches Stammwort.

[3] Nicht alle. Das obige Canabiâcum z. B. führt Glück auf das kelt. canaib, kanab = latein. cannabus der Hanf zurück, und erklärt es als Hanf-feld.

[4] Dieser Wortstamm erscheint vielfach in keltischen Namen. Die Volksstämme Cassi, Veliocasses, Bôdiocasses, Tricasses, Viducasses. Cassis war eine weibliche Gottheit. Mannsnamen sind: Cassibratius, Cassignâtus, Cassivellaunus, Vercassivellaunus (kymrisch Casswallawn, irisch Cas u. s. w.).

fehlt;[1] dagegen ist eine solche, kelto-römische, erhalten für Lorch an der Donau in Oesterreich — Laureacum. Lauriacum (auf der P. T. in Blaboriciacum entstellt); a. 800 Lorahha Ferner erscheint a. 866 ein Lorec in der Gegend von Utrecht. Drittens heißt Lorch am Rhein, zwischen Bingen und Coblenz, a. 1084 Loricha, Lorecha. Viertens heißt Lorich bei Trier a. 981 Lorich. Ein fünftes Lauriacum a. 797 (F. 908). Ein sechstes — wie jener Professor sagte — gibt es nicht; denn: Laurach (Oehr.) heißt im 12. jh. Liuraha (K. I, 392), und scheint zum deutschen aha = Wasser zu gehören.[2] Zu diesem Laurach will ich nur gleich die Laura-Mühle (Gerabr.) stellen, die sicherlich weder mit Schillers, noch mit einer andern Laura etwas zu schaffen hat. Es ist hohe Wahrscheinlichkeit, daß noch in manchem deutschen Ortsnamen auf -ch, -g u. s. w., namentlich auf dem linken Rheinufer, wohl auch in Baden (Lörrach?) und der Schweiz (Embrach im K. Zürich)[3] ein solches, wenn auch urkundlich unerweisliches altes -âcum oder -iâcum steckt, wie ich denn oben gelegentlich auf Zurzach, Küßnacht, Epfach zu rathen wagte. Aber auch Täuschungen liegen sehr nahe, namentlich durch die ähnlich klingenden altdeutschen Endungen -aha, -ach, -ich (Wasser) und -ahi, -achi, -ach, -ich (letzteres bei Ortsnamen die mit Pflanzennamen zusammenhängen), auf die wir später zu reden kommen.[4]

[1] a. 1102 Loricha, 1139 Lorche, 1144 Lorecha. K.; 1306 Lorich, St. 3, 112. Ein Laurum kommt im Lande der Bataver vor. Lauro ist gallischer Perſ.-Name (Glück 188). Zum Uebergang des au in o vergleiche man latein. laurus, maurus, caulis, deutsch Lorbeer, Mohr, Kohl (schon im latein. côlis neben caulis).

[2] Unter Lorecha a. 1090 (K. 239) ist laut WF. Heft 9, 78 wohl Lorch am Rhein zu verstehen. Das obige Liuraha führt auf ein späteres Liurach, Leurach.

[3] a. 970 de emberracho, 1223 embriacum, Meyer.

[4] Hier sei nur noch ein Versuch gewagt. In Pfitzingen (Mergth.) ist die Endung nur Schein (vgl. Oehringen). Die alten Formen sind a. 1103 Gundelo de Phussech, 1156—70 nennt sich das dort ansässige Geschlecht de Phusiche, Phuceche, Phuzecha, Phusich, Phuzecke (wie Kißlegg) u. s. w.; 1294 C. v. Phuseche, 1299 Phutzege (wj. 1847). Das ph erscheint undeutsch. Althochd. wäre Phusach. Liegt ein fremdes Pusiâcum zu Grund? Keltische Pers.-Namen sind: Pusinna, Pusinnio, Pusinionnius (Glück 94). Alles in allem ist Pfitzingen wohl genau das gleiche Wort wie Fussach im Vorarlberg, das seiner Lage nach recht wohl ein kelto-römisches Pusâcum gewesen sein könnte.

V. Sumelocenna und Belsen.

> Mein Sohn, willst du dir in der Welt einen Namen machen, so reiße die großen Bauwerke der Römer nieder und vertilge die Einwohner; denn schönere Gebäude kannst du nicht aufführen und durch Kriegsruhm kannst du jenes Volk auch nicht übertreffen.
>
> Die Mutter des Alemannenfürsten Chrokus an ihren Sohn.

E. Paulus, der treffliche Pfadfinder in dem Wirrsal des römischen Straßennetzes, stellt in seiner neuesten „Erklärung der Peutinger Tafel" die scharfsinnige Ansicht auf daß die bekannten schärferen oder schwächeren Haken auf den Straßenzügen dieser Karte „die größeren oder kleineren Terrainschwierigkeiten von einem Römerort zu dem andern bezeichnen, die auf der P. T. angegebenen Straßenlinien von vertikaler Projection und demnach als unvollständige Straßenprofile zu betrachten" seien. Wie gesagt — sehr scharfsinnig und — sehr möglich. Wenn aber Paulus jene Haken als Beweismittel für die Richtungen seines Straßenzuges benützt, so setzt das bei ihm die Annahme voraus, daß der mittelalterliche Copist, welcher das römische Original uns in seiner Nachzeichnung überliefert hat, sehr gewissenhaft mit der Nachbildung der Haken verfahren ist. Und hier liegt mein Bedenken; ich kann einem Zeichner, der es mit der Schreibung der, doch in erster Reihe wichtigen, Namen so wenig genau nimmt, kaum zutrauen, daß er jene feinen graphischen Unterschiede in der Zeichnung von Hunderten von Winkeln sonderlich hätte beachten sollen.[1] Der Beispiele

[1] Ich habe die Sache besprochen in den Beilagen zur Allg. Ztg. 1867, Nr. 80 und 81.

von seiner nachlässigen Namenschreibung sind genug; eines derselben ist der Name, um welchen es sich hier handelt — Samulocenis, jetzt bekanntlich Rottenburg am Neckar, wie zahlreiche Inschriften bekunden (St. 39). Die vollständigsten der erhaltenen Formen sind C[olonia] SVMLOCENE und SVMLOCENNE; sum-, sumlo-, sumloc- ist vielfach erhalten. — Dazu noch Saltus Sumelocennensis (Brambach, Corp. Inscript. Rhen.). Diese Schreibung wird bestätigt durch eine in Köngen gefundene Inschrift: (civitatis) Svma . . . ., sowie durch einen in Savoyen (Sabaudia) entdeckten civis sumelocennensis. In der That findet sich ein gallischer Pers.-Name Sumelonius (Z. 727),[1] was auf ein einfaches Sumelo, -us (oder Sumalus) zurückführt.[2] Dem zweiten Theil des Namens entspricht die gallische Stadt Nemeto-cenna, demzufolge wir ein Sumelo- oder Sumalo-cenna als wahrscheinlichste Form ansetzen.[3] Nun aber zeigen drei (echte??) römische Inschriften in Rottenburg noch eine ganz andere Form: Col. Solicin., Solicinm., und Ammian (27, 10. 30, 7) nennt einen Locus Solicinium in Alemannien, von dem freilich nicht erwiesen ist, daß er ein und derselbe mit dem inschriftlichen ist (St. 132 ff.)

Dieses Solicinium, wenn je echt, wäre anzusehen als eine Romanisirung des barbarisch klingenden Sumlocenna. Dem Römer lagen Worte im Ohr wie tiro-cinium, vati-cinium, heimische Orte wie Lav-inium u. s. w. So mochte zunächst ein Sumlocinium, Sumlicinium sich ausschleifen, dem in Erinnerung an sol, solum solifundium ein Solicinium folgen mochte. Ein Sinn lag nicht in diesem „Sonnensang" oder „Bodensang", aber römisch klang es.[4]

[1] Eine andere Inschrift zeigt das Wort SVMELI (Kuhn und Schleicher, Beitr. z. vergl. Sprachf. 3, 167).

[2] So bestehen neben den Pers.-N. Vindonius, Veponius die einfachen Vindo, Vindus, Vepus (Gl. 73).

[3] Das inschriftliche Sumlocenne ist wohl als Genitiv eines Sumlocenna zu fassen. Anders auflösen würde sich der Name, wenn man einen Pers.-N. Sumelocus annähme, was dann Sumeloc-enna ergäbe, wie die Ortsnamen Clarenna u. s. w. Ueber die Bildungssilbe -oc vergl. Z. 772.

[4] So machten die Italiener aus dem Capitolium ein Campidoglio, ein „Oelfeld", die Franzosen aus dem mons Martis einen Märtyrerberg, Montmartre, die Deutschen aus dem Cap Finisterrae einen finstern Stern, und

Das alte keltische Wort übernahmen später, mit der Wohlthat des Inventars, die Alemannen; aber weder Sumlocenne noch Solicinium wollte sich ihrer Zunge bequemen und, vielbeschäftigte Leute wie sie damals waren, haben sie es richtig zu einem möglichst kurzen Sulich zusammengebissen. Den Ort selbst belangend, waren sie der Meinung, daß derselbe auch nach etwas unsänftlichem Abgang der römischen Marmorbäder und Götterbilder nicht ungut gewählt sei und sie erhoben ihn zur Hauptstadt ihres Sulchgaus;[1] oder wenigstens benannten sie den ganzen Gau darnach. Die Chronisten berichten von einer Zerstörung der alten Stadt durch ein Erdbeben und von dem Aufbau einer neuen. Daß die Erinnerung an eine frühere Herrlichkeit lebte, geht jedenfalls aus der Benennung der Stadt Rottenburg als Nova Civitas hervor.[2]

Ich kann aus dieser bedeutsamen Umgebung nicht scheiden, ohne noch das südöstlich von Rottenburg gelegene Belsen mit seiner vielbesprochenen alten Kapelle zu betrachten. Der Name scheint aus einem früheren Belsheim abgeschliffen, aber es ist

zahllose Beispiele dieser Art aus alter und neuer bis neuester Zeit, bis zum „blinden Thorwart vom alten Schott“ statt „Quentin Durward von Walter Scott.“ Die größte Fülle aber solcher Verstümmlungen, Quetschungen, Verrenkungen und anderer sprachlicher Unglücksfälle findet man wohl in Namen Tirols und der Nachbargebiete, wie deren Steub II, 84—150 u. 174—220 eine Masse aufzählt. Es ist der Gang über ein Schlachtfeld, wo die Geister dreier Sprachen miteinander gerungen haben, zum Theil noch heute ringen. Aehnliche Burlesken zeigen sich da, wo Germanen und Slaven sich gemessen haben.

[1] 11. jh. in Alemannia in pago quem ex villa Sulichgeuue vocavit antiquitas, 1057 predium Sulicha in p. Sulichgowe; 1075 Ezzo de Sulichen (comes de Sulgen, s. Stäl.), 1213 Hermann. plebanus in Sölken (und Sulkin) (K.; St.); 1264 Sulchen, 1304 Svlchen, Schm. Zh.; 1284 Sulchen M. 3, 438; 1403 Ecclesia Sulichen seu Rotenburg; 1402 zue Rottenburg vor dem Silcher Thor; Schm. Zh. Nr. 812. Ein Nonnenkloster daselbst bestand bis 1643 und das „Silchemer Kirchle“ steht heute noch vor der Stadt.

[2] a. 1225 rotinburc, 1226 Rûtimberch, 1269 Rotemburg, 1291 in nova civitate Rotenburg, 1293 in loco quondam antiqua Civitas dicta, vbi nunc est Ciuitas dicta Rotenburch, Schm. Zh. — „Von dem rothen Boden („rother Leberkies, rother Fleins“) erhielt den Namen offenbar auch die Stadt R.“ „auf dem Rotenberg (Rûtimberch), denn der Rottenberg gang die Steinach hinuff huntz an [unz = bis] Rangendingertal,“ Schm. Gesch. d. Gr. v. Zoll. Hohenb. 1, 486; Quenst. 303; 1454 Rotemburg das schloss ob der stat Rotemburg gelegen, Rotemburg die burgk in der stat Rotemburg, Rotemburg die stadt am Negker und die stat Ehingen dabeygelegen, St. 3, 493.

auffallend, daß diese Form nie und nirgends erscheint. Der Ort heißt Belsen, so weit ich ihn urkundlich verfolgen konnte.[1] Die alterthümliche Kirche hat die Forscher veranlaßt, an den unvermeidlichen semitischen Bel, sowie an den keltischen Gott Belenus zu denken. Sieht man sich nach keltischen Ortsnamen um, so bietet sich Belisama, das freilich zunächst nur eine Meeresbucht in Britannien ist. Im keltiberischen Spanien erscheint der Ort Belsinum. Ein zweites Belsinum (It. Ant.; auf der P. T. Besino) lag im südl. Gallien. Im Ardennerwald wird im 6. jh. Belsonancum genannt; ferner, ebenfalls später, Belisia, Bilisia in Nordgallien, und „patria quae Belsa dicitur, vulgo la Bausse" im mittleren Gallien (Z. 747 f.), Belsus erscheint inschriftlich als Personenname (Glück, Nachl.).[2] Ein gallischer, namentlich auch norischer, überhaupt keltischer Gott Belenus, Belinus (Bilienus, Gl. 90. Mannsname?), mit dem Apollo verglichen, ist allerdings vielfach bezeugt.[3] Als gallisches Wort wird von den Alten bilinuntia, bellinuntia aufgeführt und mit herba Apollinaris übersetzt. Eine im südöstl. Frankreich gefundene mit griechischen Buchstaben gezeichnete Inschrift zeigt das Wort Bêlêsami, dem Zusammenhang nach eine Gottheit (Dief. Orig. 259. 323). Das ist das Material. Will jemand daraus eine keltische Tempelstätte bauen, so steht es ihm frei. Ich selbst begnüge mich, noch auf einen andern Umstand hinzuweisen. Die Stelle an der Westseite des Belsener Kapellenbergs, wo die Straße vom Dorf Belsen nach Mössingen führt, wird von den Leuten Bâ-belsen (Bär-belsen) genannt (Barbelsen soll es geschrieben vorkommen, wie mir Hr. Ed. Köstlin, der dortige Pfarrer, sagt). Ist das eine Erinnerung an den alten alemannischen Gau, die Berchtolts-bar? Dadurch würde bestätigt, was Stälin (285) vermuthet, daß die Hatten-Huntare einen Theil der Bar bildete.

[1] Er erscheint a. 1415, Stäl. II. — Belsenberg (Künz.), a. 1335 Henric. de Beelzeberc, 1413 Pelsenberg, W. F. I, 4, 92. V, 225. — Besenfeld (Freud.) heißt c. 1150 Belsenfelt. Der Elsenbrunnen (Kloster Reichenbach) c. 1150 Belsenbrûn, K. II. Diese letzteren drei Namen mögen wohl auf Personennamen beruhen.

[2] Kymrisch und armorisch ist der Mannsname Beli, Bili.

[3] Die erste Form ist wohl Belin, von Herodian Βέλιν geschrieben.

VI. Brigobanne, Brigantium, Bodensee.

Der Urwald ist's; die Alemannen roden
Den sie mit Blut gedüngt, den kelt'schen Boden.

Wir hatten Herrn Paulus in Hüfingen = Juliomagus verlassen um zu dem dûnum und magus die dritte häufigste Endung keltischer Ortsnamen zu suchen, die wir in âcum fanden. Wir gehen von Sumelocenna noch einmal südwärts und finden unsern Führer eben beschäftigt wie er in der „Altstadt" bei Rottweil mit großen Buchstaben das Peutinger'sche Brigobanne auf den Wegzeiger schreibt und darunter: „Nach Tenedo XI Leugen. Nach Arae Flaviae XIIII Leugen".[1]

Solches zur Verwunderung verschiedener Alterthümler, welche jenes Brigobanne bis jetzt ganz wo anders gesucht haben. Wir überlassen es ihnen sich mit Herrn Paulus selbst zu vergleichen. Schon vor 1600 Jahren übrigens müssen einem Ansassen jener Nation die verschlungenen Kreuz- und Querwege, sei's der Welt überhaupt, sei's des herkynischen Waldes insbesondere, zu denken gegeben haben. War es ein Handelsmann und Wechsler dessen Geschäfts- und Lebenswege vielleicht nicht immer ganz gerade gewesen, war es ein abgewetterter Cohortenführer den nach tausend

[1] Dieses keltische Wort erscheint wohl zuerst bei Ammian: A loco unde Romam promota sunt signa, adusque vallum barbaricum quarta leuca signabatur et decima, i. e. XXI millia passuum, 26, 12; und: Qui locus exordium est Galliarum exindeque non millenis sed leucis itinera metiuntur, 15, 11. In mittelalterlichen Quellen machen drei Leugen eine deutsche rasta, Rast. Neben leuca erscheint leuga, später leuua, levia, lewia, leoa; spanisch und provençalisch legua, altfranzösisch legue, leu, jetzt lieue, italienisch lega.

Märschen und Kämpfen in allen Enden der römischen Welt sein Schicksal in das waldschattige Brigobanne geworfen? Primus Victor heißt der müde Mann der alldort „den Göttern der Zweiwege, Dreiwege, Vierwege seinem Gelübde getreu den Denkstein gesetzt hat — Biviis Triviis Quadriviis Ex Voto Suscepto Posiit.“ Vielleicht erbarmt sich in diesen topographischen Nöthen irgend ein moderner Inschriftenkünstler [1] und gräbt uns unbehülflichen Schwaben gelegentlich einmal auf einer Kunst- und Ferienreise einen hübschen Quader in einen Rottweiler Acker mit einem untrüglichen BRIGOB...

Was frühere Forscher leitete oder verleitete das war der Anklang des Namens an die beiden Quellbäche der Donau, die Brege und die Brigach. Uns hier, die wir zunächst dem Laute und nicht der Sache nachgehen, sei es gestattet diesen Zusammenhang auch jetzt noch festzuhalten. Zwillingswasser im Lauf, sind sie es sicherlich auch im Laut. [2] Ich übersetze beide vorläufig mit Bergwasser, Bergbach und wage sodann Brigobanne als Berghorn, Hornberg zu deuten. [3]

Der erste Theil des Namens führt uns weit hinüber an den Bodensee.

[1] Obige Sätze sind zum Theil schon in einem Aufsatz der Allgemeinen Zeitung gestanden. Hier führe ich, um alle Gerechtigkeit zu erfüllen, die neu erschienene Schrift von J. Hasenmüller an: „Die Renniger Inschriften keine Fälschung. Fundbericht, Facsimile der Inschriften und Versuch einer Erklärung. Trier 1867.“

[2] Brigach; a. 1095 in pago Bara in comitatu Aseheim (Aasen nordöstlich von Donaueschingen) juxta flumen Brigaham (F. 291 schreibt Brigana) St. 2, 652. — Die Brege heißt a. 1596 Preg (Gabner). Also Brig-aha, Breg-aha (aha = Wasser, Bach). Bregel Pregel kommt auch sonst einigemale als Bachname vor. Brigia und, mit häufigem Ausfall des g, Bria heißt später ein Fluß in Gallien (Gl. 128). Hierher vielleicht noch ein anderer Fluß, dadurch merkwürdig, daß er innerhalb der keltischen Zeit selbst dreimal seinen Namen wechselt. Es ist der Brigulos, später Arar, endlich Sauconna genannt, die jetzige Saône (Z. 728).

[3] Brigobanne (statt -bannae) scheint Genit. von Brigobanna, ähnlich wie bei Sumlocenne. Im 6. jh. erscheint ein gallisches mons Cantobennicus, Cantobenna, d. h. Weißenhorn; altkeltisch sind bannawc, bennach = gehörnt, kymr. bann, irisch beann, das Horn (Gl. 176. Z. 102).

Ecce pagum juxta pagum,
Aurisplendens, ingens, vagum
Aequor en podamicum!
Fortes prope ripas nati,
Cognomento non irati
Leporum lacustrium...

Wie wiederum J. V. Scheffel in seiner „Frau Aventiure" singt.

Der Bodensee, eine uralte Stätte menschlichen Treibens, Schaffens und Kämpfens. Da wo jetzt freundliche Dörfer, gewerbsame Städte und prächtige Lustgebäude, Leben an Leben, Schönheit an Schönheit in der blanken Fläche sich spiegelt, standen vor zwei-, vielleicht dreitausend Jahren vom Gestad weg in den flachen Seegrund hinausgebaut, ärmliche Hütten aus Holz und Weidengeflechten auf roh gespaltene Pfähle gestellt, und statt des Dampfbootes ruderte der plumpe Einbaum an den Ufern hin, in welchem der Pfahlbürger lauerte, um Hecht und Stör zu angeln, oder dem zur Tränke trabenden Ur und Elenn den Wurfspeer mit der Feuersteinspitze in die Kehle zu treiben. Drinnen aber im luftigen Pfahlhaus „waltet die züchtige Hausfrau, die Mutter der Kinder, und herrschet weise im häuslichen Kreise." Letzteres wollen wenigstens die mecklenburgischen Forscher im strengsten Sinn genommen wissen, wenn sie behaupten, ihre Pfahlhütten seien kreisförmig gebaut gewesen. Die Hauptsache in der Construction bezeichnet kurz und gut schon der Dichter der Metamorphosen, wenn er sagt:

Tum primum subiere domus; domus antra fuerunt
Et densi frutices et vinctae cortice virgae.

„Und lehret die Mädchen." Höhere Töchterschulen sind bis jetzt weder für die Stein- noch für die Erzperiode nachweisbar, und die weibliche Jugend war allem nach auf den häuslichen Unterricht elementarster Art angewiesen. Daß sie deßwegen nicht müßig ging, glaubt man aus der Unzahl von Haushaltungsgegenständen schließen zu dürfen, welche die archäologischen Taucher aus den Tiefen, oder vielmehr Untiefen, der europäischen Seen und Torfmoore herausfischen. Nadeln und Pfriemen aller Art, Scheeren,

Spinnwirtel und anderes Werkzeug in Stein, Knochen, Horn und Thon weisen auf emsige Beschäftigung hin; Zwirn und kunstreiches Geflecht und leinene Gewebe erinnern an die „schnurrende Spindel" und sogar an jenen einfachen Urwebstuhl, wenn auch kein Homer ihn besungen und keine Penelope mit ihren Thränen genetzt hat.

„Und wehret den Knaben." Denn Haselnüsse und Holzäpfel stehlen war ein Lieblingsvergnügen schon der männlichen Pfahljugend. Die feineren Obstsorten waren ihr, wie auch den verehrlichen Eltern versagt; dafür aber erfreuten sie sich gesunder Zähne, und ein Nußknacker ist noch nicht gefunden worden. Eine anmuthige Beschäftigung und zugleich eine Kunst war das Spalten und Aufschlagen der Thierknochen, um das köstliche Mark zu gewinnen; minder wünschenswerth aber das langwierige Absplittern der Feuersteine, um Pfeilspitzen, Messer und Sägen herauszuarbeiten, sowie das ewige Schleifen der mangelhaften Steinwerkzeuge. Doch man hatte damals mehr Zeit als heutzutag, und des Lebens Mühsal wurde gemäßigt durch den Abmangel jeglichen Schulunterrichts, daher uns auch die Ansichten der Pfahlbürger über Schulzwang, Trennung der Kirche und Schule und verwandte Themen modernen Geisterkampfes vollständig unbekannt sind.

„Und reget ohn' Ende die fleißigen Hände." Denn wenn der hungrige Gatte mit dem erlegten Wild auf den Schultern oder dem vollen Fischgarn heimkam, so wollte er zum kräftigen Fleisch auch das nährende Brod. Schon jene ferne Periode zeigt uns den Menschen nicht mehr als bloßen Jäger und Fischer, sondern bereits als Viehzüchter und Ackerbauer. Man hat Weizen und Hafer gefunden. Auch Gerste liegt vor, und läßt uns ahnen, daß den alten Pfahlbürgern so wenig, wie den neuen Spießbürgern nicht fremd war jener humor ex hordeo aut frumento in quandam similitudinem vini corruptus, mit welchem nach Tacitus unsere Vorfahren sich selbst, und nach neueren Schriftstellern die Bierkünstler uns andern das Leben sauer machen und den Humor verderben.

Aber nicht allein die Frucht hat man gefunden, sondern auch die Mühle, eine Maschine freilich welche auf den heutigen Weltausstellungen kaum mehr eines Preises sich erfreuen dürfte. Der ganze Mechanismus besteht aus zwei Stücken, dem muldenförmig ausgehöhlten Mahlstein, in welchen die Körner geschüttet, und dem rundlichen Reibstein, mit welchem sie gequetscht wurden. Noch das Altdeutsche hat anstatt des Worts „Mühle"[1] das Urwort quirn, kirn, dessen älteste Bedeutung aus der glücklich geretteten Stelle der gothischen Bibel, Marc. 9, 42 erhellt, wo Wulfila den „Mühlstein" mit qairnus übersetzt. Wir wissen aber daß nach gothischem Sprachgesetz jedes i vor dem Buchstaben r sich in ai verwandelt, daß also auch jenes alte quairnus nur die spätere Form eines noch älteren qirnus oder kwirnus ist. Wie freilich dieses qairnus der gothischen Sanskritasprache im Prakrit der Pfahldialekte benannt wurde, vermögen wir in Ermanglung so mündlicher wie schriftlicher Ueberlieferung nicht zu sagen. Die Sache jedenfalls war vorhanden, und ist es noch. Ja noch mehr: nicht nur die Frucht und die Handmühle, auch das Brod ist gefunden worden, vollkommen deutlich in seinen Bestandtheilen erkennbar, nur etwas altbacken. Sogar die Toilettengeheimnisse der Vorwelt enthüllen sich uns, wenn auch nur in einigen Exemplaren von Kämmen,[2] deren kräftige Construction auf einen gleich kräftigen Haarwuchs schließen läßt; etliche derselben erinnern stark an die metallenen Kämme welche zum klirrenden Kopfputz der Fuhrmannspferde gehören. Es würde zu weit führen all die Herrlichkeiten des Familien- und Gesellschaftslebens unserer Pfahlbaumenschen einzeln aufzuführen, die thönernen Krüge und Töpfe mit ihren linearen Verzierungen, wie sie schon in jener grauen Vorzeit die „Kunst im Gewerbe" zeigen, welche unser Landsmann Ludwig Pfau noch in der Neuzeit nicht überall findet; die feingearbeiteten Steinkeile und steinernen Schlachtbeile, welche andeuten daß man schon damals seinem Nebenmenschen nicht bloß mit Energie den Schädel einzuschlagen wußte, sondern auch „mit Eleganz" zu siegen strebte; all die Geräthe für Haushalt, Küche und Keller, Jagd und Fischfang, Viehzucht und Ackerbau; die Thierarten welche feindlich, nützlich und befreundet dem

[1] Uebrigens ist unsere „Mühle" nicht etwa entlehnt aus dem latein. mola.

[2] Solche will man zunächst in den Meklenburgischen Pfahlbauten gefunden haben.

Menschen entgegen und zur Seite standen — all das kennen die Leser schon längst aus den muster- und meisterhaften Darstellungen des Hrn. Keller in den Mittheilungen der antiquarischen Gesellschaft in Zürich. Vielleicht erleben wir es noch daß der modernen Dorfgeschichten und Hofromane satt unsre jungen Poeten in die Tiefen der alemannischen Seen niedertauchen um der Faustischen Unersättlichkeit des Jahrhunderts neue Stoffe zu erobern. Leicht wird es ihnen sein ihre diluviale Idylle auf die Höhe der tragischen Katastrophe zu führen; denn auch jenem Volk und seinem Ilion und Priamus stieg der Tag des Verderbens herauf. Geringer Phantasie bedarf es um zu singen und zu sagen wie aus kimmerischem Dunkel hervor mit leuchtendem Erze gewappnet die keltischen Völker traten und von Höhe zu Höhe sich ausgießend auch jene friedlichen Vorlande der Alpen stürmten, wie nach kurzem ungleichem Kampfe zwischen Bronzeschwert und Steinbeil die Männer der Vorzeit erlagen, ihre Hütten in Flammen verloderten, ihr Geschlecht flüchtig und unstet in den tiefsten Bergschluchten der Alpen und der Herkynia verendete. Aber auch den Siegern war nicht ewiger Genuß beschieden. Cäsars Name schon klang furchtbar über den mons Jurassus herüber und wenige Jahre vor Chr. leuchteten, von Augustus gesandt, von Drusus und Tiberius getragen, die römischen Adler von den Höhen des großen Bernhard und des St. Gotthard nieder und der Venusinische Dichter sang jenes Triumphlied für das Ohr seines Kaisers — [1]

Die früheſten Angaben der Alten über den See lauten etwas unbestimmt. Pomponius Mela erzählt uns, der Rhein bilde unsern

[1] Horaz, Od. IV, 14.

quem legis expertes Latinae
    Vindelici didicere nuper,
quid Marte posses. Milite nam tuo
Drusus Genaunos, implacidum genus,
    Breunosque veloces et arces
        Alpibus impositas tremendis
dejecit acer plus vice simplici.
Maior Neronum mox grave proelium
    commisit immanesque Raetos
        auspiciis pepulit secundis.

seiner Quelle zwei Seen, den lacus venetus[1] und lacus acronius, worin vielleicht eine Ahnung vom „obern" und „untern," vom Ueberlinger und Zeller See schlummert. Strabo sagt: „Nahe am herkynischen Wald ist die Quelle des Ister und die des Rhenus, und der zwischen beiden liegende See und die vom Rhein ausfließenden Sümpfe. Der See hat auch eine Insel, deren sich Tiberius bei der Seeschlacht mit den Vindelikern als eines festen Punktes bediente." Jene Seeschlacht ist vielleicht das von Horaz besungene grave proelium des älteren (Claudius Tiberius) Nero, des nachmaligen Kaisers. Ich, indem ich in der einstigen Hauptstadt jenes untergegangenen Volks diese Zeilen niederschreibe, kann nicht ohne Theilnahme die wenigen Worte betrachten mit welchen selbst der triumphirende Feind das Andenken der Besiegten gerettet und geehrt hat. Devota morti pectora libera, sagt der Venusiner, — sie starben für die Freiheit. Vixere fortes ante Agamemnona — auch vor dem deutschen Bundestag und vor Missunde haben Helden gelebt; und was das deutsche Volk bis zum heutigen Tage nicht zu Stande gebracht, das haben seine barbarischen Vorgänger vor 2000 Jahren geleistet, dem Feind eine Flotte entgegenzuführen und mit ihr zu siegen oder zu sterben;

— sed omnes illacrimabiles
urgentur ignotique longa
noctе, carent quia vate sacro.
Paullum sepulta distat inertiae
celata virtus.

Es will mir leider nicht gelingen mich an diesen podamischen Ursitzen vorüberzudrücken ohne eine alte Sünde zu beichten und zu büßen. Als nemlich vor etwa Jahresfrist „die Pfahlbaufunde des Ueberlinger Sees in der Staatssammlung vaterländischer Alterthümer zu Stuttgart" erschienen, (Ulm 1866), beschrieben und erläutert von unserm trefflichen Forscher Dr. W. D. Haßler, und begleitet von sechs Tafeln Abbildungen, da war ich also überrascht von der Fülle dieser neuen Erscheinungen daß ich es nicht lassen

[1] Vielleicht eine Erinnerung an das Volk der Veneti, Dief. Or. 73.

konnte meinem bedrängten Herzen in einem vielgelesenen Blatte Luft zu schaffen, indem ich „Fragmente aus dem Bodensee" schrieb.

Die Sache, so etwa begann ich, fängt an unheimlich zu werden, und es erhebt sich die ernste Frage ob es nicht gerathen wäre diese Torfmoore und Seegründe von Staatswegen zu confisciren, zu den Bergen zu sprechen: fallet über sie! und zu den Hügeln: decket sie! Dieses archäologische Wühlen in die Gründe der Urwelt deutet auf revolutionäre Gedanken, dieses Abteufen vermoderter Culturschichten auf staatsgefährliche Unzufriedenheit mit dem Bestehenden. Jene unschuldigen Studien des 15. Jahrhunderts welche die Dekaden des Livius aus dem Staub der Klostertruhen hoben, jene Gelehrten welche die respublica Romana kennen und die Republik des Plato übersetzen lernten, welche des Harmodios und Aristogeiton gedachten und einen Brutus und Tiberius Gracchus bewunderten — war die Frucht und Folge etwas anderes als kirchliche Unbotmäßigkeit, Hutten'scher Radicalismus, Sickingens Reformverein, Reuchlin'sche Toleranz und Judenduldung, das „Leben Jesu" in der Erasmischen Edition, Emancipation der Bauern und der Geister, nationale Wirrsal und jegliches Unheil bis auf diesen Tag? Im 15. Jahrhundert machte man in Humanität, jetzt machen sie in Humus; das ist ganz dasselbe, denn was kommt solchen Leuten auf ein kurzes oder langes u an? Schwärmerei und Romantik ist der Anfang, Umsturz alles Besseren das Ende. Untergegangene Jahrhunderte aus dem Grabe stehlen und vor die rothbackige Gegenwart als Muster und Exempel hinstellen, ist und bleibt ein gefährliches Spiel, zumal in Deutschland, wo jetzt alles so vollkommen, so glücklich und zufrieden ist.

Anfangs konnte die Sache ein unschuldiges Vergnügen heißen. Ein paar verfaulte Pfähle, zerbrochene Milchtöpfe, eine Eichelkaffeemühle primitivster Construction konnten nur in den verdorbensten Gemüthern den Gedanken an Renaissance-Versuche wecken; selbst eine Anzahl Feuersteine und Bronzegeräthe, welche stark an Dolch und Schwert gemahnten, mochte noch hingehen; und als man vernommen hatte daß sogar Mecklenburg die Existenz einstiger besseren Zeiten nicht ganz abläugnen könne, so glaubte man in allewege beruhigt sein zu dürfen. Anders stellt sich neuerdings die Sache. Die Cultur, welche aus jenen verachteten Pfahlbauten auftaucht, drückt sich mit jedem Jahre zudringlicher der Nachwelt an die Seite, und wenn die Entdeckungen fortschreiten, wie bisher, so werden unsere Kinder mit Achselzucken auf ihre Väter und Großväter zurückblicken, welche binnen kaum zweitausend Jahren von den Höhen der ætas palensis zu der heutigen Barbarei herabsinken konnten. In der That, im Angesicht der neuesten Fünde im Lacus podamicus sollte es uns nicht mehr wundern wenn aus jenen diluvialen Colonien das Bruchstück eines binnen-atlantischen Telegraphenkabels gezogen würde, wenn Hr. Wilhelm Bauer bei seinen nächsten unterseeischen Schießversuchen die Entdeckung machte, daß schon der Pfahlbauer seine nationalen Schützenfeste zum Spaß unter dem Wasser gefeiert hat. Eine Druckerpresse muß ohnedieß bald zum Vorschein kommen, und hat man diese, so sehen wir nicht ein warum sich mit der Zeit nicht einige Reste der Pfahlliteratur, eine Art Pali-Sprache, am Ende gar die magna charta finden sollte mit einer höchst freisinnigen Verfassungsurkunde, deren §. 84 wir begierig wären mit seinen moderneren Copien (etwa der preußischen) zu collationiren.

Woraus wir denn all diese Sorgen und Hoffnungen schöpfen? Einfach daraus, daß in dem Pfahlbau bei Sipplingen ein Hausschlüssel gefunden worden ist. Und zwar durchaus nicht derjenige welcher acht Tage zuvor im Sipplinger Wochenblättchen als verloren ausgeschrieben war, sondern ein wirklicher, leibhafter, fast sagten wir ein lebendiger, Urhausschlüssel. Der „redliche Finder" hat denselben als Nummer 2130 in der Stuttgarter Sammlung niedergelegt, und es fehlt nichts daran als das Schlüsselloch; daß aber ein solches nebst Zubehör ursprünglich dabei gewesen, wird niemand läugnen. Mit dieser einen Thatsache sind unsere Schützlinge aus Sumpf- und Moorwasser heraus auf die große Culturleiter hinaufgehoben, daran die Menschen auf- und niedersteigen. Barbaren führen keine Hausschlüssel.

Nun aber erhebt sich die Frage: wer hat ihn verloren? Darauf hat man nur die allgemeine Antwort: ein Pfahlbauer. Welcher?

was war er? wie hieß er? Diese Fragen werden schwerlich ganz zu ergründen seyn; einiges aber hoffen wir doch beizubringen. Eines der härtesten Uebel, welche einen erfahrenen Mann treffen können, ist bekanntlich das Vergessen des Hausschlüssels; man kann das im strengsten Sinn des Wortes eine schwere Heimsuchung nennen. Das Verlieren solchen Schlüssels aber wird sogar gegen den solideren Bürger allzeit einen leisen Verdacht wecken; und weit entfernt einem Mitglied jenes Volks, das wir lieben und hochschätzen gelernt, zu nahe zu treten, müssen wir doch bekennen, daß Indicien vorliegen, welche einen zweitausend Jahre langen, wenn auch leichten, Schatten auf den Lebenswandel jenes Hausbesitzers werfen. In dem Pfahlbau von Unteruhldingen nämlich hat man nach und nach etliche zwanzig Bodenstücke oder Füße von Flaschen oder Trinkgläsern gefunden, alle von gleichem Typus, verschieden fast nur in den Dimensionen, in der größern oder geringern Einfachheit und in der Form der Ornamente. Der Boden ist durchweg — die trefflich gezeichneten Abbildungen liegen vor uns — nach innen in eine hohe Spitze getrieben, wie sie moderne Flaschen noch zeigen, die Ornamentik aber offenbart entschiedenen Geschmack, indeß ebenso entschieden ein nicht immer siegreiches Ringen mit der Technik. Der nächste Gedanke war natürlich, daß ein später Zufall, etwa in Gestalt eines mittelalterlichen Weinreisenden oder eines Rudels fahrender Schüler, jene Gefäße in den See befördert habe; denn Flaschen und Gläser hat man, Dank dem Himmel, in allen Perioden der Geschichte gebraucht. Vorsichtige Männer also schwiegen, betrachteten und verglichen und ließen die Sache gut sein. Aber siehe, bald darnach fand man die gleichen preiswürdigen Fragmente auch im Pfahlbau des drei Stunden entfernten Sipplingen, und fand immer neue in Uhldingen; man fand eine kleine starke Glasscheibe, fand eine Art Flaschenhals, und fand endlich auch den oberen Theil eines eigenthümlich ornamentirten Gefäßes, bei welchem „von modernem und mittelalterlichem Glase nimmermehr die Rede sein kann;“ zuletzt sogar eine Glasschlacke, also einen Artikel, welchen weder der Handel importirt und exportirt, noch Weinreisende und fahrende Scholasten bei sich zu führen pflegen. Von mittelalterlichen Glashütten am Bodensee weiß man auch nichts, und folglich, schließt man, muß ein solches Etablissement in älterer Zeit dort bestanden haben.

Item, die Pfahlbauern haben sich des Besitzes gläserner Gefäße erfreut, und da wir sie als verständige und praktische Leute kennen, so dürfen wir hoffen, daß sie dieselben Trinkens wegen angefertigt. Auf Wassergläser und Wasserflaschen aber verwendet ein gebildetes Volk keine Kunst und Mühe, wie wir sie an jenen Fragmenten bewundern, und daraus ersteht uns eine weitere Aufgabe, die wir in ihre mildeste Form einkleiden, indem wir fragen: was hat jener Pfahlmann getrunken? Und da sagen wir es ihm ohne Menschenfurcht auf den Kopf zu: er hat Bier getrunken und hat Wein getrunken; beides wollen wir beweisen. Schon gelegentlich der mecklenburgischen Pfahlbauten haben wir auf Grund jener berühmten Taciteischen Stelle: humor ex hordeo aut frumento in quandam similitudinem vini corruptus, die Vermuthung gewagt, daß ein derartiges Gebräu auch eines älteren Volks nicht unwürdig seyn möchte. Doch das war eben eine Hypothese, und im stillen dachten wir: an den Pfahlmenschen ist Hopfen und Malz verloren. Sie sind glänzend gerechtfertigt. Die Gerste hatte man ohnedieß schon längst als Object ihrer Landwirthschaft erkannt; im Sipplinger Pfahlbau aber hat man einen Topf gefunden, und in diesem eine Partie Hopfen. Das ist erstens ein neues Exempel, daß man über seine Mitchristen mild und vorsichtig urtheilen soll, ist zweitens eine Berichtigung der bisherigen Ansicht, daß der Anbau des Hopfens in Deutschland nicht über das 9. Jahrhundert zurückgehe, ist zum dritten, im Verein mit der Gerste, ein Beweis, daß in den Pfahlbauten Bier gebraut wurde, wenigstens in dem vorgeschrittenen, wahrscheinlich liberal gesinnten Sipplingen.

Nicht genug. Wir alle kennen jene speciell dem Bier gewidmeten, auf der Außenseite gerippten und gebuckelten Gläser, die man auf alemannischem Gebiet Raupen- oder Warzengläser nennt, und welche hierlands noch heute der Stolz der ländlichen Herberge und der Triumph der Glastechnik sind. Ihr Vor- und Urbild hat man jüngst aus den Tiefen des Uhldinger Pfahlbaues hervorgezogen, und Hr. Haßler zeigt uns das getreue Abbild, aus welchem erhellt, daß jene „Raupen“ nur alemannische Verflachung einer tiefen Pfahlsymbolik sind, die Reste von kunstvoll an den Glaskörper angeschmolzenen großen Glastropfen, welche anmuthig niederhängend zum Genuß des Inhalts laden.

Es gab sogar einen Augenblick wo Hr. Haßler eine erkleckliche Anzahl palochronischer Faßreifen auf dem Grunde des Sees gefunden zu haben glaubte; doch war das eine Täuschung. Solchen ist niemand häufiger ausgesetzt als der Palologe oder Humist, wenn wir im Anschluß an oben gesagtes dieses Wort nach Analogie von Humanist bilden dürfen. So weiß jedermann, daß den Pfahlbewohnern das Pferd nicht unbekannt war, und als wir nun lasen, daß man in Uhldingen das Fragment einer Säbelscheide gefunden, glaubten wir in der ersten Freude schon einiges ebenso gelehrte als anmuthige über berittene Pfahlmilizen erzählen zu dürfen. Der Gedanke mußte aber weichen vor Hrn. Haßlers Versicherung, daß jenes Metallstück als schlechterdings modern sich bekunde — „und Roß und Reiter sah man niemals wieder.“

Ein Trost für diese Enttäuschung war die Gewißheit, daß Gott Bacchus auch durch die Pfahlhütten des Bodensees gewandelt ist. Seine zertrümmerten Opferschalen haben wir oben gezeichnet, und nun berichtet Hr. Haßler von zwei aufgefundenen „Rebmessern,“ vollkommen gleich jenen im weinbauenden Altwürttemberg' sogenannten Hapen. Freilich, setzt jener Gelehrte bei, sie können auch zu anderem, z. B. zum Gartenbau, gedient haben. Wir selbst aber könnten es vor unsern Lesern nie verantworten, wenn wir diesen letzten Ring der Indicienkette wieder ausbrächen mit welcher wir nunmehr unsern obigen Hauseigenthümer umschlossen und gefangen haben. Die Sache ist so klar wie möglich. In Sipplingen herrschte Hopfenbau und Bier vor, in Uhldingen das Getränk des Weinstocks. Dieses war zwar auch dem Nachbardorf nicht ganz versagt, aber wenn heute noch der Saft von den Sipplinger Hügeln des Leumunds sich erfreut, daß er der sauern sauerster sey am ganzen See (Scheffel, Ekkehard S. 169,) wie mag er damals gemundet haben? Natürlich also, daß die Sipplinger Paliten von

Zeit zu Zeit die dreistündige Land- oder Wasserfahrt (die Kahntrümmer liegen bei den Acten) nach Uhldingen nicht verschmähten, um im fröhlichen Kreise der Nachbarn ihres Hopfens Bitterkeit und ihres Weines Säure zu vergessen. Kein Wunder, daß man auch einmal, zumal an einem Samstag Abend, des Guten zu viel that, daß der Heimzug sich nicht genau nach dem geometrischen Satz von der kürzesten Entfernung zwischen zwei Punkten vollzog, und daß beim Gang über die schmale Brücke oder beim Anstoßen des Kahns unserm Mann etwas menschliches geschah.

Denn ob auch die Geschichte wenig von ihnen berichtet — paulum sepultæ distat inertiæ celata virtus — sind jene Menschen denn nicht auch Menschen gewesen? Ist durch jene versunkenen Hütten nicht auch die Trauer geschlichen, und durch jene vermoderten Herzen die Freude gewandelt? Und geht nicht uns selbst noch das Auge heller auf wenn es über jene leuchtende Fläche blickt, und das Herz weiter wenn es die Herrlichkeit jener Gestade genießt?

In dieser Weise hatte man noch einiges weiter phantasirt, dabei aber nicht vergessen wiederholt und deutlich hervorzuheben daß man auf eigene Faust hantiere; man hatte das ernste Verdienst des oben bezeichneten Werkes gebührend gepriesen, und dem Leser angedeutet daß ein Unterschied sei zwischen der wissenschaftlichen Darstellung eines berühmten Archäologen und den flüchtigen Gestaltungen eines Feuilletonisten. Leider nicht überall mit Erfolg. Mochte ein Theil unseres Vortrags vielleicht etwas elegischer geformt erscheinen als für so gleichgültige Dinge sich ziemt, so schien ein anderer Theil vielleicht etwas heiterer als man es in Deutschland wünscht, wo die Gelehrsamkeit auch für den kleinsten Gang ins Freie sich vom Haupt bis zur Sohle in Eisen panzert, gewissenhaft jedes Blümchen in den Boden stampft, das zwischen den dürren Steinen zum Lichte drängt, und jeden goldflügeligen Käfer zertritt, der in seines Herzens Einfalt über den Pfad läuft. Heute nun müssen wir doppelt bedauern und doppelt um Entschuldigung bitten für unsere damaligen Ketzereien, seitdem in neuester Zeit ein neuester Gelehrter aufgestanden ist und uns die letzte und einzig wahre Offenbarung über jene geheimnißvollen Bauten gebracht hat. Ein schwacher Trost daß noch andere mit uns, daß wir alle in Nacht und Irrthum gewandelt sind. Keine Pfahlmänner, wie sie bisher der gemeine Mann sich gedacht, haben auf jenen hölzernen Inseln gesiedelt, sondern, um mit unserem Freunde, dem gelehrten Dr. Felix Dahn in Würzburg zu reden, „keltische Commis-Voyageurs, phönikische Handwerksburschen und etruskische Hausirer! — Wer hätte geglaubt daß diese Industriellen der Vorzeit es waren die in den Pfahlbauten ein rheumatisch-amphibisches Leben geführt! Und doch soll es also sein! Der carthagische „Comptoirist“ verließ den Palmenschatten numidischer Lustgärten und seine weiche Kline mit dem scheckigen Pardelfell, der Bijouteriehändler der üppigen Massilia die säulengestützte Villa an des Rhodanus rebenumgrüntem Gelände und der kunstsinnige Tusker die ernsten Tempel des feierlichen Cäre, um zwischen den schlüpfrigen Latten bei Sipplingen seine Kinder, den Felchen und Renken zur Speise, in den Bodensee fallen zu lassen, zwischen Unteruhldingen und Ueberlingen, wo damals die gastliche Tafel der Frau Appert im „Löwen“ noch nicht lockte, Schlehen oder Cornelkirschen zu schmausen, oder, wollte er sich einmal an einem Feiertag von Sant' Astarte gütlich thun, in Wallhausen mit getrockneten Holzäpfeln und gerösteten Eicheln ein Picknick zu veranstalten. So war es. Hr. Pallmann hat es bewiesen.“ [1] Ja, es mag ein denkwürdiger Tag gewesen sein, und der damalige Schultheiß v. Bodman hat ihn gewiß roth angestrichen in seinem Kalender, d. h. er hat mit seinem Steinbeil eine Kerbe in den Thürpfosten geschlagen, als die erste Karawane das Stockachthal herunterzog. Man weiß nicht mehr genau, kamen sie den Landweg vom Schwarzwald und Twiel her, oder hatten sie an der Nordsee ihre Waaren und Schätze auf Kähne geladen und den Rhein herauf gerudert und gezogen. Schon am Binger Loch war manches Schebuat-Aláh! erklungen wie der Nachen einer an

[1] Die Pfahlbauten und ihre Bewohner. Eine Darstellung der Cultur und des Handels der europäischen Vorzeit, von Dr. Reinhold Pallmann. Greifswald 1866. (Besprochen von F. Dahn in den Beilagen zur Allgem. Ztg. Nr. 185, 188, 190.)

die Felsen trieb und hinabsank, als Grundstock des späteren Niblunghortes. Beim heutigen Laufen aber schauten die Fremdlinge staunend zu den donnernden Fällen hinauf, zogen, den kanadischen „Voyageurs“ gleich, die Barken ans Land, und auf Rossen und Mäulern gieng es dem See zu. Gerüstet und gewappnet reiten die Herren daher, in feine Stoffe und reiches Pelzwerk gehüllt; denn es zieht von Osten her ein bißchen scharf über die breite Wasserfläche und von den riesigen Tannen tröpfelt ein leiser, aber eindringlicher Nebel. Voran und seitwärts schreiten die Knechte mit Aexten und Speeren, mit Schwert und Bogen bewehrt. Man will Frieden halten, aber man muß auch auf jeglichen Feind gefaßt sein. Dort endlich die armseligen Barbarenhütten von Bodman. Die Fremdlinge verstehen sich auf die Zeichen des Friedens, sie haben schon ganz andere Leute durch diplomatisches Mienenspiel bezwungen als diese ärmlichen, schmutzigen Seehasen. Den Glasperlen und bunten Lappen vermögen die Weiber und Kinder des Urwalds nicht zu widerstehen, und wer diese hat, der hat auch die Männer gewonnen. Der mündliche Verkehr bietet für den Anfang einige Schwierigkeit; die Bodamensen entfalten ein unsagbares Idiom. Aber die scharfäugigen, schwarzlockigen, adlernasigen Fremdlinge haben ein scharfes Ohr und eine schmiegsame Zunge, und von ihrer eigenen Sprache an tiefe und mannichfache Gutturale gewöhnt, schaudern sie nicht ganz hoffnungslos zurück vor den ungefügen Gurgel-, Kehl- und Rachenlauten, deren Echo, vielleicht etwas weicher, noch heute zwischen See und Alpen klingt. So aber der Bodamensen einer den Sinn der fremden Laute und Gesten alsbald erforscht und zusammengefaßt hätte, so hätte es in neudeutscher Zunge etwa geheißen: Nichts zu schachern? Ja, es waren semitische Leute, verwegene phönikische Land- und Seefahrer, auri sacra fames hat sie durch die Säulen des Herkules weit hinauf geführt nach den zinnreichen Kassiteriden, nach den bernsteinzeugenden Gestaden der Ostsee, und von dort durch hundert Barbarenstämme herauf an die Ufer des venetischen Binnenmeers. „Dorten laßt uns Hütten bauen“ sprachen sie mit dem etwas späteren Ferdinand Freiligrath, und sie bauten sie mitten in die schwäbischen und helvetischen Seen hinein. Wo man bisher eine alte gähnende Pfahlmutter sich sitzen dachte und an einem zerrissenen Netze flicken, da steht jetzt, kühner als Amsterdam und Venedig auf schwanke Pfähle gegründet das Comptoir der Firma Hiram u. Comp. aus Tyrus, und der Procurist Adonja, der hoffnungsvolle Sohn des rühmlichst bekannten Bijoutiers Barsillai in Damaskus, führt Journal und Strazze, und trägt nach den Regeln der doppelten Buchhaltung in schöner von rechts nach links laufender Quadratschrift Kauf und Verkauf, Gewinn und Verlust in die schweren Bücher mit den feinen schafsfellenen Blättern. Ach, wenn wir die Namen der Orte und Menschen wüßten, wie sie damals erklangen! wenn man einen Wechsel fände, gezogen von der Firma Gog aus Sidon im lacus acronius auf das Haus Magog und Söhne im Torfmoor von Robenhausen, Bau Nr. 26! Wenn unser Stuttgarter Freund, Professor Oskar Fraas in dem Schussenrieder Moose den Buchhalter aus Jericho fände, der damals sammt der Casse durch die Latten gieng — nämlich, wie schon Hr. Dahn oben andeutete, durch den Bretterboden des Comptoirs brach, und im Wasser verschwand! Sollten sich nicht in einem Städtlein am nahen Federsee noch Spuren jener einstigen Herrlichkeit finden? Wie von selbst erklären sich jetzt auch die „arabischen“ Ortsnamen, die man in den helvetischen Alpen hat finden wollen. Uralter Semitismus; der Thurgau = Tyrus oder Tur, Sitten = Sidon, Sion = Zion, Thun = Tunis, unsere Eschelheim, Eschelbach u. s. w. sind das alte Askalon, Aach ist Akko, ein Jordanbad und ein Bethlehem gibt es heute noch in Oberschwaben, Bettelhofen, Oberamts Leutkirch, heißt Bethel, Basel und Basan können unmöglich getrennt werden, und die eidgenössische Hauptstadt Bern ist nur in Folge von Altersschwäche aus dem palästinischen Bersaba in e i n e Silbe zusammengeschrumpft. Daß der alemannische Ramma-gau in Oberschwaben das judäische Rama darstellt, sieht nur derjenige nicht ein, der in der schwäbischen Alb das syrische Haleb = Aleppo und in dem lp der Alpen nicht das lb des Libanon erkennt. Auch der Name der Philister hat sich erhalten, und nicht bloß der Name. Nur Methode, nur consequent, nur wollen! pflegte Mago, der Sohn

Hamilkars, des Sohnes Machirs, der Hausknecht der großen Appenzeller Käsehandlung des Malek Sedek aus Gaza zu sagen, wenn er nach vollbrachter Tagesarbeit in der räucherigen Kneipe „zum Torfschwein" in Unteruhldingen saß, aus thönernem Topfe den Extract der Sipplinger Holzäpfel schlürfte und der Tage gedachte, da er im „schwarzen Walfisch zu Askalon" des Rebensaftes von Ebron sich erfreute und seiner gazellenäugigen Sulamit, die ihn kredenzte. Nur wollen! sprach er, that einen Zug und schüttelte sich und — am Ende, sprach er, immer noch lieber in Unteruhldingen am See mit drei Monat Regen und neun Monat Regen und Schnee, als wie mein seliger Großvater aus Gomorrha im See mit einem Tag Schwefel und Feuer; immer noch lieber obscurer Hausknecht bei Malek Sedek als eine berühmte Salzsäule im Thale Siddim.

Sicherlich haben die eisenschmiedenden Kelten, als Nachfolger jener ärmlichen Strandwohner, eine Reihe von stattlichen Sitzen um die Wasserfläche her gegründet, und einige derselben sind uns als römische Stationen mit romanisirtem Namen überliefert; auch das echt römische Constantia selbst stand vielleicht auf keltischen Grundmauern. Echt römisch scheint auch Arbor felix, das heutige Arbon; und doch könnte ein keltisches Wort sich im Schatten dieses „Glücksbaumes" bergen.[1] Am (?) See lag Taxgaetium, vielleicht seiner Zeit ein äußerst anmuthiges Oertlein, jetzt aber ein sprachliches Räthsel.[2] Nördlich zeugt das badische Dorf Linz bei Pfullendorf von keltischer Siedlung.[3]

[1] Schon im frühen Mittelalter lautet es Arbonense castrum. In Pannonien lag ein Arrabo (oder Arrabon; beim G. Rav. Aravona = Arabona?) und eben dort ein zweites Arrabona (P. T. Arrabo) unweit der Mündung des Arrabo (jetzt die Raab) in die Donau. Letzteres jedenfalls scheint nicht hierherzugehören; dagegen gibt es mehrere kelt. Ortsnamen auf -bona. So Augustobona, eine Stadt der gallischen Trikasser, Tricassi, daher später Tricassi genannt, jetzt Troyes. Ein Calabona und Equabona (beide vielleicht nicht hierher gehörig) lagen in Spanien; Juliobona in Gallien; und Oesterreichs Hauptstadt hieß Vindobona = Wien.

[2] Keltische Personennamen sind Tascius, Tascillus, Tascovanus, Tascomanus Gl. 127 und Nachl.). Im Lande der gallischen Bituriger lag Tasciâca (jetzt „Thesée)," d. h. der Ort des Tascius. Vielleicht war unser Ort ein ursprüngliches Tasc-etium, später verstellt in Tacsetium, gebildet wie Bregetium und andere Orte. Einen Namen Tasgêtios finde ich in Gl. Nachlaß.

[3] Schon Ammian schreibt: Lentiensis Alamannicus populus, tractibus

Vor allem aber lag am See Brigantium — Bregenz,[1] daher Plinius von einem lacus Raetiae brigantinus spricht. Die Umwohner werden von den Alten als Brigantini aufgeführt. Dies erinnert alsbald an den Stamm der Brigantes in Britannien, und an einen gleichnamigen in Irland. Der Name Brigantium selbst wiederholt sich im südöstl. Gallien, das heutige Briançon; ein drittes lag an der spanischen Nordküste. Dazu dürfen wir wohl noch stellen den Ort Brigaecium oder Bregaecium im nördl. Spanien und Bregetium (falsch Brigitio, Brigantium, Bergentio) in Pannonien.[2] Dieses alte briga lebt noch im

Raetiarum confinis. Diese Alemannen aber hatten offenbar den Namen ihres Bodens schon vorgefunden. Obiges Linz erinnert an die gleichnamige Stadt an der österreichischen Donau, in der Not. Imp. Lentia, a. 820 Linza. Das Lentiensis des Ammian taucht dann später wieder als alemannischer Gau auf, a. 774 p. Linzgauuia, 972 Linzihkouue, St. — In der Schweiz, nordöstlich von Sitten, liegt Lens, im Patois Lince, Linsse, deutsch Leis. Der Ort heißt a. 1199 Lens, c. 1250 Lentina, 1279 Lenz. Das erinnert an Lentigny (K. Freiburg), deutsch Lentenach, a. 1210 Lentenâcum (Gatschet).

[1] Βριγάντιον Str.; Brigantium, P. T.; Bregantia It. A.; 1064 Preginza. Der See selbst heißt noch im 12. jh. lacus Brigantinus, Briganticus, 1188 lacus Constantiensis, St. II, 123.; F. Zum jetzigen Bregenz verhält sich das alte Brĭg- wie gothisches rign, vig, fil, ibn, itan u. s. w. zu althochd. rëgan, wëc, fël, ëpan, ëzzan = Regen, Weg, Fell, eben, essen; wie Neckar zu Nicer, Lech zu Licus.

[2] Weitaus vorherrschend in spanischen Ortsnamen vertreten ist das Wort brĭga, öfters auch brica und, wie es scheint das gleiche Wort, zuweilen auch bria geschrieben (aber zu unterscheiden von einem andern — bria in thrakischen Ortsnamen). Ich zähle 37 solcher spanischen briga, darunter 3 Augustobriga, je ein Cäsarobriga, Flaviobriga, Juliobriga. Außerhalb Spaniens finde ich Artobriga in Noricum (bei Traunstein?), was an das spanische Ardobrica erinnert. Am Mittelrhein, im Lande der Treverer, lagen zwei Baudobrica (falsch Bodobria, Bontobrica) auf das heutige Boppart gedeutet, F.; in Gallien, im Lande der Senonen Eburobriga. Gleichfalls gallisch ist Litanobriga und Magetobriga. Mit minderer Zuversicht stelle ich hierher ein Arebrigium im südl. Gallien und ein gleichnamiges in Oberitalien. Später erscheint ein pagus Arebrignus. In den Namen des helvetischen Stammes der Latobrigi und des gallischen der Nitiobriges scheint das i lang zu sein, was sie entschieden von unserem brĭga scheiden würde (kelt. brĭg = valor, virtus, Gl. 126). Dagegen hängt das südgallische Volk der Segobrigii wohl mit den beiden spanischen Orten Segobriga zusammen. In ihrem ersten Theile gleichlautend mit Namen diesseits der Pyrenäen sind noch die spanischen Orte Nemetobriga und Nertobriga. In Britannien finde ich den Stamm brig als zweiten Theil der Zusammensetzung nicht ein einzigesmal, wohl aber als

irischen brigh, bri, kymrisch bre, kornisch bry, armor. bre, welche sämmtlich einen Berg, Hügel, Bühl bezeichnen; irisch brioghach hügelig; alles das wurzelhaft verwandt mit dem deutschen Berg (gothisch bairg, ursprünglich birg). Natürlich muß man sich bei dieser Erklärung das alte „Berghorn" Brigobanna auf der Höhe gelegen denken; Brigantium aber entweder ebenso oder als Hauptort des unmittelbar dort aufsteigenden Gebirgslandes, als Hauptstadt der Brigiâni oder Brigantes, der Bergbewohner, derer die jetzt vor dem Arlberg, in und um Vorarlberg sitzen.

Zurück zum See. Am westlichen Ende des Ueberlinger Sees, fast im hintersten Winkel liegt das badische Dorf Bodmann, westlich davon auf der Höhe der Weiler Bodenwald. Jenes Bodmann ist die alte königliche Pfalz Podama und sie hat der ganzen Wasserfläche ihren heutigen Namen gegeben. Ich darf hiefür den Leser auf Uhlands herrliche Abhandlung in Pfeiffers Germania IV, 88 verweisen, welcher ich auch das wesentliche in der Anmerkung entnehme.[1] Man hat bezweifelt, daß ein kleiner

ersten. Außer den oben genannten erscheint daselbst ein Ort Brige, ein britisches Volk waren die Brigantes. In Gallien wohnte das Volk der Brigiani und lag ein Ort Brigiosum (jetzt Brioux?).

[1] a) 759 apud villam Potamum, 849 in Potamo curte regis publica, 857 in villa Potamo, 879 Potamus, 881 ad Potamum, 901 in Potamo.

b) 839 villa regia quae Bodoma dicitur, und usque Bodomiam, 885 in Potoma, 887 curtem Podomam, 1155 curtis in Podoma, 1191 Uolric. de Bodoma.

c) 912 Potamis curte regia.

α) 1252 in Bodeme; 12. 13. jh. de Bodeme als Geschlechtsname; 16. jh. von Bodma, zue B.

γ) 1179 de Bodeman, 12. 13. jh. de Bodemen Bodimin Bodemin, 1297—1317 de Bodmen.

Die Formen a) b) c) sind latinisirt; a) ist mascul., dem deutschen Wort entsprechend, b) fem., wozu die Wörter curtis, villa gewirkt haben mögen, c) ist plural. Dem a) und b) entspricht die deutsche Form α), dem c) das deutsche γ). — Zu Grunde liegt ahd. podam m. (plur. podamâ) = Grund, Boden, dat. (zua demu, zi) Podama, ze Podamo, mhd. in Bodeme. Der plur. Form zu Grunde liegt ahd. (zua dêm, zen) Podamum, Bodemon, mhd. Bodemen, woher das jetzige Dorf Bodman. — „Es war ganz angemessen, das Uferland am Fuße des Gebirgs, gegensätzlich zu letzterem, durch ahd. podam, pl. podamâ zu bezeichnen, und dann auch die dortigen Ansiedlungen, von den ländlichen bis zur Königspfalz („Potamico Palatio"), nach solcher Belegenheit im Grund, in den Gründen, zu benennen. — — — Die

Punkt im hintersten Winkel des Sees seinen Namen über die ganze gewaltige Fläche ausgedehnt habe. Nun, Uhland sagt uns ja wie politisch bedeutend dieser Punkt gewesen. Die Namen lacus Brigantinus, Constantiensis, Potamicus bilden eine vollkommene geschichtliche Klimax. Und woher hat denn das viel größere Adriatische Meer seinen Namen? und der atlantische Ozean? und die Länder Schweiz, Baden, Wirtemberg u. s. w.? Hiebei ist, sagt Uhland, zu erwägen, daß von der Pfalz zu Bodman aus durch Pipins Statthalter und nachher durch die Kammerboten die Reichsverwaltung über das alemannische Land im Namen der nicht selten auch persönlich anwesenden Könige geführt wurde. In solcher Auffassung ist der Name Bodensee ein geschichtliches Denkzeichen aus dem Zeitalter der Karolinger. [1]

Ortslage von Bodman schildert Johannes v. Winterthur zum Jahre 1335 kurz und anschaulich: villa longa dicta Bodmen sita inter lacum Bodmensem ex una parte et excelsum montem ex alia parte. — Entsprechend dem Potamicum palatium nun heißt auch der See lacus Podamicus, Potamicus (a. 890 ff.). Das mare quod Podomus dicitur c. 850, kann als Auflösung eines ahd. Podamsêo erklärt werden. — — Deutsch zuerst 1087 ad lacum Bodinsê, weiterhin Bodamsê, Podemsê. Wie — — von Reichenau [Augia dives] der lacus Augiensis 1155, so konnte nach dem Orte Podama zunächst der angrenzende Seearm Podamsêo geheißen sein, allmählich auf dem ganzen See der Name sich ausdehnen. — „Brigantinum mare-pontus qui modo Potamicus vocitatur“ 9. jh.; „ubi Rhenus lacum influit Podamicum“ a. 890.

[1] Daß der Bodensee vom Orte Bodman heiße, das nimmt schon M. Crusius als selbstverständlich an. Crusius berichtet auch (III, 12, 1), daß a. 1573 der See ganz überfroren gewesen. „Damals wurde an der Fastnacht Antoni Roth oder Erythräus als ein Knab von 5 Jahren (der aber 1589 zu Tübingen Magister worden) von seines Vatters Magd von der Vatter-Stadt Lindau biß nach Bregentz zum Andenken über denselben getragen.“ Eben damals wurde eine Messung des Sees vorgenommen von dem Stadt-Amman Hälle in Bregenz. Es ergaben sich von „Roschach gen Argenstättlin 7141 Klafftern, von Romishorn gen Buchhorn (Friedrichshafen) 7275 Kl., von Bregentz, auf dem Eis, gen Lindau, an die Brück, 3125 Kl., oder 7330 Schritte wie einer geht, sieben Werckschuh für ein Klaffter gerechnet.“

VII. Von den Flavischen Altären zur Teufelsmauer.

Probus führte seine Mauer durch des Nordens halbe Welt,
Neun Germanenfürsten knieten vor dem römischen Kaiserzelt.
Platen.

Wir holen Hrn. Paulus wieder ein auf der Straße, die er von Brigobanne — Rottweil nach dem Dorf Unter-Ifflingen (nordwestlich von Sulz) bahnt, um dort die „Flavischen Altäre" (auf der P. T. im Ablativ aris flauis genannt; auch Ptolemäus nennt diese „Bômoi Phlavioi") wieder aufzurichten. Wie bei Rottweil, so besteht auch bei Ifflingen noch eine „Altstadt" und wie bei Sumlocenna — Rottenburg, geht auch hier die Sage von einer untergegangenen Stadt „Rockesberg", wobei wer Lust hat an römische Scheiterhaufen (rŏgus) und Todtenopfer denken mag. Daß irgend einem kaiserlichen Gliede des Flavischen Hauses zu Ehren dort oder sonstwo in jener Gegend ein Altar errichtet stand, ist der P. T. gegenüber nicht zu bezweifeln. Stand doch auch bei Bonn am Rhein (Bonna schon bei Tacitus) eine Ara Ubiorum. Aber sogar von jener römischen Ara selbst will man die Spur noch finden in den dortigen Flurnamen „Hinter- und Vorder-Alt-Ara." Leider hatten wir noch keine Gelegenheit, die Aussprache dieses Wortes aus dem Munde des Volks an Ort und Stelle zu hören, und müssen daher auf das gebotene Beweismittel verzichten; wohl aber wäre es der Mühe werth, in den Ifflinger Lagerbüchern nachzuspüren.

Von den Altären geht Paulus über Sumlocenna nach Sindelfingen, in dessen Nähe, auf dem „Altinger Feld" das Peuting. Grinarione (Ablat. von Grinario) aufgestellt wird. Es fanden sich dort Römerspuren die Menge, u. a. auf dem sog. Erlach ein Bildwerk (Merkur?) vom Volke der „ehrliche Mann“ genannt, soll heißen: der Erlacher Mann. Da sprach aber vor etlichen fünfzig Jahren ein biederer Böbl- oder Sindelfinger mit Schillers Wilhelm Tell: „Auf diese Bank von Stein will ich mich setzen“, und verarbeitete die lateinische Gottheit zu einem schwäbischen Ruhesitz. So werden die ehrlichen Männer immer seltener. Der Name Grinario entspricht in seiner Endung dem keltischen Orte Vocarium (oder Vocario?) in Norikum.

Wir eilen mit Hrn. Paulus nach Clarenna, dem heutigen Canstatt. Der Name mochte den Römern mit ihrem clarus, Ravenna u. s. w. römisch genug klingen; er klingt aber ebenso gut keltisch. Zwar zum Stamme clar finde ich kein Beispiel, aber -enna ist Bildungssilbe in mehreren keltischen Ortsnamen.[1]

Leider ist zu gestehen, daß auch das heutige Canstatt in seiner Bedeutung so wenig klar ist, wie das alte Clarenna. Schon a. 746 ging es auf der alten Malstatt daselbst, dem „Stein“ etwas unheimlich zu. Karlmann hatte die aufständischen Alemannenhäuptlinge dorthin geladen — Carlomannus placitum instituit in loco qui dicitur Condistat[2] — sie kamen und er ließ die

[1] Muenna in Gallien (Z. 736), Vienna, das französ. Vienne, Ravenna wo die Deutschen ihre „Rabenschlacht“ schlugen, mons Cebenna (Cevenna) die Sevennen, silva Arduenna die Ardennen, Crebennus (Z. 736), endlich das heutige Chiavenna, früher Clavenna, aus welchem unsere Vorfahren die edle Traubensorte, den Cläfner geholt, woraus zugleich erhellt, daß sie das welsche Clavenna — Chiavenna in ein Kläfen umgedeutscht hatten. Indessen muß gelegentlich bei Clavenna, Ravenna an die Formen und Namen erinnert werden, welche Steub II, 184. 203 als rätischen Stammes zu nehmen geneigt ist. Rätische Formen zu Clarenna ebenda S. 182.

[2] Die Form Condistat könnte an das mehrfach in Britannien und Gallien erscheinende Condâte (französ. Condé) erinnern, was dem latein. Confluentia — Coblenz, dem deutschen Gamundi — Gemünd entspricht, der Vereinigungsort zweier Flüsse. So heißt Cond bei Coblenz a. 1051 Chundedo. Allein bei Canstatt vereinigt sich mit dem Neckar so gut wie nichts; nur ein Berg hinter der Stadt heißt „im Känbach,“ a. 1277 mons qui dicitur Canbach. Sodann scheint jene Form unecht. Schon a. 708 heißt der Ort Canstat ad Neccarum; im 12. jh. Canzstatt (gleichfalls verstümmelt); 1279 Kanstat, M. 3, 341; 1296 villa Kannstatt, Schm. ZH.; 1363 Kannestat, M. 13, 18. — K. F. Eine gelegentliche Bemerkung Uhland's über Canstatt steht Germania 4, 62.

unruhigen Herren sammt und sonders von seinen Franken zusammenhauen. Die Nachkommen feiern jetzt dort, auf dem „Canstatter Wasen“ allherbstlich ihr „Volksfest.“ In Anbetracht daß diese Feier, wie das Münchener Octoberfest und andere, ihren Hauptschwerpunkt in der Vertilgung einer unglaublichen Masse von Sauerkraut, Blutwurst und Schweinefleisch nebst entsprechendem Quantum Braunbiers findet, ist vielleicht der Unterschied nicht so gar groß zwischen den modernen Olympien und jenen heidnischen Volksfesten, über deren Behandlung Papst Gregor der Große dem Abt Mellitus in Frankenland einige christliche Unterweisung gibt — „man kann nämlich diesen harten heidnischen Köpfen nicht alles auf einmal austreiben, man muß sie Schritt für Schritt, und nicht sprungweise, auf den höchsten Standpunkt zu bringen suchen.“ Nun — große Sprünge haben wir seitdem in diesem Punkte nicht gemacht.

Schon hier sei bemerkt daß die Stadt sich aus den vier Weilern, Canstatt, Altenburg, Uffkirchen und Brie gebildet hat, auch das letztere ein gar seltsamer Name, über den man nur mit Herzklopfen eine Vermuthung wagt.[1]

Von Clarenna führt die P. T. nach der Station ad Lunam, d. h. nach Pfahlbronn bei Welzheim[2] an der Lein. Ueber

[1] a. 1269 Brie, 1275 und 1282 Brige, 1280 Brue, Bry, Brye, 1296 Brüe, 1334 in brie Eßl. Lagb., 1336 Bri, 1554 Vorstatt zu Brey, 1580 der ander tail ist die Vorstatt, heisst Brey; noch jetzt „die Breiwiesen.“ Wenn diesem ei u. s. w. ein altes î, brî zu Grunde liegt, so könnte das auf das keltische brîva die Brücke führen. Ein Ort an der heutigen Oise, der gallischen Isara, heißt altgallisch Briva Isarae. Amiens, einst Hauptstadt der Ambiani liegt an der Somme, früher Somena, Sumena, und heißt bei den Alten Samarobriva, d. h. brîva Samarae (Samanae). In Britannien lag ein Durocobrivae. Die obigen Formen brîe, brîge, brî, brei entsprächen dem fremden brîva genau wie dem römischen vîvarium die deutschen wîver, wîger, wîer Weiher.

[2] Welzheim; zuerst c. 1152; 1181 ecclesia Wallenzin K. II, 412; ebenso 1269; 1266 Wipert. scultetus in Wallinzin St. 2, 666; 1284 Wallenzi, 1355 Wallenzingen, 1374 Welntze, 1446 Walzen, 1473 Walzan, später Welnze, Welzen. — Valentzwald lb., ein Wald bei W. Wenn man nicht einen römischen Eigennamen, eine Colonia Valentia (vergl. Constantia) oder Valentiana annehmen will, so sind diese Formen ganz analog dem aus palatium gebildeten althochd.: die palinza, phalanza, mittelhd. phalanze,

Luna — Lein redet man später; aber auch Welzheim selbst ist, trotz all seiner Tannenzapfen, nicht deutsch, es stellt sich nur so, wie man unten sieht. Ferner nennt das Volk den Höhenzug zwischen Rems, Lein und Kocher, über welchen der große Wall sich streckte, d'Wellenet, d'Wellet, schon a. 1443 Wellant, 1601 Welland. Dieses alte „land" ist aber offenbar schon ein Mißverständniß (ähnlich wie man aus lînwât eine Leinwand machte). Von einem „Wellenland" wußte die damalige Geographie noch nichts, am wenigsten die der schwäbischen Bauern. Nein, die Wellet, Wellat ist die Erinnerung an die terra vallata.[1] Warum nicht, wenn sie doch ein bißchen weiter östlich die alte Römerprovinz Raetia noch heut in ihrem Rieß festhalten?

Noch auf manchen alemannischen Markstein hat die Erinnerung an jenes gewaltige Werk ihren Stempel geprägt, wie die römischen Töpfer den ihren auf die weichen Backsteine drückten. Der große Grenzwall klingt im Volksmund nach, als Pfahl,[2] Pfahl-rain, -werk, -hecke, -ranken, -damm, Teufels-hecke, -mauer, Schweingraben und andere, an die sich noch viele Flur- und Ortsnamen schließen. Ob aber der Punkt, bis zu welchem a. 359 Julian gegen die Alemannen vordringt „regio cui Capellatii vel Palas nomen est, ubi terminales lapides Alamannorum et Burgun-

phalanz, phallanz, pfalenze, phalinze, phalnze, pfallaz, pfalze, die Pfalz. Wie in dem letzten Wort das einzelne palatium einer ganzen Provinz den Namen gab, so hätte hier die ganze (terra) Vallata [vergl. Gallia togata, comata, braccata] sich auf den Namen eines einzelnen Hauptpunktes zurückgezogen. Wallenzin wäre ahd. zi dero wallanzûn, ad terram vallatam. Es gab sogar wirklich eine römische Station Vallato, d. h. Vallatum (St. 138) südlich der Donau.

[1] Wellet verhält sich zu vallata ungefähr wie Kemnat zu caminata. Wer übrigens das Wellenland schöner findet, dem sei als Stecken und Stab noch mitgetheilt, daß althochd. der wellôd = fluctuatio vorkommt.

[2] Pfahlheim (Ellw.); a. 1218 Phalheim K. Pfahlbronn (Welzh.). a. 1446 Pfalbrun; lagerbüchlich: uff dem Pfalacker, an dem Pfalgraben, Pfalreute, Pfalhecke; das Lagerbuch von 1538 nennt einen Acker uff der Tempelfürst, woraus spätere Bücher Tengen- und Dinkelfürst machen. Pfahlbach (Oehr.); a. 795 in p. Cochengowe in loco Phalbach St.; 1037 Phalbach villa K. Pfahlhof (Besigh.); steht erst seit 1722 und hat seinen Namen vom Handel mit Weinbergpfählen. Haghof (Welzh.); a. 1467 Hof zum Hage. Grab Backn.); liegt ebenfalls in der Linie des Walls.

diorum confinia distinguebant", also vielleicht Hall mit seinen streitigen Salzquellen, schon auf ein ahd. pâl, ka-pâli Gepfähle weist (St. 128), ist mir zweifelhaft.[1]

Zeugen des römischen Straßennetzes sind die Worte Heerstraße (via militaris) und Hochstraße, d. h. der aufgemauerte Weg im Gegensatz zum germanischen Knüppeldamm. Straße selbst — via strata, d. h. gepflasterter Weg, althd. die strâta, mhd. strâze strâz f. — ist ein römisches Wort. Die steinerne Kunststraße heißt auch Kalkstraße und Hertweg (harter Weg).[2]

Weitere Bezeichnungen von alten, vielfach aber noch jetzt benützten Wegen und Straßen sind: Steinstraße, Steinerner Weg. Schon im „Heliand" sitzt Pilatus „der Herzog zu Gericht, an dem Steinweg da die Straße war aus Felsen gefügt." — Ferner „auf dem Pflaster, Alte Landstraße, Alter Postweg, Aeltweg, Grasiger Weg, Langer Weg, Kaiserstraße, Pilgerpfad, Dietweg, Zigeunerstraße, Pfaffenweg, Schelmen-, Todtenweg, Heidenweg, Heimenweg, Elbenstraße, Hagelweg u. a. Rennpfad, -weg, Reit-, Reut-, Ritt-, Riedweg" u. a. Die obige Kalkstraße erinnert an den so häufigen Orts- und Flurnamen Kalkofen.[3] Bei dem „Kalkofen"

[1] Ammian. 18, 2. — Z. 729. 753 vermuthet in der Form Capellatium einen echt keltischen Namen.

[2] Straß (Tettn.) 1180 Straze et predium Fiuravelt (Feurenmoos) supra stratam. Straßberg (Hz.) so 1334, Schm. ZH. Straßweiler (Ulm), abg. b. Langenau. Das Hochsträß bei Ulm (und sonst), ohne allen Zweifel weil eine Römerstraße darüber führte. Ueberall bindend ist diese Erklärung natürlich nicht, z. B. a. 1253 in Hohinwege, M. 2, 96; Howweg (hauch = hôch) 1493, zw. Weil u. Nellingen, Pf. Eßl. 301; an der Heustrasse 1434, Pf. Möhr. — Die Waldstraße (b. Rottw.) a. 1308 Cûnrad an der waltstrasse, 1334 V̊lrich an der Waltstrâz von Rotwil, Schm. ZH. — a. 856 caminus calcis, eine Römerstraße, zw. Rauenhof u. Eulenhof (Heilbr.); K. [also chemin de chaux = la (voie) chaussée, via calcata]. — Heerweg, -strasse, ahd. heristrâza. Hie und da wohl Mischung mit Hertweg. Heerfahrt. die Uebergangsstelle des „Heerwegs" über den Sindelbach bei Vaihingen, St. — Nur muß man nicht, wie Paulus thut, den Ortsnamen Herfatz hierherziehen, der ja gar nichts anderes ist, als Genitiv eines Personennamens, wie Eglofs und viele andere in Oberschwaben. — 1281 via que dicitur hertweg, bei Großheppach, M. 3, 424. — Hertweg 1300, bei Mettingen, 1350 Pf. Stuttg.; 1490 am alpacher härtweg, Eßl. Lagb. (Doch wohl = harter [schwäb. herter], d. h. gemauerter, gepflasterter Weg).

[3] Kalkofen (Hz.); a. 1090 in villa Calcophe, M. 9, 203 (steckt mit-

(Waibl.) wurden römische Brennöfen gefunden und solche mögen den Namen, der freilich in anderen Fällen auch neuer sein kann, hervorgerufen haben. Natürlich beziehen sich diese Namen nicht immer auf Römerstraßen, sondern oft, wie z. B. die Namen Rheinstraße, Salzweg, auf ehemalige Handels- und Verkehrsstraßen oder auf andere Verhältnisse. Auch unser Straßenpflaster ahd. plastar, phlastar, pflaster, mlt. plastrum, haben wir aus dem Lateinischen entlehnt; 1279 Strümpfelbach in monte dicto Plasterberc, 1417 ein Pflasterberg im Schönbuch. — Dietweg entspricht der Landstraße; ahd. diot-weg von diot das Volk. — Pfaffen-, Todten-, Kirchenweg deuten zuweilen auf abgegangene Mutterkirchen und Kirchhöfe hin, gewissermaßen entsprechend dem ahd. helweg = Weg zur Hölle, Unterwelt. Von einem altdeutschen Rennweg macht J. V. Scheffel in seiner „Frau Aventiure" eine prächtige Schilderung:[1]

Auf Bergesscheiteln läuft ein alt Geleise
Oft ganz verdeckt vom Farnkrautüberschwang;
Schickt sich der Storch zum siebtenmal zur Reise
So neut sich dort der Nachbarn Grenzbegang:
In Forst und Jagd gilt's Zweiungen zu einen
Und neu die Mark zu zeichnen und zu steinen.

Kein steinern Pflaster, drauf die Römer zogen,
Wie es mein Aug' im heil'gen Land erschaut,
Mit Meilenzeigern, Wasserleitungbogen,
Mit Grabdenkmalen, Brücken reich umbaut —
Ein deutscher Bergpfad ist's! Die Städte flieht er
Und keucht zum Kamm des Waldgebirgs hinauf,
Durch Laubgehölz und Tannendunkel zieht er
Und birgt im Dickicht seinen scheuen Lauf.
— — — —

unter etwa ein -hof darin?). — Kalkweil (Rottenb.); a. 1251 Calcwil, M. 3, 197; 1361 kalcwil, c. 1400 das Dorf kalchwil, Schm. Zh. — „Von der Kazensteig bis zu der Kalchgrube" 1292 (b. Lustnau) Schm. Pf. 261.

[1] Dazu der urkundliche Beleg vom Jahr 1445: dass die Wiltpan, die Wiltjät und das geleit des waldes genant der Melser und Zeller gewalt hin diesseit hinuf bis uf die Lewben an den Rynnestiegk von alter here der herren von Henneberg gewest sey und noch sey und gedenke ihn keyner dass noch ie keyn ander herre bie diesseit des Rynnesteigs geiagt habe, dann die herren von Henneberg.

Der Rennstieg ist's: Die alte Landesscheide,
Die von der Werra bis zur Saale rennt
Und Recht und Sitte, Wildbann und Gejaide
Der Thüringer von dem der Franken trennt.
Hie rechts, hie links! Hie Deutschlands Süd, dort Nord;
Wenn hie der Schnee schmilzt, strömt sein Guß zum Maine,
Was dort zu Thal träuft, rinnt zur Elbe fort.
— — — —

Für alle Fälle zwar wird diese Deutung kaum zureichen. So scheint es daß manche Rennwege (ahd. der renniwec) mittelalterliche Reit- und Turnierbahnen waren. Auch sonstige Mißdeutungen sind möglich; der Rennweg in Zürich heißt urkundlich Rainweg.

Ein Gegensatz zwischen römisch und deutsch liegt auch in den Ortsnamen Mauern und Zimmern. Der Germane hat nicht Steine gemauert, sondern Holz gezimmert. Die Mauer, althd. die mûra, mûrî (dat. pl. mûrom, mûron), mittelhd. mûre, mûr (miure), ist sammt der Kunst den Römern abgelauscht, und nicht alle, aber viele Namen gewiß, gehen auf römisches Mauerwerk zurück.[1] Die Gothische Bibel übersetzt Grundmauer und Stadtmauer mit grundu-vaddjus und baurgs-vaddjus (fem.) Das ist die deutsche Wand, und vaddjus hängt wohl zusammen mit dem gothischen vidan (vadjan), binden, war also die aus Flechtwerk gefertigte Umzäunung, die Fenz (vergl. Tacit. Germ. 16). Für bauen verwendet der Gothe das Wort timrjan, zimmern.

Es gibt noch außerdem eine Anzahl von Wörtern, welche vielfach und allgemein verbreitet die Erinnerungen des Volkes an die ältere und älteste Vergangenheit aussprechen. Hier ist aber nicht immer leicht zu scheiden, ob römische, alt-alemannische oder neu-

[1] 1) Maurach Flurn. 1306 Murun (dat. pl.), 1701 Maurachwiesen, Pf. Möhr. — 2) Auf dem Eurach [statt dem Mäurach] bei Schöckingen (Leonb.); Spuren römischer Bauten. — 3) Mauer (Leonb.) c. 1140 huba in Mura, ager in Mure, cod. Hirs.; 1318 in Muore, ob. — 4) Mauerhof (Blaub.), abg. b. Tomerdingen, noch Flurn. — 5) Mauren (Böbl.) abg. bei Ehningen, zuerst 1320; Römerspuren; 1428 Muren, Schm. Zh. — 6) Mauren (Saulg.) 1155* Muron und Murnon K.; 1320 Muron M. 5, 173. — 7) Hochmauren (Rottw.) c. 1150 locus qui dicitur Hohinmúr K.; 1217 apud Rotwilre in loco qui Hochmuron dicitur, in letzterem hatte das spätere Kloster Rotenmünster seinen Sitz, das auf dem predium Holbeinesbach (1221) gebaut wurde, K.; St. II, 653.

schwäbische Heiden-, Teufels- und Schelmenwirthschaft gemeint ist. Auch die Bezeichnung Alt- bezieht sich gewiß häufig auf Trümmer der vor-alemannischen Zeit. Bei Wörtern wie Teufel u. s. w. ist doppelte Vorsicht nöthig, da sie mit sonstigem Volksglauben zusammenhängen können.[1]

[1] Heidenheim (OAst.); 1108* Haidenheim, ebenso (gleichzeitige Nennung) 1323. Grabenstetten (Urach); in der Nähe des „Heidengrabens;" 1551 auf den Heydengraben, und eine Zelg zum Graben, s. wj. 1824 p. 414. Der Heidengraben b. Echterdingen, auch Riesenschanze genannt, „eine uralte Befestigung mit vielen Grabhügeln" ob. — Eine Heidencapelle in Kuppingen (Herrenb.) wurde 1795 zerstört, s. wj. 1830 p. 424. — Schelm, althochd. der scalmo, mittelhd. schëlme, heißt ursprünglich Seuche, besonders Viehseuche, mhd. auch gefallenes Stück Vieh, Aas. Schelmenacker u. s. w. (z. B. Schelmenhalde 1334, lb. Essl.), wohl ursprünglich unreiner, unehrlicher, unheimlicher Platz; sehr oft mag es nicht römische oder germanische Todtenplätze, sondern den wirklichen Schindanger, die Stätte der Hinrichtung oder den Schauplatz irgend einer blutigen That bezeichnen. In Heidenheim kann übrigens recht gut ein Pers.-N. stecken.

VIII. Aquileja, Opie, Raetia — Aalen, Ripf, Rieß.

> sublimis in Arcton
> Prominet Hercyniae confinis Rhaetia silvae,
> Quae se Danubii jactat Rhenique parentem,
> Utraque Romuleo praetendens flumina regno.
>
> *Claud. Claudianus.*

Die Peut. T. führt uns von ad Lunam nach Aquileia, von da nach Opie; jenes paßt auf die Stadt Aalen, dieses auf den Berg Ipf oder Ripf bei Bopfingen. Aalen ist zwar später durch seinen Spion rühmlichst bekannt worden, aber berühmter war doch zu seiner Zeit das alte Aquileja bei Triest, dem einstigen Tergeste. Möglich daß diesem südlichen Aquileja zu Ehren die Römer ihre Station an der Teufelsmauer benannten; möglich daß sie ein urkeltisches Akileja schon vorfanden.[1] Wie verhalten sich aber der alte Name, das kleine Flüßchen dort, die Aal und die Stadt Aalen lautlich zu einander? Das Volk spricht das a als langes å. Dazu stimmt schon die alte Schreibung. Ich finde a. 1300 „den Meyerhof nebst einer Mühle im Weiler bei Aulen" (ob.) und a. 1455 Aulen (Gayler, Denkwürdigkeiten 113). Das setzt ein altdeutsches âlen voraus.[2] Analogieen wie mâlen aus althochd. mahaljan wollen

[1] Keltische (rätische?) Orte ähnlicher Endung sind Noreja, Arbeja, Veleja, Celeja, Matreja, Z. 745. Das Aquileja bei Tergeste war ein keltischer, norischer Ort, noch in späterer Zeit wurde dort der keltische Nationalgott Belenus verehrt; Dief. Or. 135. Ob dieses Aquileja aber auch ein kelt. Wort sei, ist wieder eine andere Frage.

[2] Ob diese Länge sich etwa durch den Ausfall des qu oder k erklären läßt, bleibe dahingestellt. Aus mittellatein. aquilegia wurde althd. agaleia mittelhd. ageleie, das Kraut Aglei. Auch das transalpine Aquileja hieß im deutschen Munde Aglai.

schwerlich genügen. — Das Kloster Corvey, im 9. jh. Corbeia, hat seinen Namen von Corbeia an der Somme, jetzt Corbie; Corbie heißt aber auch der Fluß der dort in die Somme geht. So möchte die kleine Aal von der Stadt den Namen haben, nicht umgekehrt (vergl. Limmat und Neumagen).[1]

Noch ein Räthsel: Die Hochfläche der Alb südl. von Aalen heißt der Albuch. Das soll der Alb-buoch, Buchwald auf der Alb sein, eine höchst auffällige Zusammensetzung. Das Volk spricht aber das a in Albuch gerade so wie in Aalen, und zwar schon seit 500 Jahren.[2] Hängt das Wort am Ende gar nicht mit der Alb, sondern mit dem einst bedeutenden Römerort zusammen dessen Name hier über eine benachbarte Waldhöhe sich ausdehnt, wie anderwärts der Name eines einzelnen Ortes über ganze Gaue? Im Schwarzwald tragen ausgedehnte Höhen den Namen des tief unten rauschenden Baches (im Thonbach u. s. w.). Heißt doch Revier selbst, la rivière, mittelhd. die riviere, ursprünglich nichts anderes als das ganze Ufergebiet, ripuaria, mittellatein. riparia, riperia. Dem Volke genügt oft ein einziger Name, welcher dann in unbestimmter Ausdehnung ganze Landschaften umfaßt; so z. B. ganze Berggruppen in den Alpen, in Tirol, wo erst die neuere Zeit durch Maler, Topographen und Touristen eine reichere Nomenclatur geschaffen hat.

Das Peutinger'sche Opie weist, je nachdem es als Genitiv oder Ablativ gefaßt wird, auf einen Nominativ Opia oder Opis zurück; das ergäbe ein althd. Ophi, Opfi. Wie aber z. B. aus latein. modius althd. mutti der Scheffel, mhd. mütti wurde, so konnte sich Opfi zu Upfi, Üpfi wandeln, was schwäbisch Ipfi, Ipf lautet. Ipf und Nipf stehen nebeneinander wie Essenbach und Nessenbach, schwäbisch Ader (åder) und die Natter, Ast und Nast, Adelberg und Madelberg, Eglofs und Meglofs, Ortenau und Mortenau.

[1] Ein zweites Ahlen (Bib.) heißt a. 1265 (Berthold von) Ahelon. Deutung weiß ich keine; es scheint ein deutscher Dat. Plur. Ueber Beziehungen zwischen Fluß und Stadt wird später die Rede sein unter den Namen Darmstadt und Darm, Aidlingen und Aid.

[2] Zuerst erwähnt im 12. jh. als Albuch, St. 2, 36; a. 1368 vff dem Awlbüche, M. 10, 350; Albvech bei Gadner.

Unser Vorwort neben ist entstanden aus in eben; genau so hat sich in jenen Namen das n und m des Artikels in das Hauptwort hinübergeschlichen, oder das m des Hauptworts hat sich abgelöst, und in den Artikel geflüchtet. So kann man in Augsburg drei Jahre lang sein Bier im Wurstgarten „bei-m-aichele" trinken, ohne jemals zu ergründen ob der Mann Aichele oder Maichele heißt.[1] Bopfingen aber, a. 1188 Bobphingen (K.) ist ein deutscher Personenname und hat mit Opie, an dessen Fuß es liegt, gar nichts zu thun.

Mit den Namen Ipf und Bopfingen stehen wir in dem Landstrich, welchen man das Rieß nennt. Der Klang weckt eine heitere Jugenderinnerung, an die alljährlich kehrenden Tage wo unter capitolinischem Geschnatter, vom sanften Scepter der fremden Herrinnen gelenkt, endlose Schaaren von Gänsen in die alte Reichsstadt am Neckar einzogen. Das waren, wie uns die Mutter sagte, die berühmten Rießgänse, und ihre „graulichen Geschwader" däuchten uns Knaben weit merkwürdiger als die Kraniche des Ibycus oder die verschiedenen classischen Schwäne des Alterthums. Ein Schwanengesang war das unendliche Geschnatter freilich auch, und — morituri te salutant, Sancte Martine! hätten sie vielleicht gesungen, so sie latein gekonnt hätten. Man stellte sich damals sein engeres Vaterland noch viel weiter vor und wunderte sich in Anbetracht ihres mangelhaften Fußwerks wie die brave Creatur den Weg von Bopfingen und Umgegend bis Eßlingen zu Stande gebracht. Es schmeichelte uns daher später bedeutend als wir in des Plinius Naturgeschichte die Stelle lasen: „Merkwürdig ist an diesem

[1] Hier sei eine Vermuthung gewagt die ich früher schon im „Ausland" geäußert. In der guten Stadt Ulm blüht noch heute ein ehrenhaftes Geschlecht, die Molfenter. Der Name hat mich oft geplagt, bis ich in Pfaffs Geschichte von Eßlingen S. 71 unter dem Jahr 1297 eine Olventenmühle bei Eßlingen fand. Später entdeckte ich noch fünf weitere Belege für diese Mühle bis zum Jahr 1354 herunter. Hängt das zusammen mit dem alten Namen für das Kamel; goth. ulbandus, althd. die olbentâ, mittelhd. der Olbend, die Olwente, das Olbenthier u. s. w. Ist also Molfenter entstanden aus der Formel „beim Olfenter, zum O.?" In Zürich gibt es ein Haus „zum Kämbel," vom mitteldeutschen kembel, Kamel. Ich erinnere daran daß in San Rossore bei Pisa seit der Zeit der Kreuzzüge ein Kamelgestüt bestand, von welchem bis in unsere Zeit herein die Exemplare stammten, die als Sehenswürdigkeit in Europa herumgeführt wurden. Salvo meliori.

Geflügel daß es von den Morinern (an der Nordküste Galliens) bis nach Rom zu Fuß kommt.“ Man sieht, die Industrie ist schon ziemlich alt. An derselben Stelle gesteht uns derselbe Plinius des ferneren, daß die Gänsefedern aus Germanien die weichsten und in Rom die beliebtesten seien — laudatissimus, sagt er, ein Wort das jetzt fast nur noch in Doctordiplomen verwendet wird. Er meint aber nicht die Federspulen, sondern den Flaum, und aus seinen Worten geht deutlich hervor daß schon dem Heidenthum der Kunstgriff christlicher Hausfrauen nicht fremd war, den wehrlosen Thieren den schützenden Flaum vom Leibe zu reißen. Endlich erzählt uns der alte Römer sogar daß dieser Vogel in Germanien ganta genannt werde. Der Poet Venantius Fortunatus aber singt:

Mosa, lieblicher Strom, wo ganta, Kranich und Schwan haust,
Dreifach wuchernde Fluth voll Schiffen und Vögeln und Fischen.

Die Idylliendichter des sechsten Jahrhunderts waren also doch nicht so weit zurück hinter J. H. Voß, der in seiner „Luise“ über Wellenmurmeln und Mondenschein auch nie vergißt für die genügende Anzahl von Pfannkuchen und Weinflaschen zu sorgen.

Der Leser hätte längst errathen daß in jenem ganta die deutsche Gans steckt, auch wenn man ihm verschwiege daß eine andere Lesart obiger Stelle ganza lautet. Die Moriner aber waren ein gallisches Volk, die Mosa, die Maas, ein gallischer Strom, und zum Ueberfluß haben wir eine Reihe anderer Stellen, welche ganta ausdrücklich als keltisches Wort bezeugen (die Belege bei Dief. Orig. 347). Das Thier selbst kannten jedenfalls die Kelten so gut wie die Germanen; denn der große Julius Cäsar verschmäht es nicht uns von den alten Briten zu berichten (Bell. Gall. 5, 12) daß sie den Genuß von Hasen-, Hühner- und Gänsefleisch scheuen, diese Thiere jedoch Vergnügens halber züchten. Gallisch war das Wort ganta jedenfalls, und noch im Altfranzösischen heißt die Gans gante; jetzt bekanntlich oie (italien. und span. oca); wieder ein Ehrentitel, denn es ist aus dem alten auca entstanden, dieses aber aus avica, avis; die brave verdienstvolle Gans wurde der Vogel schlechtweg genannt. Das freilich haben weder Römer noch Griechen bemerkt, beide in Sachen fremder

Idiome schmähliche Barbaren — daß ihr anser und ihr chên ganz eins und dasselbe mit dem keltischen ganta, dem altdeutschen ganzo war. Daß auch das sanskritische hansas und daß die verschiedenen slavischen Ausdrücke des gleichen Stammes sind, konnten sie freilich nicht wissen. Wir wissen es, und haben wiederum an einem unscheinbaren Beispiel erkannt wie tiefe, uralte Beziehungen zwischen den arischen Völkerstämmen hin und her laufen. Daß die deutsche Gans schon damals auch in den Garnisonen unserer Gegenden ein gesuchter Leckerbissen war, wird uns von Plinius ausdrücklich offenbart, und wer weiß ob die Präfecten von Luna und Clarenna, die Magistrate von Sumelocenna nicht auch schon ihre Tafel aus dem Rieß versorgt haben.

Gantae raeticae — zwei Worte die beide weit über die germanische Zeit hinausklingen. Das letztere sogar noch über die keltische. Denn die Räter waren vor den Kelten da, und wurden allem Anschein nach erst von diesen verdrängt. Nur der Name blieb, und Augustus erhob ihn zum Titel einer römischen Provinz (Rätia prima und R. secunda nach späterer Eintheilung), deren Grenze von den Quellen der Donau über den St. Gotthard (mons Adulas bei den Alten) längs dem Innthal bis zur Donau, und diese rückwärts bis zu ihrem Ursprung sich hinzog. Diese Rätia also lebt noch in dem Rieß. Der Gau heißt a. 762 pagus Rezi, 841 Retiense, 866 in p. Rehtsa, 868 Retia, 898 curtis Nordilinga (Nördlingen) in p Retiensi, 1007 in p. Riezzin, 1016 Rhecia, 1030 in p. Rieze (St.), 1188 Riez (K.). Die Alb heißt im 12 jh. Alpes Retianae; 1429 „Rieß Recia, provincia Sueviae." Und Augsburg, schon von Tacitus splendidissima Raetiae colonia genannt, heißt noch in Aventins Chronik „Augspurg im Rieß," heißt in einer Augsburger Chronik a. 1483 „die stat Augspurgk im obern rieß" (Schmeller 3, 134).[1] Das Rieß ist vielleicht von allen Namen auf wirtembergischem Boden der älteste.

[1] Das Rieß, weil man das Rießgau dachte und sagte. Auch sonst ist dem Sprachgesetz vollkommen genügt. Die obigen Rezi u. s. w. sind Rêzî, Riezâ zu lesen. So wurde Straße aus lat. strata; so wurde, was den Vocal betrifft, der Inn (das Volk spricht langes î) aus keltisch-römischem Ainos, Aenus, der Grieche aus Graecus, altdeutsch Burcîsara aus Porta Caesaris u. a.

IX. Der Rhein.

Von der Elbe unz an den Rîn
Und her-wider unz an der Unger lant
Mugen wol die besten sîn
Die ich in der werlte hân erkant.
Walther.

Caeruleos nunc, Rhene, sinus hyaloque virentem
Pande peplum spatiumque novi metare fluenti,
Fraternis cumulandus aquis.
Ausonius.

Gleichwie die fernen Inder den Ganges, den heiligen Strom ihres Landes, einfach die Gangâ, die Gehende, nannten, so hieß den Kelten der gewaltigste ihrer Ströme kurzweg Rênus, der Fließende. In alt-irischen Glossen heißt er Riau (Z. 20); irisch rian, m. heißt der Weg, Pfad;[1] kymrisch rhîn, f. heißt der Kanal. Der Germane knüpfte den fremden Namen an sein heimisches hrînan, altnord. hrîna = tönen, daher Hrîn, dann Rîn, welchem neudeutsch Rein entspricht. Unsere Schreibung Rhein mit dem griechischen h ist Gelehrtenzopf.

Von den Wassern welche der Rhein vor seinem Eintritt in den See aufnimmt sei nur die Feldkircher Ill genannt. In den See mündet zwischen Lindau und Friedrichshafen die Argen. Wie die Alb, so erscheint auch dieses Wort als Fluß- und Gebirgsname. Der französische Argonnerwald heißt vom 10. jh an saltus

[1] Das immer noch unerklärte Pfad, althd. phat hat doch am Ende weder mit griechischem baino noch patos zu schaffen, ist aber vielleicht wurzelverwandt mit dem Flusse Padus. Die Wurzel zu Rênus ist ri, sanskrit. riy-âmi, ich gehe (s. Bopp, Vergl. Gramm. 2, 358). Dagegen nicht hierher gehört griechisch rheô, fließe, dessen sanskr. Wurzel sru lautet, und in srav-âmi, ich fließe, erscheint.

Arguenna,[1] silva Argoenna, Argonna. Ein zweites Argona a. 773 lag an der Somme (F. 96); die Ergers (Ill) heißt a. 833 Argenza. Unsere Argen bildete einen Gau.[2] In die Argen kommt von der Stadt Isny her eine „Aach," welche dereinst eben diesem Städtlein den Namen gab. Das Wasser heißt a. 1171 Ysenach, 1219 das Wasser dass da heisset Isine (ob). Genau so liegen die baierischen Isen und Kirch-Isen an dem gleichnamigen Fluß der bei Neu-Oetting in den Inn fällt, und südl. von Worms geht die Isenach in den Rhein.[3] Man hat natürlich von einstigem Isis-Cultus römischer Legionen gefabelt; warum nicht auch von einem Osirisdienst in Baden-Baden an der Oos? — Die weitverbreitete Wurzel is springt als Flußname mit verschiedenen Ableitungen auf. Die französische Isère wie die Oise hieß den Griechen und Römern Isara. Die bairische Isar kannten sie als Isarus und Isara. Ein britischer Fluß war die Isaca, an den tirolischen Eisak gemahnend. Freilich wird dieser selbst Isargus, werden seine Umwohner Isarci genannt.[4] Das offenbar kurze i in is, isen mochte sich später an unser îsen Eisen andeutschen und daher

[1] Die Form erinnert an das Alkimoënnis des Ptolemäus; s. Altmühl. Ein Fluß Arga wird auch im K. St. Gallen erwähnt, a. 1050: a summo monte Ugo usque ad fluvium Arga qui fluit inter Bugu et Quarauede (Gatschet).

[2] Die Argen, a. 773—1100 pagus Argoninsis, Argungau. Aragungevve, Argangauge, p. Aringoensis. — Langenargen (Tettn.); a. 773 villa qui dicitur Argona, 815 in Argunu (Dativ), 839 ad Argunam, 1172 Argun, St. K. — Argenhardt (Tettn.); c 1330 cella seu oraculum in nemore dicto Argenhardt, ob. Das ist also ganz wörtlich der schwäbische Argonna saltus.

[3] Die bairischen Namen lauten a. 770 ff. Isana, Isina, Isona, Isna; die Isenach im 8. jh. Isina. Gehört hierher etwa schon das Isunisca, Isinisca der P. T. und des It. Ant.? — Das wirtemb. Isny, a. 1100 de Isinun, 1126 Manegold. de Isininun, K. St; 1293 Heinric. de Isenina, M. 10,414; 1300 ze Isenîn, H. U.; später Ysinni, Ysna, Ysne.

[4] Bei dem Iller-zufluß Istrach (Tettn.) denke ich nicht sowohl an den Stamm ist (Ister, die untere Donau) als an eine Isar-ach, Israch mit der so häufigen Einschiebung eines euphonischen t; vergl. Biberst, Jagst; auch die Abens finde ich a. 1743 Abenst geschrieben. Manche Tiroler, und selbst Fallmerayer, schreiben die Eisack, die meisten aber, und auch der officielle Staffler: der E. Letzteres richtiger, da es sowohl dem alten Isarcus als dem Sprachgebrauch der Anwohner entspricht; s. Steub, Herbsttage S. 38.

vielleicht auch dieß und jenes Eisenach, Eisenbach. Damit läugnet man natürlich ein deutsches îs, îsen in solchen Namen nicht.[1]

Unterhalb Schaffhausen mündet die schweizerische Thur mit dem Neker, der Murg und der Töß, welch letztere die Kempt mitbringt. Hoch über Land und See leuchtet der Säntis[2], so wenig deutsch wie all die genannten Wasser. Die Töß heißt im 9. jh. Thosa, Toissa (F.)[3]

Links mündet ferner die Glatt, rechts die Wutach. Es folgt die Aar mit der Reuß und Limmat, Siggen und Surb. Die Limmat ist schon erwähnt. Die Reuß ist a. 881 Rusa, 840 Riusa.[4] Eine Ahr mündet auch bei Bonn, und wer dieses Wasser nicht kennt, der kennt doch sicherlich den Wein den man in jenem seligen Thal als Ahrbleichert trinkt. Er fleußt sanft und

[1] Ob. Eisenbach (Tettn.) a. 1172 Dieto v. Isenbach, ob. — Eisenbach (Wangen) a. 1172 Isenbach, K; später Eysenbach, M. 8,326. — Isenburg (Horb) a. 1237 ysenburg, 1246 Isenburch, Schm. Zh.

[2] Säntis a. 868 mons sambiti, a. 1155 ad alpem Sambatinam. Ein „ortskundlicher Streifzug durch die Urkantone der Schweiz“ in der Zeitschrift „Ausland“ Jahrg. 1866 Nr. 10, verweist auf das Appenzellische Sämmler = Wassersammlung, von althochd. samanôn sammeln, samanôd, — ôta Sammlung. Eben dort wird der Berg Titli auf lateinisches titulus, titnli = Besitztitel, Besitz, Grundeigenthum der Kirche zurückgeführt. Das eine wohl so richtig als das andere, und als eine dritte Erklärung welche den Sambiti als einen Sand — boden deutet! Mir fällt dabei jener Schweizer ein der einem wißbegierigen Fremdling auf die Frage: wie heißt jener Berg? und der? und der? in der Verzweiflung antwortete: „O Herr, das sind uralte Berg'!“ Ganz richtig. In uralte Zeiten reichen diese Namen zurück und diese Häupter der Alpen haben nicht gewartet bis ihnen die Alemannen und Mönche ihre Namen, und dazu so nichtssagende, indifferente und abstracte Namen gaben. Auch haben die frommen Mönche ihre tituli ganz wo anders gesucht als auf den Firnen und Gletschern.

[3] Ein altes Dossa, Dussa? — Ich bringe hier ein paar andere Vogelfreie unter. An unserer zur Donau gehenden Rieß liegt Rießtissen (Ehingen), a. 838 villa Tussa, in Tussin, K. St. An der Iller liegt das bairische Illertissen, früher gleichfalls Tussa. Ferner Gr. und Kl. Tissen (Saulg.), a. 1127 Diethelm de Tüssin, K. — Endlich Düsseldorf an der Düssel, welche a. 1065 Tussale heißt, F. Zu dem mittelhd. diuzen (dôz, duzzen, gedozzen) tosen, rauschen, diez, dôz und duz Schall, Getöse, wollen die Formen nicht gut stimmen. Siggen = Sequana?

[4] Wie es mit dem Ptolemäischen Rhiusiava steht, das irgend an der oberen ıu herumliegen muß? Das Rieß, Raetia ist es gewiß nicht.

glatt in die Kehle wie, laut Cäsar, jener gallische Arar in den Rodanus — influit incredibili lenitate ita ut oculis in utram partem fluat judicari non possit.[1] Arbach heißen viele Bäche; doch sind hier verschiedene Deutungen möglich, wie denn z. B. der Arbach bei Reutlingen entstanden ist aus „im Markbach, im Marbach."

Vom Schwarzwald herab strömen Alb, die Murg, die Wehra und die von Hebel besungene Wiese;[2] bei Basel von links her Frick, Ergolz, die Birs und die Birsig (letztere wahrscheinlich a. 1040 Birsich). Die Kander mit dem Ort Kandern klingt keltisch, wenn sie auch mit dem helvetischen Ganodûrum nichts zu thun haben. Auch die Höhen des südlichen Schwarzwalds, der Belchen,[3] der Blauen, vielleicht sogar der Feldberg, Todtnau[4] mit dem todten Mann und ähnliche fordern dringend eine Revision ihrer Pässe. Gutes Deutsch dagegen, so fremd er klingt, ist der Kniebis.[5] Der verdienstvolle Vorstand unserer landwirthschaftlichen Centralstelle, Hr. Director v. Steinbeis, möge mir erlauben daß ich zur Erklärung jenes Schwarzwaldpasses von seinem fast noch berühmteren Namen ausgehe. Schon im Jahr 1268 stellt sich uns ein Eßlinger Patricier vor mit Namen Heinrich Steinbiß (Pf. Eßl. 47) nebst seinen Söhnen Konrad und Heinrich genannt die Zwin (= Zween, Zwei?). Anno 1393 aber heißt

[1] Der Fluß Arrabo erinnert in der That an kymr. araf langsam, mild. Der Kanton Aargau im 9. jh. Aragowe, die Ahr bei Bonn a. 855 Are, F.

[2] Wiese (und vielleicht auch Wehra) erinnern an Weser und Werra; s. d. Wieslauf.

[3] Belca hieß eine gallische Stadt; Belch in Rheinpreußen soll das Belginum der P. T. sein.

[4] Todtnau heißt allerdings schon früh Tutenowa, was auf einen Pers. N. weist. Dagegen erinnere ich an den glarnerischen Töbi, früher Töddi, Döddi. Der Titi-See des Schwarzwalds gemahnt an den Bergstock Titli im K. Bern und an den Titter-see beim Grimselpaß (s. Gatschet).

[5] Der Kniebis (Freud.) heißt: a. 1267 in montanis seu silvis quae Kniebuz (Kniebvz) vulgariter appellantur; 1270—1330 Ecclesia sancte Marie in Kniebvz, Knieboz, Kniebvs, Kniebuz, Kniebos, Schm. Zh. — 1410 Knieboss, — am Kniebosser Hofackher heißt es in einem Lagb. von Bildechingen. — Der Kniepaß bei Sindelsdorf, südl. vom Würmsee, heißt a. 958 Chnieboz (F.) Rudolph's Ortslexicon zeigt noch weitere Orte Kniebis Kniebos, Kniepaß, Kniebreche, (Kniebitz in Mähren?).

eine Halde bei Stuttgart Steinbys. Dieser Flurname stammt aber nicht vom Geschlechtsnamen, sondern umgekehrt. Steinbös (-boos, -buß, -bis, -beis) ist ein häufig vorkommender Markungsname, seine ursprüngliche Form heißt Steinbôz und bedeutet entweder einen Steinbruch oder vielleicht einen halsbrechend steinigen Ort. Wer aber lieber mythische und sagenhafte Beziehungen sucht, den verweise ich auf die von Uhland besprochenen Namen von Waldriesen, Glockenbôz, Felsenstôz, Schellenwalt, Fellenwalt (Germania VI, 347 ff). Steinbös hießen zwei abgegangene Orte, einer bei Binswangen (Göpp.) a. 1353, der zweite bei Lustnau (Tüb.)[1] Der Kniebis ist ein kniebrechender Bergsteig. So heißt ein Abhang südl. von Neuffen der Kniebrech, ein Ort im K. Zürich Kniebrechi. Auch Wagenbrechi kommt vor. Ein Markungsname a. 1307 heißt an der beinbrechen (Kehrein 39). Jetzt freilich führt den Wanderer, wenn er in der preiswürdigen Herberge zur Post in Freudenstadt gerastet, breit und sanft die Landstraße auf die Höhe, und er mag von der Alexander- oder Schwedenschanze aus, 3000 Pariser Fuß über dem Meere, den Rheinstrom schimmern und die Vogesen blauen sehen und sich erinnern daß, soweit das Auge fliegt, vor Zeiten deutscher Boden gewesen ist. Quis meminit victum sola formidine Rhenum! — Daß der Ort Boos (Saulg.)[2] hierher gehört ist wenigstens eine Möglichkeit. Ein ähnlicher Name ist das Steinhäule bei Ulm, wo man in abendlicher Stunde manchmal ein gutes Glas Bier getrunken hat. Nur mußte man es nicht übelnehmen wenn einem ein Mitglied des frei herumlaufenden Hornviehs hie und da gemüthlich über die Schulter sah; libenter communiter sunt — man hält gerne zusammen, sagt schon der alte Felix Fabri de Civitate Vlmensi.

[1] Letzteres a. 1303 Staingeböze, Schm. Pf.; 1552 Stainbess, Reysch. 197. Zu Grunde liegt das altdeutsche biuzen (ich bôz, wir buzzen, ich habe gebozzen) = stoßen schlagen; der biuz, der bûz, das gebiuze = Stoß, Schlag. Davon das Zeitwort bôzen, biezen = stoßen, und daher der bôz, boz, das gebôz, geboeze = Schlag, Stoßen; der anebôz Amboß, der bôzel Prügel, der steinbôzel Steinhauer.

[2] a. 1080 und 1130 Bozze (Griesinger); 1233 curia dicta Boze, St. 2, 721; 1236 Bohoz, 1238 zu Boze.

Das Flüßchen Neumagen (a. 902 Niumaga, F.), das oberhalb Breisach herauskommt, ist ein Noviomägus so gut wie Remagen am untern Rhein als Rigomagus und Nimwegen als Noviomagus sich uns enthüllt hat; zugleich Bestätigung meiner Vermuthung über die Limmat; der Name einer versunkenen Keltenstadt schwimmt noch heute auf den Wellen eines unversiegbaren Flusses. Menschenwerk vergeht, die Natur bleibt.

An Zarten, dem alten Tarodûnum, vorbei kommt die Dreisam heraus und fließt bei Riegel[1] in die Elz — die keltische Trigisamum zur keltischen Alisa oder Alenza, Elenze, wie Neckarelz am Einfluß der Elz in den Neckar im 9. u. 11. jh. heißt, oder Alisontia, wie Ausonius die zur Nahe fließende Alsenz nennt und wie im 10. jh. die luxemburgische Alzette sich schreibt.[2] Die Glotter, gleichfalls der Elz pflichtig, klingt an den deutschen Wassernamen Glatt an, vielleicht eine jener häufigen Abdunklungen von a in o (altdeutsch Glatara?). Bei Straßburg mündet der Ill mit Zems[3] und Breusch, nicht ferne dem irisch klingenden

[1] Riegel, sonst ein unverfänglicher schwäbischer Name (Steinriegel) heißt im 8. 9. jh. Rigola, Reigula, Riegol und macht sich damit höchst verdächtig. Sollte das S. 12 genannte Rigodulnm vielleicht doch kein Schreibfehler sein?

[2] Die Dreisam heißt a. 864 Dreisima. Der Traisen oder Trasen (Donau) im 10. jh. Treisima, heißt auf der P. T. Trigisamum. So wurde aus der Agasta des 9. jh. die Aiß (Donau) in Oberösterreich. Man vergleiche die Flüsse Triobris, jetzt Truyère in Gallien und Trisanton in Britannien. Vielleicht daß ihnen das Zahlwort tri = drei zu Grund liegt, wie so manchen keltischen Namen (Triboci, Tricorii, Tricasses, Tricastini, Tricolli, Triulatti, trigaranus, in deren einigen übrigens nicht t l, sondern die Präposit. tri steckt, s. Gl. 158). Zum Triobris hat vielleicht der von Ptolemäus genannte Obrinca, Nebenfluß des Rheins, einen Bezug. — Z. 732 frägt: Trigisamus = Tri-gi-sam? Zum obigen Alisa u. s. w. noch die bei Bonfeld (Heilb.) gefundene Inschrift C. Alisin .... (civitas Alisinensis, Brambach Corp. Inscr. Nr. 1593).

[3] Der Name Zems entspricht vollkommen der englischen Themse, Tamesa, Tamesis bei Cäsar und Tacitus (das Ἰάμησα des Ptol. ohne Zweifel verschrieben). Der gleiche Stamm in dem britischen Flusse Tamarus, jetzt Tamar mit dem Dorfe Tamerton, dem Tamare des Ptol. — Vielleicht darf ich auch den Tamarus, jetzt Tamaro in Campanien nennen, und einen Fluß Tamaris im nördl. Spanien, jetzt Tambre.

Kork,[1] rechts die Kinzig,[2] deren es bekanntlich noch mehrere gibt; dann die (der?) Kam mit dem Durbach (die Flußnamen Cam und Dur sind anderwärts aufgeführt), die Rench; weiter unten, linksher, die Moder mit der Zorn (s. Metter u. Zaber); durch Rastatt geht die Murg[3] a. 1082 Murga (K.). Ihr gegenüber mündet die Sauer mit der Selz.[4] Die Acher, mit der Stadt Achern, enthält die gleiche Wurzel ac wie die Schaz — Acaza. Bei Rastatt geht, von Baden, Civitas Aquensis, kommend, die Dos zur Murg. Unterhalb der Murg mündet der Federbach. Es folgt gegenüber Germersheim die Pfinz.[5] In sie mündet, durch Weingarten fließend, die poetisch klingende Dreckwalz, das Correlat zu dem früheren Beinamen des Stuttgarter Nesenbachs, Wälzimdreck.[6] Letzterem müssen wir leider, trotz unseres

[1] Das badische Kork heißt im 10. jh. Chorcho, Corcho, Choreka a. 1066 Corkhe. Ein kelt. Coràcum? Vergl. die Namen Petru-corius, Petrocorii, Tricorii, den gall. Ort Coriallum u. a.

[2] Die Kinzig, a. 1099 usque ad Chinzechun, inde per descensum Chinzechun [genit.] — — ad aliam Chinzichun, 1126 ad aliam Kynzicham, K.; F. 877. 364. 1137.

[3] Murg heißen noch zwei Bäche jenes Rheingebiets, F. 1063. — Von Altkeltischem wage ich die Allobrogenstadt Morginnum zu nennen (gebildet wie Aginnum, Artalbinnum, Z. 736), ferner das gälische morc, morg Fäulniß (s. D. Or. 389), was aber nicht passen will. Vergl. Murr.

[4] Sura hieß ein Nebenfluß der Mosel, jetzt die Sour. Der Name erinnert an die Wurzel sru = fließen. Hierher gehört wohl auch die früher genannte Surb, die vielleicht ein altes Suravus, Surava ist. Genau so heißt die Saar (Mosel) alt Saravus und Sara, Sarra, beim Geogr. Rav. Saruba. Ebenfalls zur Mosel mündet die Sour (Sür, Sauer), bei den Alten Sura, sicherlich derselbe Klang wie die obige Sauer. Zur Dos könnte man etwa den hibernischen Fluß Ausoba stellen. Ueber Selz, Salzach, Hall u. s. w. später.

[5] Zugleich Gauname, im 8. jh. Phunzin-, Funcenchgowe. Vergleiche Pfunzen am Inn, a. 804 Phunzina, wahrscheinl. das Pons Aeni des It. Ant. Pfinz bei Eichstädt, a. 889 Phuncina, Fünsing im Zillerthal, a. 927 Funzina, F. — Aeltere Form wäre Puntia oder Funtia, ob mit römischem pontes oder fontes zusammenhängend, ob keltisch? Das gallische Pons Dubis ist jetzt Pontoux; das batavische Pons Scaldis (Schelde) soll das heutige Escaulpont sein.

[6] „Studgarten ist die Hauptstadt in dem Land, da rinnt kein namhaft Wasser, als ein Bach, genannt Weltzimdreckh —" so schrieb c. 1500 der Ravensburger Ladislaus Suntheim, Domherr zu Wien, in seiner Beschreibung von Wirtemberg. Ob das Ravensburger oder Wiener Witz war, ist schwer zu entscheiden; sonst kommt der böse Name niemals vor (s. Pf. Stuttg. 77).

stark ausgebildeten Localpatriotismus, die Berechtigung seines deutschen Ursprungs lassen; in ersterem könnte doch, ähnlich wie in der Altmühl, eine fremde, einst schönere Klangwelle mitspielen. Ich erinnere an die zur Mosel fließende Drone, den Drahonus (= Draconus) der Alten, an Dreckenach westlich von Coblenz, das a. 1030 Drachenache heißt, vielleicht ein kelt. Dracinâcum; endlich an den alemannischen Drachgau bei Gmünd im Remsthal, a. 783 und 805 pag. Drachgowe, 817 Trachgowe, St. Schon Ptol. nennt an der Donau in Rätien ein Dracuina (St.). Von links mündet bei Germersheim die Queich, a. 828 Queicha, von rechtsher Krieg und Kraich,[1] mit auffallender Assonanz. Wie schon oben die Stadt Kork, so will mir auch der Name Bruchsal kaum in mein deutsches Gewissen. Bruchsal klingt wie ein deutsches Brüssel, Bruxelles, latinisirt Bruxellae, früher Brussola, Brosella, Brusselia, Brusela Bruchsal heißt vom 10. jh. an Brochsale, Bruochsella, Bruchsella, Bruchsala, Brusella, Brusela.[2] Worms, Speier, Ladenburg, Mainz — lauter urkundlich keltische Städte. Sogar Mannheim[3] ist in dieser Umgebung nicht ganz verdachtfrei.

[1] Der Kraichgau, a. 1023 in p. Chreigowe (offenbar statt Chreic-, Creig-gowe), St. (vergl. Hohenkrähen).

[2] Mannheim, im 8. jh. Mannin-, Mannen-heim; Ableitung von deutschem Personennamen Manno ist natürlich zuzugeben. Dem nahen Ladenburg sieht man das alte Lobodûnum auch nimmer an.

[3] Vergleiche das benachbarte Brumat im Elsaß, a. 959 Pruomad, 772 Brumagad, Bromagad, 889 Bruchmagat, 770 Brocmagad, gewiß identisch mit dem keltischen Brocomagus der Alten.

X. Ein Alemannisches Idyll aus dem vierten Jahrhundert.

Bissula in hoc schedio cantabitur; ante bibatis.
Jejunis nil scribo, meum post pocula si quis
Legerit, hic sapiet.

Ausonius.

Nicht unter Palmen allein, auch unter den Tannen des Schwarzwalds wandelt man nicht ungestraft. Stäubender Wassersturz, grüngoldenes Dämmerlicht und würziger Harzduft wirken machtvoll auf die Phantasie und eine Mittagsruhe am Mummelsee, eine Mondnacht in den Ruinen von Allerheiligen, hat schon manchen sonst soliden Mann aus den Fugen gebracht. Schreiber dieses, als er einmal mit Hebel's „Alemannischen Gedichten" und ähnlichem Handwerkszeug in jenen Gegenden über Berg und Thal stolperte, kam alldort auf die Entdeckung, daß ja schon nahezu anderthalb Jahrtausende vor dem trefflichen Johann Peter Hebel ein Poet andern Schlags und anderer Rasse den Mädchen des Schwarzwalds seine Huldigung gebracht —

„Feldbergs liebligi Tochter, o Wiese, bis mer Gottwilche!
Los, i will di jez mit mine Liederen ehre —"

bei diesen Worten kam die Erleuchtung über mich; denn um den Feldberg herum muß jene Andere zu Haus, und ungefähr eine wie das „Vreneli" muß sie der Beschreibung nach gewesen sein.

„Es gfallt mer nummen eini,
Und selli gfallt mer gwis — —
's het alliwil e frohe Mueth,
e Gsichtli het's wie Milch und Bluet,
wie Milch und Bluet,
Und Auge wie ne Stern."

Es stimmt fast wörtlich; genau wie vor 1500 Jahren. Und daraus würde folgen, daß es ein guter, nachhaltiger Schlag ist, der da um den Blauen, Belchen und Feldberg herum sich gelagert hat, und daß Tannenkühl und Harzduft für eine edel geborne Rasse schier so gedeihlich sind, als Stubendunst, Clavierhocken und höhere Töchterpensionen.

Im Hochsommer des Jahres 368 war es, als der Kaiser Valentinian I. den Oberrhein überschritt und, wie es scheint unterstützt von den illyrischen und italischen Legionen, welche von Osten, von Rätien her vorbrechen sollten, die Alemannen auf ihrem eigenen Boden aufsuchte. In Anbetracht, daß die Feldzüge des Jahrs 1866 an Neckar und Main trotz aller Broschüren noch nichts weniger als vollständig klar liegen, wird sich kaum jemand wundern, wenn wir über die Einzelheiten jener römischen Sommercampagne fast noch weniger zu sagen wissen. Doch aber scheint das Dunkel, das über dem Kriegsschauplatz liegt, wesentlich aus Schwarzwaldnebel und dem Zwielicht riesiger Tannenwälder gemischt. Im kaiserlichen Heerlager befand sich damals unter andern, als Erzieher des neunjährigen Thronfolgers Gratian, der wohledle Herr Decimus Magnus Ausonius, latinischen Namens, wie er selbst sagt, von Stamm und Geburt aber Gallier, aus der berühmten Burdigăla an der Garumna,[1] Bordeaux an der Garonne. Also ein Franzose, wie wir jetzt sagen würden, ein Gascogner, aus derselben gesegneten Landschaft, welcher die Welt den anmuthigen Mont igne und den scharfsinnigen Montesquieu verdankt, sowie viele andere Leute, deren gesammelte Werke die Geschichte unter dem allgemeinen Titel der Gascognaden zusammenzufassen pflegt. Zum mindesten was die Redseligkeit belangt, macht schon unser Herr Ausonius seinem engeren Vaterlande keine Schande, und Kenner wollen wissen, daß Umfang und Inhalt seiner Perioden

[1] Die Vita S. Bertini hat den Ausdruck „gromnarum opportunitas" mit dem Zusatz „gromnae, gronnae, loca palustria et herbosa" (Z. 735). Wäre demnach Garumna der gras- und schilfreiche Fluß, eine unda ulvosa, wie a. 456 der Poet Sidonius unsern Neckar nennt? Jenes gromna (= garumna) scheint wurzelverwandt mit unserem Gras, Grün, mit latein. gramen.

nicht immer im wünschenswerthen Verhältniß stehen. Manche sprechen sogar noch härter über ihn und behaupten, auf seinen Cento Nuptialis deutend, der Dichter spreche dort nicht „schier wie ein Franzos," sondern noch viel ärger und er müsse wenigstens in irgend einer Periode seines Lebens ein liederliches Tuch, ja sozusagen ein rechter Schweinpelz gewesen sein. Auf das gleiche corpus delicti gründen manche ihre Zweifel, ob Ausonius Heide oder Christ gewesen. Man wird aber zugeben, daß durch ein solches Argument noch außer dem alten Gascogner eine beträchtliche Anzahl später und zweifellos Getaufter aus dem Schooße der christlichen Kirche treten müßten, daher wir die Sache beruhen lassen. Das leichte, heitere Keltenblut verläugnet der Dichter nicht. Es ist nämlich zu bemerken, daß Burdigala, obwohl eigentlich auf aquitanisch-iberischem Boden gelegen, eine gute Keltenstadt war,[1] zum Gebiete der Biturîges Vivisci[2] gehörig. In diesem Namen haben wir, gelegentlich bemerkt, die älteste

[1] Die Stadt Tolosa (Toulouse) bezeichnet Ausonius selbst mit den Worten: Inter Aquitanas gentes et nomen Iberum. In Clarae Urbes XIV. besingt Ausonius seine Vaterstadt und in ihr eine Quelle:

> Salve fons ignote ortu, sacer, alme, perennis,
> Vitree, glauce, profunde, sonore, illimis, opace.
> Salve urbis genius, medico potabilis haustu,
> Divona Celtarum lingua, fons addite Divis.

Das keltische Divŏna (Z. 734) entspricht in seiner Endung den keltischen Flußnamen Matrona, Axona (jetzt Marne u. Aisne), den Personennamen Alpona, Banona, Sirona, Vindona, besonders aber dem Namen der Epona, der Göttin der Pferde (ep, alt-irisch ech, urverwandt mit griech. ippos, ikkos, latein. equus; kambrisch ebol das Füllen). Der erste Theil des Worts erscheint in den gall. Namen Divo, Divico, Divito, Divitiăcus, Devognāta u. s. w., sämmtlich zum kelt. Stamme div, dêv Gott (alt-irisch diade göttlich, neu-irisch diadha), natürlich urverwandt mit latein. deus, divus, griech. dios, sanskr. dêva (s. Gl. 4). Vergl. Caes. B. G. 6, 18: Galli se omnes ab Dite patre prognatos praedicant. Einer Note des Vinetus zufolge fand man a. 1544 vor einem Thore von Bordeaux einen unterirdischen quadratischen Bau, „canalem structilem affabre factum," von alter Arbeit, der in die obere Stadt zu führen schien. In ihm vermuthet Vinetus jene Quelle Divona. Weiteres ist mir unbekannt.

[2] Minder richtig Ubisci. Der Name erinnert an Viviscus (beim Geogr. Rav. Bibiscon), das heutige Vevay (deutsch Vivis) in der Schweiz.

urkundlich nachweisbare — Gascognade; denn Bituriges[1] heißt wörtlich die „Weltherrscher, Weltkönige." Wir verdanken sie derselben Stadt, welche etwas später eine ähnliche producirt hat, bekannt unter der Formel: l'empire c'est la paix.

Unsers Ausonius Vater war ein geschätzter Arzt der Stadt, seine Mutter eine vornehme Sequanerin, also um die Sequăna, die heutige Seine zu Haus. Der Großvater mütterlicher Seits, Caecilius Argicius Arborius,[2] gab sich mit Astrologie ab; wenn ihm aber seine Sterne Heil verkündeten, so haben sie jedenfalls gelogen, denn er verlor in den politischen Wirren seiner Heimat Hab und Gut, und floh geächtet nach Süden. Auch seinem Enkel hatte er das Horoskop gestellt und dessen Mutter will, wie alle Mütter, alles mögliche Gute für den kleinen Ausonius herausgelesen haben. Dieser studirte in Tolosa (Toulouse),

Auch sie werde genannt, Tolosa, die mich erzogen,
Backsteinmauern umschließen die Stadt in riesigem Gürtel,
Mitten hindurch strömt herrlichen Gangs die breite Garumna.[3]

ließ sich dann als Professor der Philologie und Rhetorik in seiner Vaterstadt nieder, und endlich nach verschiedenen Schicksalen finden wir den Sohn des Südens in der tannendunkeln Abnoba zwischen Gernsbach und Donaueschingen mit vergleichender Meteorologie beschäftigt, ein Studium, das um so weniger zu Gunsten unsers engeren Vaterlandes ausfallen mochte, als dann und wann ein ungezogener Alemannenspeer sich bis ins kaiserliche Hauptquartier verirrt haben soll. Der endliche Sieg aber war auf Seiten Roms, was um so leichter behauptet werden kann, als die alemannischen Bülletins nicht auf uns gekommen; und Ausonius führte als Kriegsbeute ein blutjunges gefangenes Alemannenmädchen über Neckar und Rhein hinüber nach Augusta Treverorum, der kaiser-

[1] Z. 14. 15. Alt-irisch bith heißt die Welt; rix, z. B. in dem gall. Pers. Namen Adiatorix, Toutiorix (Gl. 2), alt-irisch rig, irisch righ, riogh ist gleich latein. rex, goth. reiks, althd. rich.

[2] Die zwei letzteren Namen keltisch (Argicius, Z. 771). Diese Beschäftigung mit Astrologie ist vielleicht nicht ohne Bedeutung für keltische Culturgeschichte.

[3] Clarae Urbes XII.

lichen Residenzstadt Trier an der Mosel. Man hat Grund zu der Annahme, daß der hochangesehene, damals schon alternde, längst verwittwete Staatsmann sich in Anblick und Gesellschaft des unschuldigen Barbarenkindes harmlos gesonnt hat. Und dieser Episode seines Lebens verdanken wir einige dichterische Bruchstücke, aus welchen uns unwillkürlich diese Idylle des vierten Jahrhunderts emporstieg. In der Widmung an seinen Freund Paulus sagt der Dichter:

Wie du gewollt, hier kommt das ganze Liederbuch auf Bissula
Das zum Preis des Schwabenmädchens [1] spielend ich zusammenschrieb,
Weniger damit zu glänzen als zum eignen Zeitvertreib.
Der du mich so lang gequälet, quäle nun dich selbst damit;
Iß die Suppe, sagt das Sprichwort, welche du dir eingebrockt,
Schleppe nur die Ketten welche du dir selbst geschmiedet hast.

Uns aber ist leider nicht das „ganze Liederbuch" erhalten, sondern nur wenige kleine Fragmente, und auch von diesen eigentlich nur zwei, welche eine Uebertragung zu lohnen schienen. Hätte ich sichere Bürgschaft, daß nicht einen regelrechten Philologen der Schlag trifft, wenn ich lateinische Distichen in ein deutsches Sonett umgieße, so würde ich dasselbe minder schüchtern hier vorbringen, als mir jetzt gelingen will.

Im übrigen ist meine ernstliche Ansicht, daß solche moderne Formen für gewisse Erzeugnisse der antiken Dichtung eine durchaus berechtigte Verwendung finden dürften. Und gerade manche Dichtungen der minder klassischen, späteren Jahrhunderte, fordern diese Freiheit heraus. Stehen sie nach Form und Inhalt meist weit zurück hinter dem was wir klassisch nennen, so zeigen sie andrerseits eine uns anheimelnde Verwandtschaft mit der sentimentalen Poesie der neueren Zeit, ganz entsprechend der Periode ihres Entstehens, der Periode eines Uebergangs der alten in die neue, der heidnischen in die christliche Welt. Diesem neu sich bildenden Geiste wollen die alten klassischen Formen nicht mehr entsprechen; uns aber tritt jener Geist entschieden klarer und verständlicher entgegen, wenn wir ihn in den Formen erscheinen lassen, welche die moderne Poesie für ihren modernen Inhalt sich geschaffen hat.

[1] Suevae virgunculae.

An Bissula.

Mein Kind, im kalten überrheinschen Lande,
Dort wo der Donau Quelle rauscht, geboren,
Heimat und Mutter hast du früh verloren,
Der eh'rne Krieg schlug dich in seine Bande.

Ich löste sie und sparte dir die Schande,
Und die man mir als Sklavin zugeschworen
War frei und mir zum Liebling auserkoren
Lang eh der Jugend Unglück sie erkannte.

Roms freie Bürgerin — doch jeder Zug,
Der Augen Blau, die Haut so licht und lind,
Das goldne Haar gibt von Germanien Kunde.

So steht sie da, ein lieblicher Betrug;
Schaust du sie an — ein echtes Schwarzwaldkind,
Doch römisch klingt es von dem schönen Munde. [1]

[1] Bissula, trans gelidum stirpe et lare prosata Rhenum,
Conscia nascentis Bissula Danubii,
Capta manu, sed missa manu, dominatur in ejus
Deliciis cujus bellica praeda fuit.
Matre carens, nutricis egens, nescivit herai
Imperium . . . . . .
Fortunae ac patriae quae nulla opprobria sensit
Illico inexperto libera servitio.
Sic Latiis mutata bonis Germana maneret,
Ut facies, oculos caerula, flava comas;
Ambiguam modo lingua facit, modo forma puellam,
Haec Rheno genitam praedicat, haec Latio.

Es ist mir nämlich rein unmöglich, die gewöhnliche Deutung des letzten Distichons zuzugeben, wonach die forma, die Gestalt in der Bissula eine Römerin vermuthen ließe, und nur die lingua, die Sprache sie als Deutsche verräth. Jene gewöhnliche Deutung läßt den Dichter sagen: „Das Antlitz, die blauen Augen, das goldgelbe Haar, zeigen sie als Germanin; zum Räthsel wird sie einerseits durch die Sprache, andrerseits durch die Gestalt; diese (die Sprache) verkündet eine Tochter des Rheins, diese (die Gestalt) eine Tochter Latiums." Damit aber hebt ja der Dichter vollständig auf, was er unmittelbar vorher gesagt! Ich also nehme Chiasmus an, beziehe das zweite haec auf das erste lingua, das erste haec auf das zweite forma und glaube damit dem Gedichte seine Pointe gerettet und dem Dichter einen Unsinn erspart zu haben. Die Römer werden schwerlich alemannisch gelernt haben, um sich mit Bissula zu unterhalten; wohl aber wird das junge Mädchen rasch und geläufig Latein gelernt haben und das ist ja nun eben nach einigen Jahren das holde Räthsel, daß diese doch zweifellos nordische Gestalt ein fließendes Römisch spricht! Oder sind wir Schwaben denn damals schon so blitzdumm gewesen, daß wir nicht einmal eine fremde Sprache uns anzueignen vermocht, während wir doch später so ausgezeichnete Lateiner wurden?

Photographen gab es damals noch keine in der Moselstadt, und unsere Landsmännin mußte also dem Maler sitzen. Zwar meint ihr Beschützer: weder Wachs noch Farbe werde jemals dieses Kunststück der Natur erreichen, indessen soll er's versuchen und:

„Mische der Lilie Weiß mit dem Rothe der punischen Rose,"

was neu=alemannisch heißt:

„e Gsichtli het's wie Milch und Bluet."

Der schwäbische Leser hat von Anfang an sich von dem Namen Bissula heimisch berührt, vielleicht sogar gerührt, gefunden; „e Mädele, 's Vreneli" zeigen ja echt oberdeutsche Koseformen. Zum Ueberfluß erfahren wir ausdrücklich, daß der Name nicht etwa römisch, sondern germanisch, alemannisch war:

„Süßes Kleinod, meine Liebe, meine Wonne, mein Gesang,
Bissula — sie nennen bäurisch ungefüg des Namens Klang;
Ein Barbarenkind, doch theurer mir als Roma's Mädchenflor,
Bissula — kein Name klang je schmeichlerischer mir zum Ohr." [1]

Noch ist uns ein Charakterzug des Mädchens gerettet. Ein späterer römischer Autor citirt gelegentlich den Ausonius mit den Worten „Sulpicillae Ausonianae loquacitas." Ohne Zweifel ist diese „redselige Sulpicilla" nur falsche Lesart, oder Mißverständniß für Bissula, und die zufällige Notiz läßt wiederum errathen, daß uns nur Bruchstücke erhalten sind; ist vielleicht auch ein Mitbeweis, daß ihr das Latein gut von der Zunge gelaufen ist. Ein heiteres, redseliges, flinkes Alemannenkind — so wollen wir uns die Landsmännin getrost vorstellen, „so flink, so dundersnett" wie das Vreneli. Aber ein Hauptspaß wäre, wenn dazu der Name Bissula selbst stimmen würde! [2]

[1] Delicium, blanditiae, ludus, amor, voluptas;
Barbara, sed quae Latias vincis alumna pupas;
Bissula nomen tenerae rusticulum puellae,
Horridulum non solitis, sed domino venustum.

[2] Man könnte als Urform Vissula, Visula annehmen, mit dem in römischem Munde so sehr häufigen Uebergang des keltischen und germanischen v in b. Dann würde sich Visula zu dem altdeutschen Stamme Wis-, Wiso für Personennamen stellen (Wisirih u. s. w.). Lassen wir Bissula gelten, so

Wiederum sind Jahre vergangen. Ausonius, von seinem ehemaligen kaiserlichen Zögling von Würde zu Würde gehoben, wird Reichskanzler und Cabinetsminister, Regierungspräsident in Afrika, Illyricum und Italien, Präfect von Gallien, endlich, a. 379, römischer Consul. Von da an fließen die Nachrichten spärlicher. — Das Jahr 396 schreibt man. Auf den sonnigen Rebenhängen Burdigalas steht, hoch über der Garumna, eine säulengetragene Villa.[1] Auf der Terrasse sitzt im bequemen Divan ein alter Herr, grauen Haars, heiterer, wiewohl etwas runzlicher Stirne und schaut behaglich müd in die glanzvolle Landschaft hinaus. Dann und wann freilich zuckt es unwillig um die Lippen; nicht als ob der Alte am Weltschmerz litte, er hat nur hie und da das Zipperlein, und so wir ihm näher stünden, so könnten wir nicht undeutlich einen gelinden Fluch im elegantesten Latein, hie und da einen etwas derberen Schwur in der gallischen Landessprache vernehmen. Es sei, so wenigstens behauptet der römische Consular und pensionirte Reichskanzler Decimus Magnus Ausonius beharrlich, es sei einzig und allein ein Angebinde aus der verdammten Sumpf- und Wassercampagne in der Silva Marciana anno 68. Und was hat die Geschichte geholfen? Der große Grenzwall liegt für Ewigkeit darnieder, den Kaiser Gratian, seinen Zögling haben sie elendiglich erschlagen; Alemannen, Sueven, Burgunden pochen immer näher und immer vernehmlicher an die Thore Roms, die Welt wird alt und öde, und selbst am goldenen Horizonte des Aquitanerlandes steigt eine Wetterwolke von Osten herauf, breit wie eines Mannes Hand; sie wird wachsen. Aber — der Alte

begegnen uns die altdeutschen Mannesnamen Piso, Biso, Pisinc, Bissinc und möglicherweise hängen diese zusammen mit dem althochd. Zeitwort bisjan, bisôn, welches die alten Mönche regelmäßig mit dem lateinischen lascivire übersetzen, d. h. springen, hüpfen, muthwillig sein, besonders vom jungen Vieh gebraucht, mit Inbegriff des „Hinausschlagens," woran es unsere gefangene Schwarzwälderin wohl auch nicht fehlen ließ. Das Wort „biesen" lebt noch jetzt in deutschen Mundarten. Bisula (streng althochd. Form wäre Bisilô) hätte demnach so etwas wie „ein wildes Füllen" bedeutet — „nei so lueg me doch, wie cha mi Meideli springe!"

[1] Vergleiche das Gedicht Villula, das ich gerne zu den besseren Erzeugnissen des Ausonius zähle.

lächelt; noch ein anderes Bild steigt ihm aus den fernen Nebeln der Abnoba. Wie er vor achtundzwanzig Jahren mit dem kaiserlichen Hauptquartier in Tarodunum drunten lag und sie ihm ein gefangenes barfüßig Alemannenkind in das Zelt brachten. Wie klang es doch nur, als sie sich dem vornehmen Herren vor die Füße warf? Oftmals hat sie ihm später die Worte wiederholen müssen und er kann sie noch heute buchstabiren — barmo liabo! kanado mina heroro, kanado![1] Es waren rauhe, wildfremde Klänge, aber sie drangen voll und mächtig zum Herzen und der, an den sie gerichtet waren, hat niemals bereut, daß er sie zu Herzen genommen. Zwischen der kaiserlichen Burg von Trier und seinem Landhaus an der Mosella gehen die Gedanken des Mannes hin und wieder; alte Geschichten tauchen auf und alte Lieder:

„Ein Kranz von Villen längs den Uferhängen,
Um rebengrüne Bergeshöhen spült
Der Strom mit leise schmeichelnden Gesängen,
Indeß er sachte sich zu Thale wühlt
Und grüne Matten seinen Lauf umdrängen.
Gegrüßt o Strom der diese Thale kühlt,
Der solche Fluren, solche Menschen tränkt,
Der Belgien seine Kaiserstadt geschenkt!

Da liegt sie, vor den andern allen prächtig,
Friedvoll gleichwie in einer Göttin Schoße,
Doch männerzeugend, rüstig, waffenträchtig,
Ein Schirm und Schutz vor alamann'schem Stoße!
Und rings umher, ein Gürtel breit und mächtig,
Schwingt sich der Mauern Ring, der riesengroße.
Breit zieht und ruhig der Mosella Fluth,
Sie trägt der fernsten Länder Handelsgut.“[2]

An den Terrassen auf und nieder, durch Rebengänge und Säulenhallen hüpft lachend, singend, gemsenfüßig ein goldlockiges Kind, oder vielmehr — „jo de bisch ke Meideli meh, jez sag i der Meidli“ — ein goldlockiges, blauäugiges, hochgewachsenes Mädchen.

[1] Erbarme dich, lieber! gnade mein, Herre, gnade! — Das halbgothische mina möge man mir zu gut halten, wir dürfen uns im 4. jh. immerhin noch vollere Formen vorstellen.

[2] Mosella v. 20—26. Clar. Urb. IV.

„Wo di liebligen Othem weiht se färbt sie der Rase
Grüener rechts und links, es stöhn in saftige Triebe
Gras und Chrüter uf, es stöhn in frischere Gstalte
Bluemen an Bluemen uf . . .
Alles will di bschauen und alles will di bigrüße
Und di fründlig Herz git alle fründligi Rede."

Ach wie oft hat sie den ergrauenden Staatsmann gefragt — kann man denn auch alt werden, Herre? „i mein emol es chönn schier gar nit sy." Und wie oft hat er in latinischer Rede geantwortet:

„Du guete Seel, 's cha frili sy, was meinsch?
De bisch no jung; Närsch, i bi au so gsy,
jez wird's mer anderst; 's Alter, s' Alter chunnt."

Laßt ihn träumen — „die Alemannen — imperium Romanum — und's Hus wird alt und wüest, Und im Vertäfer popperet der Wurm. Drüber thuesch du au No d' Auge zue; es chömme Chindeschind, Und pletze dra: Zletzt fuult's im Fundament, Und 's hilft nüt meh. Die Alemannen — post Urbem conditam anno millesimo centesimo quinquagesimo —

und wemme noodno gar
zweitusig zehlt, isch alles z'semme keit."

Schwere Sorgen zucken um die Stirne, aber warmes Sonnenlicht und blühende Weinranken wiegen in lindernden Schlummer; nordischer Harzduft umspielt, dunkle Tannenwipfel umrauschen ihn, und heraus schaut blauäugig, blondgelockt ein mildes Frauenantlitz —

„jez wird's mer anderst, 's Alter, 's Alter chunnt
und alles nimmt en End."

Drei Tage nachher haben sie den Dichter und Consular Decinus Magnus Ausonius von Burdigala an dem Gestade der Garumna begraben.

Nachdem ich das obige Sonett gewagt, kann ich mich in der Achtung traditioneller Uebersetzungskünstler nicht mehr weiter ruiniren wenn ich als Schluß und Anhang dieser Schwarzwälder Dorfgeschichte, dieses latinisch-alemannischen „Auf der Höhe," einige Theile der Ausonischen Mosella in deutschen Octaven vorlege. Zur Entschuldigung des metrischen Wagnisses könnte man sich auf Schiller's Vorgang mit Virgil's Aeneis berufen und auf seine Einleitung zu jenen prächtigen Versen. Ich will es lieber nicht thun, in dem sichern Gefühle daß zwischen dem Uebersetzer des Virgil und dem des Auson die Kluft noch bedeutend stärker ist als zwischen dem Mantuanischen und dem Burdigalensischen Dichter selbst. Beide Dichter werden nicht viel gemeinsames haben, außer ihrem gallischen Stamm und Namen.[1] Und doch liegt vielleicht in dem Sinn und Gefühl für Anschauung und Schilderung der Natur, wie sie bei Virgil nicht unmerklich, bei Auson sehr stark, wenn auch oft ungeschickt und in falschem Pathos hervortreten, ein gemeinsamer landsmännischer Zug. Die „Mosella" ist mehrfach übersetzt worden, soviel mir bekannt stets in dem Versmaß des Urtextes, in Hexametern. Die Arbeiten von C. Troß (Hamm 1821) und K. G. Neumann (Trier 1846) sind, was Uebersetzung betrifft, zwei böse Stücke. Andere sind mir nur dem Namen nach bekannt, mit Ausnahme der gut lesbaren Uebertragung von Böcking, dessen Ausgabe ich vorherrschend gefolgt bin.[2] Und nun denn: utere velis! galeatum sero duelli poenitet.

Vers 1—76.

Im Nebel zieht der Nawa rasche Fluth;
Hinüber geht es; hoch und stolz gemauert
Ragt Vincums neue Burg, wo Galliens Blut
Den Tag von Cannä zahlte, unbetrauert
Und unbestattet Leich an Leiche ruht.
Pfadlos, von Urwalds Einsamkeit umschauert
Ziehn wir dahin, es reiht sich Stund an Stunde,
Kein Pflug, kein Menschenantlitz in der Runde.[3]

[1] Ausonius ist bekanntlich auch ein lateinisches Wort. Daß aber des gallischen Dichters Hauptname, neben den römischen Decimus Magnus, ein gallischer sei, ist wahrscheinlicher als das Gegentheil; Z. 734 nennt ihn ohne weiteres keltisch. In kelt. Ortsnamen erscheint der Stamm aus mehrfach, so in Ausava zwischen Trier und Köln; vergl. auch Diefenbach, Celtica II, 1. S. 313. Virgilius, vielmehr Vergilius, ist gewiß keltisch. Der Stamm verg erscheint noch in dem gallischen Worte vergobretus, in dem hibernischen Lokalnamen Vergivius (auch Vergoanum und Vergunni sind gallische Ortsnamen). Man kann damit vergleichen das alt-irische ferc = Zorn und das altkymrische guerg = wirkend, wirksam (Z. 13. 14. Gl. 131. Dief. Orig. 437.)

[2] Eduard Böcking, des D. M. Ausonius Mosella. Lateinisch und deutsch. Nebst einem Anhang, enthaltend einen Abriß von des Dichters Leben, Anmerkungen zur Mosella und die Gedichte auf Bissula. Berlin 1828.

[3] Nâva. Der Fluß, die heutige Nahe, wird schon von Tacitus (Hist. 4, 70) genannt, an der gleichen Stelle wo er die Niederlage der Gallier (a. 71)

Dumnissus hier, in wasserlosem Sand,
Und hier die quellensprudelnde „Taberne;"
Gezwungen baut der Skythe dieses Land;
Nivomagus! gegrüßt! das einst so gerne
Held Constantinus seine Burg genannt!
Dem belg'schen Boden sind wir nimmer ferne.
Rein weht die Luft, es leuchten Berg und Thale
Purpurverklärt in heitrem Sonnenstrahle. [1]

Nicht Zweige schließen, sich in Zweige rankend,
In grüne Waldesdämmerung uns ein;
Zum lichten Aether schaun wir freudig dankend,
Frei spielt in freier Luft der Sonnenschein.
Und zwischen Nah und Ferne steh ich schwankend,
In meiner Heimat dünk ich mich zu sein;
Erinnrung flüstert schmeichelnd mir ins Ohr
Und glänzend steigt Burdigala empor.

Ein Kranz von Villen längs den Uferhängen,
Um rebengrüne Bergeshöhen spült
Der Strom mit leise schmeichelnden Gesängen
Indeß er sachte sich zu Thale wühlt
Und grüne Matten seinen Lauf umdrängen.
Gegrüßt o Strom, der diese Thale kühlt,
Der solche Fluren, solche Männer tränkt,
Der Belgien seine Kaiserstadt geschenkt. [2]

erzählt, auf welche die erste Strophe übertreibend anspielt. Vincum, d. h. das heutige Bingen, scheint damals auf der linken Seite der Nahe gelegen zu haben. Die „neue Burg" war a. 359 von Julian erbaut worden. Vincum, von Tacitus und andern Bingium genannt, beim Geogr. Rav. Bigum, zeigt den häufigen Wechsel von b und v. Später, 9. jh. u. s. w., heißt es Binga, Bingium.

[1] Dumnissus (identisch mit dem Dumno der P. T.?), wird bei Kirchberg, zwischen Bingen und Bernkastel, gesucht (jetzt Denssen??); über die sprachliche Form s. Gl. 72. — Tabernae wird beim heutigen Dorfe Hinzerrath vermuthet. — Die dritte Zeile — arvaque Sauromatum nuper metata colonis — bezieht sich auf gewaltsame Verschleppung kriegsgefangener Sarmaten in jene Gegend, ganz entsprechend unsern späteren sächsischen und wendischen Zwangscolonien. — Nordwestlich von Bingen fällt der Ortsname Castellaun auf, vielleicht ein altes römisch-keltisches Castellodûnum? — Nivomagus, jetzt Neumagen an der Mosel, zwischen Bernkastel und Trier.

[2] Trier, ursprünglich Name des gallischen Volksstammes der Trêveri (Z. 21; Gl. 155; minder gut Trêviri); daher Augusta, Civitas, Urbs Trevirorum, später Treviri schlechtweg; bei Sozomenos Τρίβερις, Geogr. Rav. Treoris. Im 10. jh. erscheint Triera, „der Trierbach im Bisthum Trier," F. — Altirisch heißt trebir, trebaire klug, Klugheit, weßwegen Z. 941 fragt ob nicht daher der Name des Volks stamme? (vergl. Suebi und Suevi). Meines

Ein Meer das Schiffe trägt; mit rascher Welle
Ein Fluß; und wieder mit krystallnem Grunde
Gleichst du dem See; mit stürzendem Gefälle
Dem leichten Bach; du reichst dem durst'gen Munde
Den Labetrunk der kühlen Waldesquelle.
Mosella, all und eins in schönem Bunde —
Quell, Bach und Strom, ein See der ruhig träumt,
Ein Meer das wechselnd vor- und rückwärts schäumt.

Sanft strömst du hin, verborgne Klippen drängen
Und Sturmesbrausen nimmer deine Wogen,
Nicht Furt noch Bänke stauen dich und zwängen
Die eilende zu unfreiwill'gem Bogen,
Nicht wagt ein Eiland deinen Pfad zu engen,
Daß deine Kraft, nach rechts und links gezogen,
Versiege; ganz und voll zu Strom und Meere
Trägst du, Mosella, deines Namens Ehre.

Zwei Wege kennst du: Wenn der rasche Kahn
Vom Ruderschlag beschwingt zu Thale fliegt;
Und wenn am straff gespannten Tau bergan
Des Schiffers Nacken seine Barke zieht;
Dann sieht Mosella staunend ihre Bahn
Gehemmt, in der sie sonst so munter glitt.
Kein Schilf entstellt sie, Röhricht nicht und Tang,
Und trocknen Fußes geh' ich ihr entlang.

Mag wer da will an Phryg'schen Marmorsälen,
An goldenem Getäfel sich ergetzen,
Sich im Gewinnen und Verlieren quälen,
In Pracht und Wollust seinen Tag verhetzen;
Ich will, statt Gold und Silber abzuzählen,
Ich will an der Natur die Seele letzen;
An deinem Saum, der sandig und doch fest,
Nicht eine Spur von meinem Tritte läßt.

Krystallklar von der Fläche bis zum Grunde,
Durchsichtig wie die Luft wo schrankenlos
Das Auge schweift in ungemessner Runde —
So liegt er da, bis in den tiefsten Schoß
Sinkt ungetrübt der Blick und gibt uns Kunde
Und legt uns jegliches Geheimniß bloß.
Leis zieht die Fluth und aus der Tiefe taucht
Dir Form an Form von blauem Licht umhaucht.

Wissens aber ist das e in trebir kurz. Im übrigen scheinen manche gallische Volksnamen, echt gallisch, etwas prahlerische Prädicate in sich zu schließen. Eine geistige, gemüthliche Eigenschaft liegt vielleicht auch in dem Namen der Rüteni, indem das lautlich entsprechende alt-irische roithnech fröhlich, heiter bedeutet (Z. 16, 18, 734, 736).

Es kräuselt sich der Sand vom Zug der Welle,
Aus grünem Grunde bebt das leichte Gras,
Gleichwie der Halm vom Guß der kühlen Quelle
Getroffen schwankt; hier schimmert glänzend naß
Der stein'ge Grund, aus moosig grüner Zelle
Ein Kieselsteinchen wechselnd blank und blaß.
Ein Bild gleich jenem wenn im Brittenlande
Die See sich ebbend wendet von dem Strande.

Frei liegt dann der Koralle rothe Gluth,
Der Alge Grün, der Muschelperle Schimmer,
Kleinodien wie sie die dunkle Fluth
Nachahmt der Menschen kunsterzeugtem Flimmer.
So auch in diesen Tiefen schwankt und ruht
Auf dunklem Moos der lichte Kieselglimmer;
Stets aber lockt den Blick vom festen Ziel
Zahlloser Fische rastlos muntres Spiel. [1]

[1] Wenn schon Homer's Schiffkatalog nicht die poetische Höhe der Ilias bildet, so wird das mit dem hier folgenden Ausonischen Fischkatalog noch weniger der Fall sein. Doch sollen für Liebhaber wenigstens die Namen folgen, die er als Moselfische aufzählt: capito, salar, redo, umbra, barbus, salmo, mustela, perca, lucius, tinca, alburnus, alausa, fario, gobius, silurus. Von diesen kommen redo, lucius, tinca, alburnus, alausa nur in dieser Einen Ausonischen Stelle vor. Der letzte, alausa, ist längst als gallisches Wort zugegeben. Vielleicht sind es auch tinca und alburnus. Dief. Or. 428 hält indeß alburnus für lateinisch und bei tinca fällt ihm die weite Verbreitung auf (ital. tinca, mittellatein. span. port. tenca, franz. tenche, tanche, engl. tench, brit. taŝs, traŝs). Dagegen führe ich eine Stelle aus Cicero's Brutus an (cap. 46): „Und worin besteht denn eigentlich dieser urbane Accent?" — „Das wirst du merken, wenn du nach Gallien kommst"..... und dann wird ein T. Tinca aus Placentia (Piacenza) genannt als warnendes Beispiel schlechten Lateins (duos in uno nomine faciebat barbarismos Tinca Placentinus, si reprehendenti Hortensio credimus, „preculam" pro „pergula" dicens, Quintil. I, 5, 12). Nun — dieser Mann war nach Namen und Heimat ein cispadanischer Gallier. — Auch der redo erscheint nur hier und ist wohl gallisch (Dief. Or. 406). — Nicht minder, meines Erachtens, der lucius „latio risus praenomine." — Also man lachte über den Namen des Fisches, weil er mit dem lateinischen Personennamen Lucius übereinstimmte. Einen solchen komischen Eindruck konnte doch wohl nur ein fremdes Wort machen. Mich erinnert der Name an die gall. Stadt Luxovium, jetzt Luxeuil, den britischen Fluß Loxas und an das kymr. llwch = stagnatio, Sumpf. Dann würde fast wie eine bewußte Uebersetzung des Ausonius klingen, wenn er den lucius bezeichnet als „cultor stagnorum, querulis vis infestissima ranis, obscuras ulva coenoque lacunas obsidet," daher auch „nullos mensarum lectus ad usus Fervet fumosis olido nidore popinis" —

— — — Unwürdig der feineren Tafel
Brodelt er nur in der stinkenden Pfanne plebejischer Küchen.

Vers 150—168.

Nun aber still von der krystallnen Bahn
Und von der Fischbrut ungezählter Menge,
Ein neues Schauspiel hat sich aufgethan,
Gott Bacchus naht in festlichem Gepränge.
Weinlaubumgürtet hebt der flache Plan
Sich haldig buchtend aus des Thales Enge,
Im Sonnenglanze hoch umher gezogen
Schließt des Theaters letzter Felsenbogen. [1]

So hebt der Gaurus sein erlauchtes Haupt,
Vom grünen Glanz der Rebe rings umkleidet;
So steht der Rhodope von Grün umlaubt,
Der Ismarus der Thrakiens Flächen scheidet.
Ja seine eigne schöne Heimat glaubt
Der Dichter wieder vor sich ausgebreitet,
Die Hügel all von Rebenlaub umzogen
Bis nieder zu Garumna's goldnen Wogen.

Ein frohes Volk in emsigem Gedränge,
Manch flinker fleißger Bursche; sieh, da schreit er
Hoch oben, und ein andrer am Gehänge
Des Berges kletternd gibt das Liedlein weiter.
Vom Strom herauf ertönen die Gesänge
Des Wanderers, des Schiffers spottend heiter;
Den faulen Bauern gelten ihre Lieder,
Und Strom und Fels und Waldung hallt sie wieder.

Vers 186—239.

Doch still von Panen, Nymphen und Najaden
Davon des Ufers leise Mären munkeln;
Zu einem andern Schauspiel will ich laden,
Wenn in der blauen Fläche sich die dunkeln
Von Rebenlaub umschwankten Hügel baden,
In klarer Fluth die goldnen Trauben funkeln,
Im Abendlichte sich die grünen Schatten
Der Berge mit des Stromes Bläue gatten.

Ein neues Bild. Wie schön wenn um die Wette
Vom Ruderschlag beflügelt Kahn an Kahn
Sich jagt; der hält sich mitten in dem Bette,
Der streift mit seinem Bord am Ufer an;

Zu dem kelt. lûcius sey noch gestellt der altdeutsche Fischname lûgena (Graff 2 159), bairisch die Laugen, Lauwen, Lauen (Schmeller 2, 448). Ich finde letzteres Wort u. a. S. 48 eines Büchleins, auf das ich gerne aufmerksam mache: Die Fischwaid in den bayerischen Seen. Kulturhistorische Skizzen von Hartwig Peetz. München (Fleischmann) 1862.

[1] Nemlich „naturale theatrum,“ kein künstliches, wie ein solches allerdings eines in Trier stand.

Es löst und knüpft sich immer neu die Kette
Und alles rührt sich auf der glatten Bahn.
Und muntre Jugend schaut von dem Gestade
Frohlockend auf der Männer Siegespfade.

Die Sonne spiegelt im krystallnen Schilde
Der Fluth die kräftigen Gestalten wieder
Der Kämpfenden, doch in verkehrtem Bilde.
Stets schwingen sich die Ruder auf und nieder,
Stets löst sich ab des Schiffes kleine Gilde,
Der eine ruht, der andre rührt die Glieder.
Mit Jubel schaun die fröhlichen Gesellen
Stets neue Bilder in den klaren Wellen.

Gleichwie ein Mädchen, das zum erstenmale
Sein frischgelocktes Haar im Spiegel schaut,
Aufjauchzt in seines Zwillingsbildes Strahle
Und seinem eignen Antlitz nimmer traut,
Bald warme Küsse gibt dem blanken Stahle, [1]
Bald seinem Abbild durch die Locken kraut,
Jetzt will es hier nach einer Nadel greifen,
Jetzt hier sich eine Locke glätter streifen.

Vers 283—320.

Hier braust kein Hellespont der Asiens Strand
Und Asiens Liebe von Europens scheidet; [2]
Hier wo Gespräch und Ruf von Land zu Land
In leichtem Tausche hin und wieder gleitet;
Man grüßt den Freund, fast reicht man ihm die Hand,
Der drüben an dem andern Ufer schreitet,
Und Ton und Stimme, rechts und links erschallend,
Begegnen sich im Strome wiederhallend.

Doch hoch herab, vom steilen Fels getragen,
Schaun stolze Villen auf die blauen Wogen,
Und wie sie, Haus an Haus gegründet, ragen
In langen Reihen längs der Fluth gezogen —
Wer möchte diese Pracht zu schildern wagen,
Die Formen all, die Säulen und die Bogen!
Wie von der Vorwelt Zauberkunst geschichtet
Stehn diese Wunderbauten aufgerichtet.

[1] Dem metallgeschliffenen Spiegel — „fulgenti metallo“.

[2] Quis modo Sestiacum pelagus, Nepheleïdos Helles
Aequor, Abydeni freta quis miretur ephebi?
Zur Erklärung genügt die Erinnerung an Schillers „Hero und Leander.“

Vers 381—398.

Heil dir, o Strom, an Frucht und Männern reich,
An Männern stark und kundig im Gefecht,
An Kunst der Rede dem Latiner gleich,
Mit ernster Stirn ein heiteres Geschlecht.
Nicht Rom allein gebiert dem römschen Reich
Die ehernen Catonen für das Recht,
Und neben jenes Aristides Ruhm
Steht ebenbürtig manches Heldenthum.

Die Muse schweigt, die letzten Saiten schwingen.
Einst, aus der Welt mir selbst zurückgegeben
Darf ich, ein Greis, vielleicht noch einmal singen
Von Belgiens Ruhm, von seiner Helden Streben,
Um manche Stirne noch den Lorbeer schlingen,
Sein Ehrenkleid noch manchem Manne weben.
Ihr Pieriden möget mich begnaden
Mit eurer Spindel reinstem Purpurfaden.

XI. Der Neckar.

In deinen Thälern wachte mein Herz mir auf
Zum Leben, deine Wellen umspülten mich,
Und all der holden Hügel die dich,
Wanderer! kennen, ist keiner fremd mir.
Hölderlin.

Zwischen Alba und Abnoba, nicht ferne vom Beginne des Dânubius, tritt der Neckar in seine Laufbahn, dem keltischen Rênus wasserpflichtig, er selbst ein keltischer Strom. Zwar hat man, um ihn dem deutschen Sprachgebiet zu retten, an den althochd. nihhus, nichus, angelſ. nickor, altnord. nickr, gedacht, was einen Wassergeist, Flußunhold bezeichnet, und noch in Nix und Nixe nachspukt. Möglicherweise war ein solches Wesen der germauischen und keltischen Mythologie gemeinsam, und wir hätten eben damit eine neue, ebenfalls gemeinsame Wurzel nig, nik in der ungefähren Bedeutung von Wasser;[1] zunächst aber ist unser Hauptfluß sicherlich keltischen Klangs. — Des Ausonius hostibus exactis Nicrum super et Lupodunum ist bereits gedacht; ein Vers des Sidonius[2] zeugt ausdrücklich für kurzes i. Das alte barbarus Nicer ist nicht sehr höflich, beweist aber das männliche Geschlecht des Flusses. Vom 8. jh. an erscheint die deutsche Form Necar, Neckar,

[1] Sogar Urzusammenhang mit sanskrit. niǵ, griechisch nizô (nig), latein. ningit, nix = Schnee wäre möglich; Grundbegriff das Nasse, Netzende. (s. Curtius, Grundz. d. griech. Etymol. I, 281.)

[2] . . . ulvosa quem vel Nicer abluit unda. Mit diesen Worten will der Poet (a. 456) das alemannische Land bezeichnen. Auch Ennodius braucht die ulvae als Symbol Alemanniens; kein Wunder wenn so viele, keltische und deutsche, Ortsnamen auf Ried und Sumpf weisen (St. 146). Vergl. viridi male tectus ab ulva Rhenus, Ovid. Trist. IV. 2, 41.

Necker u. s. w. (F.), mit organischer Brechung von i in e, die schon oben erwähnt ward. Der Fluß gab einem alemannischen Gau seinen Namen.[1] Zum Gang an seinen Ufern hinab mag wiederum unser unglücklicher Landsmann Hölderlin den Segen geben:

> Groß ist das Werden umher. Dort von den äußersten Bergen
> Stammen der Jünglinge viel, steigen die Hügel herab.
> Quellen rauschen von dort und hundert geschäftige Bäche
> Kommen bei Tag und bei Nacht nieder und bauen das Land.
> Aber der Meister pflügt in der Mitte des Landes, die Furchen
> Ziehet der Neckarstrom, ziehet der Segen herab.

Die entschieden deutsch klingenden Zuflüsse übergehe ich zunächst. Kaum ein solcher ist die bei Rottweil (Brigobanne) einfallende Prim. Sie erinnert an die Prüm zwischen Aachen und Trier, die im 8. und 9. jh. Prumia, Prumia, Promia heißt, (F.) — Bei Tübingen fällt die Ammer in den Neckar. Die ältere Form dieses keltischen Flußnamens liegt noch vor in der bairischen Amper, die aus dem Ammersee in die Isar mündet, uns erhalten in dem Ort Ambre (Nomin. Ambra?) des It. Ant. Sie liegt aber auch in den alten deutschen Formen unserer heimischen Ammer.[2] Mit der Achalm hat man die Echaz in Verbindung gebracht, welche unter W. Hauffs Lichtenstein mächtig vorbrechend den Reutlinger „Gerbern und Färbern" die fleißigen Hände netzt, und, von ehrenvollem Schweiße getrübt, den lustigen Forellen aber ein Gräuel, das durch seinen Rosengarten, seine Mädchen und Mädchentrachten, sowie durch die Höflichkeit und Grazie seiner weißbekittelten Ephеben weithin berühmte Betzingen grüßt, um von

[1] a. 769 Neckergow, 894 pagus Necchariensis quae lingua Diutisca Necchargowe nuncupatur, 1059 Nechargow; F. K. St. Neckarburg (Rottw.) heißt a. 793 Nehhepurc, K.; c. 1000 Nechirburc, St.; 1373 Neckerburg die vesti, Schm. Zh.

[2] Ammern (Tüb.) heißt c. 1150 Ammir, 1171 villa Ambra, 1216 Ambra, K. — Von dem Flusse hieß der Gau im 8. jh. Ambrachgowe, F. Stäl. (= Ambr-aha). Ambrach hieß ein abg. Hof bei Langenau (Ulm), noch jetzt Flurname „in der Ambrach." In Ammerstetten (Lauph.), 1193 E. de Amerstede, K., scheint eher ein Personenname zu stecken. Ein kymrischer Fluß hieß Amir, Z. 167. Gl. 180. Der Stamm ambr erscheint in latein. imber, griech. ombros, Regen, sanskr. abhram, Wolke, ambu, ambhas, Wasser.

Kirchentellinsfurt an sich ein bißchen im Neckar zu waschen. Die Echaz, a. 937 Achaza (F. 5), führt auf einen älteren Stamm ac-; die Endung jedenfalls ist deutsch, da z im Keltischen mangelt.[1]

Daß uns auch kleinere, sehr kleine Gewässer aus ältester Zeit überliefert sein können, das zeigt die Erms, welche, oberhalb Urach entquellend, dem Neckar zuströmt. An ihr liegt Metzingen, und dort fand man einen Stein mit der römischen Inschrift I. O. M. Confanesses Armisses, „die Tempelgenossen von Armissa dem guten, großen Jupiter" (St. 41). Also Armissa (Armisia, Armisa) hieß die Station, wohl von nichts anderem als dem Flusse.[2]

Undeutsch klingt mir auch die Kersch, welche zwischen Plochingen und Eßlingen dem Neckar von links her zufällt.[3] In der Endung stimmen mit der Kersch (Kerse) die von rechts her ein-

[1] Zu Grunde liegt vielleicht die arische Wurzel ac = scharf, schneidig, schnell. Dazu würde passen die gallische „Ax-ŏna praeceps," jetzt Aisne. Vergl. noch die Flußnamen Acheze im 11. jh. und den Acussabah a. 830, Achisbach a. 1083, F. 5; ferner die badische Acher u. s. w. Die Echaz heißt im Volksmund d'Ächez, und schon dieser Umlaut sollte abhalten sie mit der Achalm, Ach'l zu verbinden. Was die Endung betrifft, so vergleiche man das latein. palatium mit den deutschen Formen palinza, phalanze, palas 2c.

[2] Der Stamm arm ist dunkel, gehört aber wohl zur Wurzel ar, die von so vielen Flüssen umspült wird. Die Endung -sa, -ssa, -asa, -esa, -isa, -ussa 2c. ist echt keltisch; von alten Flußnamen folgende: Nemesa (Mosel), jetzt Nims, Tamesis Themse, Anisus in Noricum, Salusa u. s. w. (Vgl. Z. 747). Nachstehend, ohne daß alles keltisch sein soll, spätere Beispiele, mit Angabe des Hauptflusses oder der Gegend: Filusa — Fils (Neckar, Donau, Raab, Lech, Salzburg), Ilzisa — Ilz (Passau), Salisus — Selse (Mainz), Alzissa — Alz (Chiemsee), Gundissa — Göns am Günzbach (Gießen), Saltrissa — Selters (Lahn), Biberussa — Bibersch (Solothurn), Undussa — Undiz (Baden). Dazu Fils, Rems, Kersch, Jagst u. a.

[3] 1434 in der Kersch, auf der K., Pf. Möhr. An ihr lag der abg. Weiler Kersch mit der 1292 zerstörten Kerschburg, in der Nähe von Denkendorf; 1213 Diepold. comes de Chers, St. II, 351; 1262 Kerse, ob; 1269 Kersefurt; 13. jh. Diepold. de Kerse, M. 1, 340; 1328 der Wald Kersenreisach, 1382 der Weiler zu Kerse, Pf. Essl. Man vergl. die Niers (Maas) a. 856 Nersa (F.). Mögliche Urform wäre Car-isa, ein Stamm der auch sonst vorkommt: Karbach (Wang.) a. 853 Charabach (locus et fluviolus) in p. Nibalgaugiense, 1155 Karebach, St.; K. Der Ort liegt am Karbach (Argen), dem Ausfluß des Karsees; an letzterem liegt der Ort Karsee (Rav.) a. 1294.

fallenden Fils[1] und Rems.[2] Die Urform Ramisa wird bestätigt durch die Volksaussprache und den Ramsbach, jetzt Roth- oder Fürtlensbach, der von Cleebronn aus zur Zaber geht.[3] Gelegentlich stelle ich noch hierher den ehemaligen Ramma-Gau, in der Gegend von Biberach und Laupheim,[4] der freilich gut deutsch sein kann.

In die Rems fließt bei Schorndorf von Norden her die Wieslauf, a. 1027 rivus Wisilaffa, K. Das deutsche Wort affa = Wasser erklären wir später. Wisil kann deutsch sein, aber es reicht durch andere Wassernamen aus seinem elften Jahrhundert noch viel weiter zurück.[5]

[1] Die Fils, a. 861 (aber in viel späterer Copie) Uuisontessteiga (Wiesensteig) iuxta flumen quod vocatur Filisa, K. — Der Filsgau, a. 861 in pago Filiwisgawe (scheint gelehrte Verstümmlung), 1142 Philiskove, Stäl. — Filseck (Göpp.) 1216 Ernest. de Villesecke, K.; 1302 castrum Vilsegge, ob. — Vils, Filz, auch sonst häufiger Flußname in Bayern u. s. w.

[2] a. 1080 Winterbach et Weibilingen in p. Ramesdal, St. — Neckarrems (Waibl.) 1264 Wolfram. advocat. de Remse, ob; 1279 apud Remse, M. 3, 339. — Dabei die abg. Burg Remseck, a. 1268 Rems, M. 3, 82; 1298 die Burch ze Rams, St. 3, 85. 90. Dagegen liegt Waldrems (Backn.), lagerb. Waldrembs, fernab von der Rems.

[3] Ihm nahe lag das abg. Nieder-Ramsbach (zum Unterschied von dem abg. Ober-R. bei Zaberfeld), a. 1120 Ramssbach, 1246 Ramesbach, 1509 Rainsbacher Hof (Klunz. Z.; M. 4). Ramsbach heißt noch jetzt ein Bach bei Zaberfeld und ein Bezirk westl. v. Cleebronn (Top. K.) — Ramsen (K. Appenzell) heißt a. 882 Ramesia, F.

[4] a. 778 in Rammakevvi, 894 in p. Rammekewe, 1087 de p. Ramesgovve, 1137 in p. Ramech-(Rammich-)gowe, St.

[5] Ober-Wesel zwischen Bingen und Coblenz, im 10. jh. Wisilla, Wiesbaden, a. 965 Wisibadun und andere (F. 1557) mögen aus dem Spiel bleiben. Die Weschnitz, Nebenfl. des Rheins bei Lorsch, heißt im 8. jh. Wisgoz, Wisgotz, wie es scheint mit Andeutschung an gießen, Guß, althochd. gôz, und eben durch diese Andeutschung schon verdächtiger, genau wie der folgende Strom. Die Weser heißt bei Tacitus und andern Alten stets Visurgis. (Die Endung erinnert an die des Flusses Isargus — Eisak, und den Frauennamen Viturgia, Z. 756.) Daraus bilden die Deutschen vom 9. jh. an Wisur-, Wisar-aha, Wisera, auch Wissula u. s. w., dann auch, durch Angleichung aus Wisraha, Wirraha, Werraha, was wir jetzt als Werra von dem ursprünglich gleichnamigen Hauptstrom unterscheiden. Hierher gehört vielleicht auch die Wehra, die oberhalb Basel vom Schwarzwald in den Rhein geht. Ich führe noch an die von Ptol. genannten Visburgii im östlichen Germanien, sehe ganz ab von den Wisigothi des 5. jh., den Westgothen, nenne aber als keltisch das

Wieder eine römische Station. Ein bei Benningen (Ludw.) gefundener Stein ist dem Volkanus geweiht von den Vicani Murrenses, den Insassen des vicus, des Dorfes an der Murr, welche von Osten kommend bei Marbach in den Neckar mündet, und gleichfalls einem alemannischen Gau den Namen gab.[1]

Tief aus dem Schwarzwald her strömt bei Besigheim die Enz in den Neckar, c. 1150 Enze fluvius (K.) An ihr liegt das Enzklösterle (Neuenb.), Enzberg (Maulbr.) und um sie her breitete sich der Enzgau.[2] Ein Enzbach fließt auch bei Hagelloch (Tüb.) und die Höhe über ihm heißt Enzlach (entweder aus Enzloh = Enzwald entstanden, oder aus Enzin-ach, wie Steinlach aus Stein-aha). Ein Enzbach fließt bei Wahlheim in den Neckar.

In Pforzheim vereint sich die Nagold mit der Enz. Pforz-

hispanische Visontium, das gleichnamige in Pannonien und das gallische Visontion, Vesontio, Vesuntio, Besontion, Besantio, jetzt Besançon. Der Endung wegen fällt mir die der Echaz nahe Wiesatz auf, welche in die Steinlach fällt, a. 1484 gelegen in witzentzbach, ze wysentzbach, in wizwiler (scheint ein abg. Ort) Reutl. Lagerb.

[1] 8. jh. bis 1027 Murrachgow, Murrechgow, pagus Murrensis, St. — Der Ort Murr (Marb.) heißt a. 978 Murra. — Murrhart (Backn.) a. 788 Murrahart (hart = Wald), 817 Murhart, K.; a. 1027 silva circa monasterium Murrehart in p. Murrechgowe et Chogengouwe (Kochergau), St. Der Name erinnert an den keltisch-germanischen, überhaupt arischen Stamm mar, mor, muor u. s. w. (Are-morica = Am-Meer; Moricambe), unser Meer und Moor. Schon die Peut. T. nennt die Station In Murio an der Muhr, dem Nebenfluß der Drau in Pannonien. Vergl. die Flußnamen Murg. Das deutsche Moor und Moos = Sumpf (so namentlich in Baiern, das Dachauer Moos u. s. w.) sind entschieden gleiches Wort. Vielleicht darf man ein ähnliches Verhältniß annehmen zwischen dem keltischen mor und den keltischen Flüssen Mosa (auf der P. T. Mosaha, ein sicheres Zeugniß von dem Deutschthum des Copisten), jetzt Maas, französ. Meuse; und Mosella — Mosel. Das kurze ŏ in Mosa ist durch Sidon. Apoll., in Mosella durch des Ausonius merkwürdige Dichtung bezeugt.

[2] a. 765 Enzingow, 766 Enzigow, St., K. Enzberg, a. 1100 Enzeberch in p. Enzgowi St.; K.; 1265 Entziberc M. 1,356. Enzklösterle, a. 1145 dedicata est ecclesia in loco qui dicitur Enza in nigra Sylva St. 2,717; 1323 Klösterlein zu der Enz, 1330 in loco zuo der Enz vulgariter nominato monasterium, 1413 zu dem Ents Clösterlin Reysch. 71. Ein Fluß Ansa wird in Britannien genannt (It. Ant.; P. T.). Die Ens in Oesterreich heißt im 8. jh. Anisa; die Antisse (Inn) Antisna (F.). Ob unsere Enz in der Urform Ansa An-isa oder Ant(-ia) hieß, läßt sich aus obigen deutsch umgelauteten Formen nicht mehr erkennen.

heim, Knotenpunkt mehrerer Römerstraßen, klingt selbst entschieden römisch.[1] Von dem Flusse hat die an ihm liegende Stadt ihren Namen.[2] In den Fluß fällt nahe bei Pforzheim die Würm, in deren, durch eine einzige Urkunde bezeugten Gau, das Kloster Hirsau an der Nagold verlegt wird: a. 1075 monasterium in provincia quae dicitur theutonica francia in episcopatu nemetensi,[3] in pago Wiringovva dicto ... quod Hirsaugia nuncupatum est (St.; K.). Ist dieses Wirin kein Schreibfehler für Wirm, so war die alte Form Wirina, woraus Wirne, Wirn, Wirm.[4]

[1] Früher Phorzheim (F.). Ein zweites Forzheim a. 897 ist das jetzige Pforzen an der baierischen Wertach. Vergl. latein. porta Pforte, ahd. mhd. porzih, pforzich der Vorhof, latein. porticus.

[2] Der Fluß heißt a. 1075 fluvius qui dicitur Nagaltha, K. Nach ihm der Gau; a. 770 Naglachgow, 791 Naglagowe, 889 nagaltgouue, 961 Nagelekewe, 1007 Nagalgonue, St. Die Stadt heißt a. 773 villa Nagalta, 786 villa Nagaltuna, 1005 Nagelta, 1007 locus Nagalta dictus K.; St.; 1228 ecclesia Nagelte, German. 1,13; 1251 in Nagilte, 1258 de Nagelte, 1278 Nagalt, 1295 ze Nagelt, 1317 Nagolt, Schm. ZH. — Abgegangen ist: Nagalthart a. 1075, K.; St. Urnagold (Freudst.) am Ursprung des Flusses finde ich lagerbüchlich Irrnagoldt geschrieben, natürlich falsch statt Ur—. Der Stamm dieser sonderbaren Bildungen scheint mir in den Formen Naglach, Nagla, Nagal zu liegen, das t erst aus dem Namen der Stadt in den des Flusses übergeschlüpft zu sein. Ich finde einen Nagal-bach a. 1036 bei Saarlouis (jetzt Nalbach?) und ein Nagan-lach (cod. laur.) als Wald in der Gegend von Worms (F.). Also war der Flußname etwa Nagan, Nagal, daraus Nagl-acha (das nöthigenfalls auch aus Nagan-, Nagn-acha leicht sich bilden konnte; l aus n werden wir noch sehr oft finden). Wie? sollte nun in der villa Nagaltuna ein altes Nagla-, Naglo-dûnum stecken? oder Nagano-, Nagno-, Naglodûnum? Man vergleiche das frühere Tarodûnum, verdeutscht Zartuna Zarten u. s. w. — Von echt keltischen Namen weiß ich aber nichts als Naca und Nacaeife (?) in Gl. Nachl., sowie das britische Volk der Nagnatae mit der Stadt Nagnata. Letztere Namen gehören offenbar nicht zum keltischen gnâtus, sondern sind Nagn-atae, Nagn-ata (wie die Völker Atreb-ates, Gal-atae, Gês-ati, Z. 757). Also möglicherweise ein Fluß Nagana (wie Sequana Seine) und eine Stadt Naganodûnum, daraus Nagno-, Naglatuna, Nagaltuna, Nagalta.

[3] Hier haben wir also noch die Erinnerung an die keltischen Nemetes (nicht Nemêtes, s. Gl. 16) die oben in der Gegend von Speier erwähnt würden.

[4] Der baierische Würmsee, dessen alter Name durch das staubige, sonnverbrannte, langweilige Starnberg jetzt beinahe ganz verdrängt ist, heißt a. 820 Wirm-seo; 1030 Wirmse; die ihm entströmende Würm a. 770 Wirma, 1056 Wirmina, 1100 Wirmin. Auch diesem Wirm könnte ein früheres Wirin zu Grund liegen.

Die Glems, welche unterhalb Vaihingen von Süden her zur Enz geht, darf nach der Analogie von Rems u. s. w. als eine alte Glamisa verzeichnet werden.[1] Bei Bietigheim kommt von links her die Metter. An ihrem Beginn liegt der Ort Mettenbach (Maulbr.), abgeschliffen aus Metterbach, weiter unten Metterzimmern, noch im 14. jh. einfach Zimmern genannt. Den Namen des Wassers finde ich erst lagerbüchlich „an der Metter." Er erinnert auffallend an die gallische Matrŏna, jetzt Marne.[2]

Von der bei Lauffen in den Neckar mündenden Zaber hat heute noch das Zabergäu[3] seinen Namen. Derselbe erinnert zunächst an Zabern im Elsaß, das französische Savern, wo der fromme Knecht Fridolin diente, und Bergzabern (oder auch Rheinzabern) in der Rheinpfalz, die im 10 jh. Zaberna heißen. Die drei letzten bezieht man wohl richtig auf alte Stationen welche die Römer Tabernae nannten. Das elsäßische Zabern scheint das Tabernae zu sein welches It. Ant. und die P. T. aufführen und der Geogr. Rav. Ziaberna nennt. Ebenso Berg- und Rheinzabern (Ammian; It. Ant.; P. T.); das von Ausonius (Mosella v. 8) genannte Tabernae ist zwischen Nahe und Mosel zu suchen.[4] Möglich daß auch im Zabergäu solche Tabernae lagen und das Flüßchen von dem Orte den Namen erhielt. Aber gleich gut kann

[1] Nach ihr war der Gau benannt, 8. jh. in p. Glemisgowe, 1245 Glemmisgow, 1276 Glemsegeu, St. Hierher stelle ich das Dorf Glems (Urach), a. 1154 villa Glemse (wj. 1830, S. 153), dessen Bach, jetzt Einsiedelbach genannt, früher wohl ein Glemsbach sein mochte.

[2] Diese Matr-ŏna wieder gemahnt an das von Cäsar und Livius als gallisch bezeichnete matăris, matăra Wurfspieß. Kymrisch medru heißt zielwerfen. (Gl. 134. Z. 741.) War also Matrona etwa die „Pfeilschnelle?" so entsprächen ihr die wirtembergischen Flußnamen Schussen und Schozach. Eine Bucht an der britischen Küste hieß Metaris. Die Moder im Elsaß heißt a. 702 ff. Matra (F.).

[3] a. 788 ff. Zabernachgowe, 810 Zabranachgow, 1003 Zabernogowi, im cod. hirs. Zabergöw, St. — Der Ort Zaberfeld ist a. 1344 genannt, Klunz. 3,238.

[4] Ein Tres Tabernae lag in Oberitalien, ein zweites in Umbrien, ein drittes in Latium. Eine Taberna frigida, jetzt Frigido, lag an der via Aemilia. Der Name entspricht unserer nicht unhäufigen „Kalten Herberge".

kelt. Tabara zu Grund liegen, und außerdem sei erinnert an die altbritische Sabrina, jetzt der Fluß Severn.[1]

Unter Heilbronn gelangt von links her zum Neckar ein unscheinbares Wasser, der Leinbach. An seinem Oberlaufe liegt a) Kleingartach, weit unten b) Großgartach, an der Mündung c) Neckargartach.[2] In diesen drei Orten lebt vielleicht der alte Name des Flüßchens noch fort. Die Formen unten zeigen ein deutsches Gart-aha, dieses weist auf vordeutsches Garda und das erinnert an den Garda-See in Oberitalien. Den Römern hieß dieser See der lacus Bênâcus („daher das heutige Castel Venzago," Forb.). Im Mittelalter aber, und zumal bei den Deutschen, heißt der Ort an dem See Gard, Garda,[3] in der Volkssage von Ortnit Garte, Garten in Lamparten (Lombardei). Im 11. jh. heißt ein Berg in der Gegend des baierischen Schliersees Garten. Das jetzige Karden b. Kochem (Coblenz) heißt im 9. jh. Kardana. (F.) Ist nun das italische Garda keltischer Ort und keltisches Wort? Und wenn so, war unsere Garda schon von den keltischen Insaßen jener Gegend so benannt? oder ist der Name des keltisch-italischen

[1] Beispiele solchen Uebergangs aus s in z werden freilich selten sein. Solche wie Zyfflich aus dem Saflicka des 11 jh. (F. 1206) darf ich natürlich aus Rücksicht auf die niederländische Aussprache nicht anführen, wohl aber die Zorn, den elsäßischen Nebenfl. des Rheins, welche im 8. und 9. jh. Sorna heißt. Zunzweiler in Baden lautet a. 1016 Sinswiler. Zunderenhart a. 1059, noch jetzt der Zunderenhard bei Fulda, scheint aus Sund — entstanden (F. 1335). — Die Form Saberna, Sabrina als die ursprüngliche vorausgesetzt, so erscheint diese als Erweiterung der Wurzel sab, welche in dem gallischen Sabis erscheint (Sabis nennt Cäsar den Fluß, aber schon die N. I. Sambra) der jetzigen Sambre. Die Säblich (auch Sarbling, Sarming, sie fällt oberhalb Ips in die Donau) heißt im 10. und 11. jh. Sabinicha. Ein gall. Ort am Unterrhein war Sablones. Ist vielleicht Urverwandtschaft mit latein. sabulum, Sand, anzunehmen? Z. 753 stellt den Fluß Sabis zu dem gallischen Mannsnamen Sabidius und vergleicht damit das kymr. sefyll (= sab-ill) = stehen.

[2] a. 988 fluvius Garda. Die drei Orte sind nicht immer sicher zu scheiden; 767 in p. Gardachgowe in Gardaher marca, villa Gardacha, St.; 988 villam quam dicunt Mihelingarda (michil = groß), 1100 Garta, 1109 villa Gartaha, K.; 1274 Gartha maior, 1428 des Dorffs zu Grossen Gartach, Reysch. 516; 1274 Gartha sub castro Lûneburg, 1289 Gartach sub Luneburc, in civitate Luneburc, M. 11, 160. 165.

[3] Graff führt ein altdeutsches Gart-seo auf, leider ohne Beleg.

„Garten" aus der germanischen Heldensage als eine Art Ehrenname in jene unsre Gegend oder an einen Ort derselben von den Germanen übertragen worden? Diese Frage wird nicht ganz eitel erscheinen wenn man noch etwas weiter liest. Gleich gegenüber, auf der rechten Neckarseite, erscheint ein „Rosengarten," auch Schöngau genannt, als späterer Name des alten Kochergaus. Das erinnert an den Rosengarten von Worms, dessen Held bekanntlich Dietrich von Bern ist. „Rosengärten, sagt Uhland (Germania, 6, 307—350), nannte man in verschiedenen Gegenden Deutschlands bepflanzte Versammlungsplätze zu volksmäßiger Festeslust. In Tirol haftet die Benennung an Oertlichkeiten verschiedener Art; im Hochgebirg, unter Eis und Felstrümmern verschüttet, leiht der einstige Zaubergarten nur noch zur Erinnerung seinen Namen, oder es heißt so eine mit seltenen Alpenblumen reichgeschmückte Bergtrift." Das Bern aber, von welchem Dietrich seinen Namen hat, ist bekanntlich das keltische Verôna[1] in Oberitalien, schon bei Strabo Bêrôn genannt, bei Procop Berôna und Berône. Verona hieß ganz gewiß auch das schweizerische Bern.[2] In deutschem Mund aber wandelte sich das fremde Verona zu Bern. Wiederum Uhland sagt: „Am oberen Neckar läßt sich eine ganze Sippschaft schwäbischer Dietriche von Bern aufweisen. Es sind diejenigen welche auf der Burg zu Berne,[3] außerhalb der Stadt Rottweil über dem Neckar gelegen, ihren Sitz hatten" (Germania 1,304—341). Diese Dietriche erscheinen zum Theil mit dem echt sagenhaften Beinamen der maere held.[4] In

[1] Die Endung wie in Cremona u. a.

[2] In der That wird es von mittelalterlichen Chronisten zuweilen Verona genannt. Ebenso heißt Bernmünster (Luzern) a. 809 Beronia, 1050 Peremunstere. Vielleicht auch Peronne in der Picardie, im Mittelalter Perona gehört hierher. F. Ein französ. Bern liegt am Zusammenfluß der Oise und Aisne (Isara und Axona). Vergl. übrigens auch Steub II, 219.

[3] Bern das Burgstall, Lagerb.; a. 1315 Diethrich von Berne, Schm. ZH. 1365 hindere Burg ze Berne, 1417 die vestinau (Mehrzahl von Feste) zu Berne (um diese Zeit ist die Burg schon „gebrochen"), und noch 1453 das Bernerfeld (Ruckg. 1,33); 1596 Bern alt Burgstell (Gadner).

[4] So. a. 1296 Dietrich der Mårechelt und ich D. der Mårechelt von Wurmelingen (b. Tübingen); 1373 heißt ein Weingarten in Bühl

diesem Bern b. Rottenburg scheint mir geradezu der Fall vorzuliegen daß die Burg von ihrem Erbauer der Volkssage zu Ehren benannt und daß mit dem Ortsnamen auch der Name des Helden selbst zum Familienerbe wurde. Wenn das hier geschah, so konnte es auch anderwärts geschehen, und vielleicht manches der vielen Berneck, Bernstein[1] u. s. w. ist nicht auf den gezottelten Helden des deutschen Waldes, sondern auf den flammenspeienden Heros der deutschen Sage zurückzuführen. Jedenfalls ist solche Art der Namengebung männlicher und schöner als die sentimentalen Sanssouci, Monrepos und dergleichen Nippsachen, oder gar die frommen Gnadenthal, Himmelsruhe, in welch letzterer Sorte freilich die colonisirenden Spanier alles geleistet haben was bigotte Geschmacklosigkeit verlangen kann.

Leinbach also, der spätere Name der alten Gard-aha, erscheint zuerst im 13. Jahrhundert in der jetzt abgegangenen Leinburg bei Kleingartach, 1274 castrum Lûneburg, 1289 Luneburc. Bei Gadner heißt der Bach Leyn, die Höhe südlich davon Leynberg; lagerbüchlich Gartach unterm Leimberg. Gab das Wasser der Burg den Namen oder umgekehrt? Die Lein, welche, bei Kaisersbach entspringend, an Welzheim vorüber bei Abtsgmünd in den Kocher fällt, ist auf der P. T. als Luna verzeichnet (s. Welzheim); ferner a. 1251 ripa quae dicitur Lein (St. 2, 236), 1369 die Veste Roden gelegen an der Leyn, noch jetzt Leinroden bei Abtsgmünd. Leineck ist eine abg. Burg bei Pfahlbronn (Welzh.), daher a. 1331 Rüdiger v. Lynegge, 1417 und 1512 Lyneck; noch jetzt die Leinecksmühle. Zu dem Stamme lun stelle ich noch: Lungsee (Rav.) a. 1155* Lunsee u. Luinse,

(Rottenb.) der Merchelt. 1380 wernher Mårheld Schulthaiss ze Rötemburg; 1388 Wernher Marheld (Schm. Zh. Urkb. Nr. 156. 175. 620. 660. 756). Es ist das althd. mâri, mhd. maere, der bekannte, der sagenberühmte Held.

[1] Berneck (Nag.) c. 1150 Bernech, K.; 1303 H. v. Berneck, Schm. Zh. — Berneck (Geisl.) a. 1396 Bernegge, ob. — Bernstein (Sulz) wird a. 1361 als Waldname genannt, ob. — Meist freilich werden solche Namen entweder auf den Bären oder auf den Pers.-N. Bero zurückweisen.

K. — Lonsee (Ulm) (viell. schon a. 886 Lunsee) 1108 Lunsee. Es liegt, wie auch der Ort Lonthal, an der zur Brenz fließenden Lone oder Lontel (aus Lon-thal). Ferner Lombach (Freudst.) an dem gleichnamigen Bach, schon c. 1191 erwähnt; 1408 Lunbach, 1534 Lonbach, 1560 Lombach, Reysch. 54. 57. Rösl. 1, 163. — Lennach (Weinsb.) (mit langem e gesprochen) a. 1402 Lynach, ob. — Endlich das abg. Lohndorf bei Vollmaringen (Horb), noch im Namen einer Kapelle lebend, a. 1317 laindorf. Schm. ZH.[1] In einem Einschnitte der Alb zwischen Aalen und Heidenheim liegt der Ursprung des Kochers, kaum getrennt von dem der Brenz. Diese fällt zur Donau, der Kocher zu Neckar und Rhein. Die alte Form des Namens haftet noch in den Orten Ober- und Unterkochen (Aalen) und Kochendorf,[2] letzteres an der Mündung in den Neckar. Der Fluß hieß Cochana, Cochina, welchem ein älteres Cocana, Cocina entspräche.[3] Zum Kocher

[1] Schwerlich gehören all die obigen Namen zu demselben Stamme lun. Die Lautreihe übrigens wäre luna, lune, liune (mittelhochd.), lüne (lyne), leune, lein. Von sprachlichen Belegen führe ich nur an das Wort Sohn, goth. sunus, ahd. sunu, mhd. sune, sun, suon, sün, mitteld. sone, son. Schwäbisch ist ohnedieß on, om, statt hochd. un, um. Lein verhält sich zu Lüne wie die Zahl neun (schwäbisch nein) zu mittelhd. niune. Andere Ortsnamen: Leun an der Lahn (welche im 9. jh. und später Logan-aha, Logana heißt) a. 912 Liuna; der Lun-Gau (um die Quelle der Mur in Oesterreich) 10. jh. Lungow; Lüneburg, 10. jh. Liuneburg. Dagegen Lüne, nordöstlich von Lüneburg, im 8. jh. Hliuni, ein Beweis, wie auch in den obigen Namen gar verschiedene, auch deutsche Stämme wurzeln können. Uebrigens wird man erinnern dürfen an latein. lavo, wasche, griech. lûo (altnord. lôa). Ja man könnte bei keltischem lu, lo sogar an Abfall des anlautenden p denken, so daß die Urform plu lautete, entsprechend dem latein. pluit, pluvia, griech. pleo, ploos, sanskrit. plavas Schiff u. s. w. So entsprechen dem latein. pater, plênus die alt-irischen athir, lân u. s. w. Vergl. Schleicher, Vergl. Gramm. 227. Zu Logan-aha = Lahn vergl. im Register noch Loxas und lucius.

[2] a. 1341 Oberkochen, a. 1262 Kochendorf, W. 10, 251. 5, 202. Unter-Kochen erscheint a. 1147: Rudolf de Cochen, ob. Dagegen schon im 9. jh. eine abg. villa Kocheren iuxta Chocharam fluvium, St. 319 f. 385.

[3] Ueber den alten Kochergau s. St. — a. 795 ubi Oorana fluvius (s. Oehringen) influit in Cochane; a. 1024 in Chochina, de Chochina (wo der Fluß gemeint ist), K.; 8. jh. in p. Cochen-, Cochingowe, 1024 Chochengow. Zu dem Stamme vergl. den Kuchelbach in Baden, im 9. jh. Chuchilipach, und Kochem a. d. Mosel, im 11. jh. Cochomo, F.; ferner

fließt bei Abtsgmünd die schon abgehandelte Lein, die uralte Luna. In die Lein mündet von Norden her die Roth bei Täferroth; in den Kocher selbst von Nordwest her eine zweite Roth mit den Dörfern Wüsten-, Finster-, Ober-, Mittel-, Unterroth.[1] Weitere Roth-wasser ließen sich aus unsern und andern Gegenden noch die Menge beibringen. Keine Frage, daß viele derselben einfach die Farbe des Wassers bezeichnen; aber nicht alle werden auf dieses althochd. rôt (schwäbisch ráud) zurückgehen. Die Namen von größeren Flüssen wiederholen sich häufig in kleineren; so bei Rhein und Neckar, so auch hier. Man sehe zunächst unsere Rottum an und beachte, daß die, oder vielmehr der französische Rhône, mittelhochd. der Roden, Roten, Rotten, althd. der Rotan heißt (kurzes o), wie denn der Oberlauf der Rhone noch jetzt als Rodden in den Karten steht. Der Rhône ist bekanntlich der gallische Rŏdănus (griechisch-römisch Rh-). Ein zweiter Rhodanus floß im keltischen Oberitalien; ja sogar auf Corsica erscheint ein Fluß Rhotanus. Auch der gallische Ort Rodumna (vergl. Garumna)

was unter Achalm beigebracht ist. In Pannonien lag ein Coccona, Cuccona. Noch sei erwähnt das alt-irische cocuir = murex (Purpurschnecke), zusammenhängend mit kymr. coch = roth. Z. 744.

[1] Oberroth (Gaild.) heißt a. 788 Raodhaha in Cocheng me, 848 villa Rotaha; 1181 C. de Rothe, 1216 Conrad. miles de Rothe, St.; K.; 12. jh. Ódelrich de Rote (K. I, 396) ist entweder die abg. Burg Hohenroth bei Mittelroth, der sog. Rötherstthurm, oder die Burg Oberroth. — Unterroth (Gaild.) früher auch Niedern R.; 1473 die Weilerstatt Unterrot an der Rodt gelegen. — Die Roth selbst erscheint a. 1027: fons fluminis Scamnirote, K. 219. Ueber das Wort Scamni sprechen wir später. — Weitere Namen gleichen Klangs: 1) Die Roth, welche durch die Sechta zur Jagst geht, a. 1024 de Sechtan ad Rota, K. 2) Roth (Leutk.), auch von einem ehemaligen Kloster Mönchsroth genannt, am gleichnamigen Flüßchen; c. 1100 vicus Rota, 1152 Rothe, K.; 1357 Eglof abt ze Rot, M. 13, 460. 3) An demselben Wasser liegen Ober- und Unter-Roth (Wangen), a. 865 Roto., St. Ebenda, in einem Torfmoor, 4) Röthsee (Wangen) c. 1113 insula in p. Nibilgouwe que vocatur Rôtse, K.; St. 5) Rottum (Bib.) an der parallel mit einer neuen Roth zur Donau fließenden Rottum; a. 1152 Róthemun. 6) Der Rodbachhof (Brak.) a. 793 Rodenbach, St.; 1279 in Roden, 1444 Rot. Der Ort war schon 1652 abgegangen. Der Bach heißt jetzt Wäschbach, eine Zelg an ihm noch jetzt in der Rodbach, Klunz. Z. 3, 194. 7) Der Röthenbach (fließt zur Kinzig) a. 1099 Rodenbahc, K. An ihm liegen Röthenberg und Röthenbach (Obernd.).

am Liger (Loire) sei genannt („jetzt Roanne"). All das weist auf einen alten Stamm rod zurück, der zur Bezeichnung des (rasch) Fließenden, Gehenden diente.[1]

Unterhalb Gaildorf, ebenfalls von Nordwest dem Kocher entgegenkommend, fällt die Biber ein und schon wieder sind wir in dem gleichen Fall wie mit der Roth, daß wir dieses zahllos oft auftauchende Wort als gemeinschaftliches keltisch=deutsches in Anspruch nehmen müssen. All diese Namen können nach dem kunstvoll bauenden Wasserthiere genannt und doch zum Theil schon keltisch sein; denn auch dieser Rasse ist das Wort Biber geläufig,[2] wie denn in der That auch ein Fluß Biber (Genitiv Biberis) Sequanam influens, in die Seine fließend, und eine Quelle, fons Bebronna, genannt wird (Z. 741. 737). Man vergleiche endlich die sogleich zu besprechenden Eber= und Ebersbach. Unten folgen die verschiedenen alten Namensformen.[3]

[1] Vergleiche das griechische rhothos Rauschen, Rudern, überhaupt schnelle Bewegung, und das, freilich nicht unmittelbar verwandte gallische rêda Wagen, das latein rôta, sanskrit. rathas, das deutsche Rad. Vergl. Z. 13; Gl.; Dief. Or. Auch latein. râtis, Floß, möchte hierher gehören, und der Fluß Rhodios im homerischen Troas soll wenigstens genannt sein. — Zu der Endung -nus, -anus stelle man die alten Flußnamen Sequana, Duranius, Olina, Axona, Matrona, Modonos, Z. 734.

[2] Kornisch befer, gäl. beabhar, latein. fiber, littauisch bebrus, althochd. bibar. Die altkeltische Form erscheint in der gallischen Stadt Bibracte (Bibrax?) und in dem britischen Volksstamm der Bibroci (s. Gl. 42). Echt keltisch klingt namentlich Bibersch (südlich von dem urkundlich keltischen Solothurn), a. 763 Biberussa (vergl. die Undiz in Baden, a. 763 Undussa, und Z. 749). Auch könnte in einem deutschen Bibrach, Biberach ein keltisches Bibrâcum stecken. Hier sei noch erwähnt die römische Inschrift Vicani Bibienses, ein Name den man im badischen Iffezheim wieder finden will (?). Diesem Bibium, (?) entspricht der gall. Ort Bibe.

[3] 1) Die Biber (Kocher) heißt im Volksmund Biberst. An ihr liegt Bibersfeld, a. 1265 Bibersueld, beim Volk Biberstfeld. Wie? läge hier wie in dem obigen schweizerischen Bibersch ein ursprüngliches Bibrisa, Bibrussa verborgen? Biberst verhielte sich zu Bibrisa wie Jagst zu Jagisa. 2) Biberach (Heilbr.) a. 827 villa Biberaha in p. Gardachgowe und villa Bellingen [Böllinger Hof] super fluvio Biberhaha, St.; 856 villa Biberaha K. 126 [wo auch der Kienbach genannt ist; dieser bildet jetzt mit Michel= u. Gründelbach den „Böllinger Bach," der Name Biber ist verschwunden]. 3) Biberach Oberamtstadt; a. 1083 Liupold. de Bibra, M. 9, 197; 1294 Biberach; liegt an der Mündung des Wolfenbachs, früher Biberach, in die Ries. Dazu:

Aus den zahllosen Roth- und Biberwassern läßt sich immer noch ein Stückchen Vernunft herausfischen; was aber die ebenso zahllosen Katzenbäche wollen, geht über Menschenverstand, und etwas ähnliches ist es mit den Eber- und Ebersbächen. Ich werde sie zwar alle, wie es einem Theile derselben wirklich gehört, unter den deutschen Namen aufführen, will aber hier auch den gleichlautigen keltischen Stamm zu Worte kommen lassen. Vier Orte Ebora (Ebura) im alten Hispanien seien nur registrirt. In Britannien lag Eborâcum, dieselbe Stadt und derselbe Name mit dem heutigen York. Ihm entsprächen haargenau die deutschen Ebrach, wie z. B. ein Zufluß der Rednitz heißt. Im Lande der gallischen Arverner (jetzt die Auvergne) stand Eborolacum, das heutige Evreul. Eburodûnum gab es drei: das eine ist Embrun im südlichen Gallien, das zweite Yverdun (Ifferten) in der Schweiz, das dritte lag im Lande der Quaden. Ein Eburobriga und ein Eburomagus war in Gallien, Eburobritium in Hispanien; die Eburovîces, ein gallisches Volk und die Eburones deßgleichen, bewohnten laut Cäsar ein wald- und sumpfreiches Land am Unterrhein. Ganz richtig, denn das keltische ebar heißt der Sumpf und ebrach heißt sumpfig (Z.; Gl. 115). Im strengsten Sinn wird dieses „Sumpf" freilich nicht überall zu nehmen sein; es mochte etwa einen nassen, feuchten Wiesengrund und dergleichen bedeuten und entspräche dann etwa den deutschen Lokalnamen Moos, Mies, Horb, Ried, Wangen u. s. w.

4) Mittelbiberach; a. 1296 in Mitelnbibrach, Schm. Zh. 5) Bibersee (Rav.); See und abg. Ort; 1155* Biberse und lacus B. K.; an der Straße von Weingarten nach Altshausen [1699 Bibersei]. 6) Feuerbach (Canst.); am gleichnamigen Bach, dieser aber heißt ursprünglich Biberbach, a. 789 Zazenhusen super fluvio Biberbach, St.; auch im Cod. Hirs. — Der Ort heißt a. 1075 und 1148 Biberbach, 1156 Arnold. de Biuerbach K.; 1277 Fiuwerbach, M. 3, 325; 1291 furbach, 1326 fürbach, Schm. Pf. 294. 360; 1334 fúrbach, Eßl. Lagerb. Als Burg kommt der Ort vor in dem abg. Biberburg, a. 708 Gotefrid. Alemanniae Dux tradit Biberburgum vicum ad Neccarum [an das Kloster S. Gallen] K. 2. [Ng. 9. vermuthet Brieburgum, die abg. B. Brie bei Canstatt; „nicht ohne Grund" (?) wj. 1830, 384]. Aus Biberbach könnte durch Andeutschung Fiberbach geworden sein (wie umgekehrt mittelhochd. biever = Fieber vorkommt), daraus mittelhd. fiur-, daraus Feuerbach.

Von rechts her, unterhalb Hall, mündet in den Kocher die Bühler,[1] a. 1024 Bilerna (K. 217); von links bei Forchtenberg die Kupfer, bei Sindringen die Sall, bei Ohrnberg die Ohrn, mit dem bei Oehringen aufgenommenen Pfedelbach, bei Neuenstadt die Brettach. Von diesen Namen ziehen uns zunächst Kupfer[2] und Pfedelbach[3] mit ihrem, im Deutschen stets fremdklingenden pf an. An letzteren Namen schließen wir den Federsee. Der Arkebusier in „Wallensteins Lager" war bekanntlich „von Buchau am Federsee." Herr Düntzer mög' es mir verzeihen, wenn ich ihm hier ins Handwerk pfusche mit der Bemerkung, daß der Wallensteinische Söldner richtiger gesagt hätte — im Federsee. Denn damals und noch viel später, war Buchau wirklich das was

[1] Der Stamm bil erscheint besonders häufig im westlichen Rheinpreußen. Dort liegen Bilk, Pillig, Wasserbillig, Scharfbillig, Orte welche im 8.—11. jh. Bilici, Billike, Bilke, Billich, Bilacus, Pilliacum heißen. Der Pillersee zwischen Inn und Salzach heißt a. 1073 Billerse (F.).

[2] Die Orte Kupfer (Hall) und Kupferzell (Oehr.) liegen an dem Flüßchen; jener heißt a. 1245 Kuppher; ungewiß welcher von beiden a. 789 in p. Cochengowe in villa Cupfere, St. — Aufzählen will ich wenigstens Kuffarn oder Kuffing in Oesterreich, a. 1076 Cnopharen (das allerdings von Petters in Germania 4, 34 ganz anders, als deutscher Dativ Plur., gedeutet wird), Kuffstein bei Mainz, a. 790 Copsistain (verschrieben?), später Cuffesstein, Cufstein. Kuffstein in Tirol a. 798 Caofstein, im 10. jh. Chuofstein. Ein Hügel in der Nähe von Fulda heißt im 8. jh. Cuffiso, Kuffese, vielleicht derselbe mit dem Kuffihoug (houg = Hügel) des 11. jh.; F., 381. Unserer Kupfer mag eine alte Cupara, Copara zu Grund liegen.

[3] Der Ort Pfedelbach (Oehr.) heißt a. 1037 Phadelbach, K.; 1364 Windeschen (worüber später) Phedelbach, W. F. VI, 272. Phadel weist auf altes Padila, auf die Wurzel pad zurück, und wir stehen mit Einem Sprung an dem italischen Po, dem alten Pădus, im alt- und mittelhochd. der Phât, Pfât genannt (mit unorganischer Verlängerung). Bei dem häufigen Hin- und Hergleiten zwischen l und r dürfen wir hier, trotz des e, noch aufzeichnen die zwei bairischen Fluß- und Ortsnamen Pfätter und Pfettrach (sonst auch aus einem römischen vetera castra erklärt; aus solchen könnte etwa ein deutsches Wetterkasten werden, aber kein Pf—; römisches v bleibt auch deutsches w), a. 731 Phetarah u. s. w. (F.), sowie das hessische Peterweil, früher, im 9. jh., stets Phetruwila genannt. Näher aber steht Paderborn an der Pader. Letztere im 9. jh. Patra, Pathera, dieses im 8. jh. Padarbrun u. s. w.; natürlich, kraft niederdeutschen Sprachgesetzes, mit Erhaltung des alten p, während eine oberdeutsche Aufzeichnung den Ort Phodelprunnen nennt (F. 1116).

sein Name sagt, eine Buchenaue, eine Inselstadt, wie denn auch der Ort Seekirch jetzt 6000 Fuß vom nördlichen Ufer fern liegt. Schwerlich aber haben dem Wasser die Alemannen des 9. Jahrh. seinen Namen gegeben „von den Feder- oder Wollgräsern, die an und in dem See wachsen." Denn schon a. 819, wo man sicherlich von solcher Spezies nichts wußte, wird der lacus qui vocatur Phedersee genannt (K. 82). Wenn aber bei gleichem Anlaß das monasterium Buchau bezeichnet wird als juxta lacum situm, so war es eben eine Uferinsel wie Lindau im Bodensee. Ferner wird a. 817 in jener Gegend ein Fedarhaun genannt.[1] Ein jetzt mit Zaberfeld (Brack.) verbundener Weiler hieß Federbach (Kl. Z. 3, 245); ein Federbach fließt in Baden zum Rhein. Eine Höhe östlich von Gingen a. d. Brenz heißt Federnsee, und ein Federsee ist in Reutlingen zu sehen oder wenigstens zu riechen.

Von der Sall reden wir später. In oder bei Oehringen aber ist neuerdings ein Römerstein gefunden worden mit der Inschrift Vicanis Aurel.... (W. F. VI, 107). Also haben wir genau auf der Linie des großen Grenzwalls, in seiner Verlängerung von ad Lunam und Wallenzin — Welzheim, wieder einen römischen Vicus Aurelius oder Aurelii, Aurelianus, genannt zu Ehren des verrückten Imperators M. Aurelius Antonius Caracalla. Liebhaber werden die Gelegenheit nicht versäumen, das fränkische Oehringen mit dem französischen Orleans zu vergleichen, welches auch dereinst eine Civitas Aurelianorum war. Noch früher freilich war es die Hauptstadt der Carnutes, die es in ihrer eigenen keltischen Zunge Cenabum nannten. Wahrscheinlich hatte auch die Ohrn schon vor den Römern ihren Namen und nach ihr benannten die Alemannen den Gau, aus dem durch Angleichung an das häufige —ingen dem jetzigen lebenslustigen Oberamtsstädtlein sein Name geworden.[2] Die Brettach ist möglicher-

[1] K. 80; St. 295. Der Versuch, diesen Namen auf den Hennauhof südlich von Buchau zu deuten, wird von Wartmann (228) abgewiesen. Heißt es vielleicht Fedar-ahun, Dat. Plur., d. h. an den Federwassern?

[2] Die Ohrn, a. 795 ubi Oorana fluvius influit in Cochane, St. Ober- und Nieder-Ohrn, a. 1305 Orn, M. 11, 343. Ohrnberg, a. 1037

weise deutschen Stamms. Ein gleichnamiges Flüßlein geht zur Jagst.[1]

„Jarthausen ist ein Dorf und Schloß an der Jart." Wie vorhin Schillers Wallenstein, so können wir jetzt Goethe's Götz citiren. Man sieht, wir wandeln auf classischem Boden. — Oestlich von Ellwangen, nahe dem römischen Wall, liegt die Quelle der Jagst;[2] den Neckar erreicht sie fast gleichzeitig mit dem Kocher. In sie mündet südlich von Ellwangen die Sechta,[3] südlich von Crailsheim die Maulach,[4] oberhalb Langenburg die Brettach

Orenburc, 1216 Horenburck, K. Orbachshof, a. 1285 Orbach, W. F. IV, 266. Oehringen, a. 1037 in villa Oringowe, silva que Orinwalt dicitur, 1154 decanus Horengöensis, 1157 de Ôrengovve, 1215 Ôrngov, K.; 1253 diu stat Oringowe, St. 2, 667; 1391 Oehringen, 1411 Stadt Orngau, W. F. I, 4, 1; 1509 Oringaw, M. 11, 368. — Hierher stelle ich noch Orlach (Hall) an der Quelle des „Orlacher Bachs" der zum Kocher fließt (Orin-aha, wie Steinlach aus Stein-aha). Zur Vergleichung wage ich beizuziehen den gallischen Fluß Orbis (Orobis, Orobs, Orubis), die heutige Orbe. Fast gleich lautend mit unserem Fluß ist die französische Orne, die unterhalb Metz zur Mosel geht.

1 a. 788 ff. in p. Bretach-, Brethachgowe, St. — Der Ort Brettach (Weinsb.) a. 1289 Heinric. de Brethah, 1490 in der Brettache, M. 2, 246. 11, 347. — Ursprünglich Brad-aha? Entschieden deutsch klingt die hessische Bracht, a. 900 Brahtaha. Das badische Bretten ist im 9. jh. Breda-, Brethaheim, F.

2 Der Fluß heißt a. 1024 Jagas, K.; der Gau im 8. bis 10. jh. Jagas-, Jagesgowe; Jagstheim (Crailsh.) a. 1212 Jagesheim, K.; Jagsthausen (Neckars.) viell. schon im 9. jh. Jagese, St.; 1318 villa Jagsthusen, 1211 Wimarus de Husen, W. F. V, 24; Jagstfeld (Neckars.) a. 767 in p. Jagesgowe in villa Jagesfeldon, St.; 976 Lagusfeld (statt Jagus-) K. — Die Urform ist also Jagasa oder Jagusa, das t ist unorganisch, wie oben in der Biberst; ebenso ist die Axt aus althochd. acus, akis, mittelhd. akes, ax entstanden; ebenso Obst aus obiz. Daß ein (mir sonst freilich nicht bekanntes) kelt. jag und die deutsche Jagd auf einem gemeinsamen Stamme ruhen, das freilich ist wohl anzunehmen. Grundbegriff wäre das Eilen, wie ja auch die Jacht, das Schnellschiff, mit unserem jagen zusammenhängt.

3 Eine Sechta geht auch in die nahe Eger (Donau). Die unsere heißt a. 1024 ad Sehtam, de Sehtan, K. — Sechtenau zwischen Inn und Chiemsee im 10. jh. Sehtinaha, F. Der Name Seckach erscheint öfter, z. B. Seggaha, Seckaha im 9. jh., F. Eine Seckach fließt auch in die Lauchart (Donau). Zu vergleichen ist die Sequana — Seine.

4 Die Maulach erscheint als Gau, a. 822 in p. Moligaugio, 856 in Mulachgovue, 1024 Mulechgowe, 1033 in p. Mulgowe, St. — Urform wäre etwa Mol-, Mul-, Mûlaha; schwerlich deutsch wenn man den Gau westl. v.

mit der Blau, bei Widdern die Kessach,[1] bei Möckmühl die Seckach. Statt den Hauptfluß, wie Andere gethan, aus dem deutschen Jagd abzuleiten, oder dem asiatischen Jaxartes zu vergleichen, stellen wir unten seine Formen auf. Auf einem Theil ihres Laufs tränkt die Tauber auch wirtembergischen Boden. In sie fällt, kaum unsre Gränze berührend, vom bairischen Uffenheim her kommend, die Gollach.[2]

Die Tauber, dem oben als keltisch nachgewiesenen Maine pflichtig, erscheint schon beim Geogr. Rav. als Dubra, 1060 Tubera; der umliegende Gau a. 779 Tubergowe, 807 Dubragave, a. 889 Thubargowe u. s. w.; F.; K.: St.[3]

Köln vergleicht: Moilla. Muolla, später, a. 966 Mulehkewe. Auch den Flußnamen Molinauna (?) a. 742 stelle ich gelegentlich her, F. 1050.

[1] Ober-Kessach (Künz.), a. 976 Chessaha (Ober- oder Unter- ?) K.; a. 1292 Oberkeschach, 1293 superior Kessach, W. F. V, 218. 22. Unter-Kessach (badisch) a. 1284 inferior Kessa (ebenda). Ein älteres cas vorausgesetzt, erinnert dieser Flußname an die oben erwähnten Katzen- (Katz- ?) bäche. Keltische Möglichkeit ist nicht ohne weiteres abzuweisen. Keßlingen bei Sinzig im Ahrthal heißt a. 762 Casloaca, ein Bach dabei Casella. Wie stark der Verwitterungsproceß bei solchen Namen, das zeigt u. a. auch die Gersprenz (Main) im Odenwald, a. 786 Caspenze, 1012 Gaspenza, was auf die kelt. Endung -antia zurückdeutet. Auch der Stamm erinnert an den Ort Caspingium im Lande der Bataver. Endlich noch Kessenich bei Bonn, im 9. jh. Castenicha, Chestinacha, 1043 Kestenich, F. 355 f.

[2] Die Gollach, im 9. jh. Gollaha-, Gollahegouve, Colloguoe, pag. guligauginsis, Gollahgewi, 1018 in Gollogovue, St. In dem Gau liegt das bairische Gollhofen, im 9. jh. Gullahaoba, Gollahofa, F.

[3] Ein Fluß im südöstl. Gallien hieß Verno-dubrum (Erlenfluß), jetzt der Gly oder Agly mit dem Nebenflusse Verdoubre oder Verdouble. In Britannien lag ein Ort Dubrae, das heutige Dover. Ein altirischer Fluß heißt Dobur; ein kymrischer Camdubr (= Cambodubra), ganz entsprechend dem irischen Flusse Camfrut (= Cambofrutis; kymr. frwdd = Fluß, Bach; vergl. den altgallischen Fluß Frudis). Irisch dobhar, kymr. dubr, jetzt dwfr heißt schlechtweg das Wasser; Camdubr, Camfrut, also zu deutsch etwa Krummbach. Z. 156; Gl. 34. — Der jetzigen Tauber entspräche freilich ein altdeutsches tûber, tûbrâ. Offenbar fand hier eine Anlehnung an die tûbe, Taube, statt. Vergleicht man noch das gothische diup, daupjan (= tauchen, waschen, taufen), sowie das häufige keltische dubnus (auch ein Fluß Dubnissus), kymrisch dwfn (s. Gl. 72), so könnte man eine gemeinsame Wurzel dub vermuthen, aus der sich die Begriffe der Tiefe überhaupt und des (tiefen) Wassers im besondern entwickelt haben mögen. Z. 45 dagegen vergleicht duber mit germanischem watar, Wasser („literis transpositis," wie alt-irisch domun = latein. mundus). Zu dem gallischen Fluß Dubis, jetzt Doubs, gehört das alt-irische dub = Dinte, gälisch

Bei dieser Gelegenheit kommen Berg und Thal zusammen. Südlich von Hall erhebt sich hoch über dem Kocherthal die alte Comburg, früher aber stets Kamburg genannt.[1] Man denkt zunächst an den Kamm (altdeutsch kampo, kamp) im Sinne von Berggrat (sierra); allein trotz Grimm Wb. V, 105 und Schmeller II, 300 muß ich die Verwendung dieses Wortes in so alten deutschen Namen bezweifeln, während mir das oben erwähnte urkundlich beglaubigte Cambodûnum, das allgäuische Kempten, in verführerischer Nähe steht.[2]

und irisch dubh, kymr. und armor. du = schwarz (Z. 17). Demnach bezeichnen Kelten, Römer (atramentum) und Griechen (melan) die Dinte als Schwärze, und ebenso das Gothische, wo dieselbe svartizl und svartizla (= schwarz) heißt. Das Schreiben war eben immer und überall eine „schwarze Kunst."

[1] Diese Abdunklung von â und a in o ist häufig. So in Argwohn, Monat, ohne, Koth, Woge, Brodem, Otter, Solothurn aus Salodûrum u. s. w. Comburg a. 1037 Burchard comes de Kamburc, 1078 oppidum Kamberc, 1089 in monte qui Kamburg nominatur. Formen wie a. 1080 oppidum Cochenburg, 1090 Kahenberch sind offenkundige Verstümmlungen; s. K.; Stäl.; oa.

[2] Keltische Namen mit dem Stamme camb: Cambes (Cambas) jetzt Kembs am Rhein, nördl. v. Basel (a. 1048 Kembyz, was genau dem urkundl. alten Ablat. Cambete entspricht). Cambodunum in Britannien. Wie es mit Kempten im Wormser Gau steht, das im 8. jh. als Chamunder (statt Chamduner?) marca genannt wird (F.), wage ich nicht zu entscheiden. Camboricum in Britannien, vielleicht Cambridge, am Cam-fluß. Cambonum in Gallien. Cambiovicenses (richtiger Cambo-) und Cambolectri, zwei aquitanische Volksstämme. Später erscheint ein Ort Cambiâcum und ein Fluß Cambus. Als zweiter Theil erscheint das Wort in Moricambê, schon von Ptolemäus als Meerbusen genannt, noch jetzt die Morecambe-Bay, nördl. v. Lancaster. Spätere Namen sind: der kymr. Fluß Caman (aus Cambanus), qui „propter vallium concavitatem ita vocabatur" und Camdubr. Ein irischer Fluß ist Camfrut (= Cambofrutis). Die Bedeutung von camb liegt in dem altirischen und kymrischen camm (= camb), cam = krumm, schief (wurzelverwandt mit goth. hanf, althochd. hamf, griech καμπ-), Z. 75, Gl. 34. Ich nehme also an daß die Germanen von einem alten Cambo- (dûnum oder dûrum) den zweiten Theil verdeutschten und ein Kamp-berc, -burc bildeten, wie sie aus Salodûrum ein Solothurn, aus Lobodûnum ein Ladenburg schufen. — Zwischen Mainz und Worms lag im 9. jh. ein Kamba, Camben; Camp, oberhalb Coblenz, ist a. 1050 Cambo; das bairische Cham am Regenfluß, a. 1086 Camba, und nicht weit davon mündet der Campfluß, F. 350. Ferner die Kamlach zwischen Iller und Lech (früher viell. Kamblach?) u. s. w.

Für die Oberamtsstadt Mergentheim[1] an der keltischen Tauber wird sich schwerlich ein deutscher Mannsname Mârigund auftreiben lassen, auf welchen Freund Pfeiffer in seiner Germania den Ort zurückführen will. Wohl aber würde der Name sich zu einem Margi-dûnum — ein solches lag in Britannien — verhalten etwa wie Ladenburg zu Lupodûnum. Deßgleichen bekenne ich bei dieser Gelegenheit daß mir Möckmühl (Neckarſ.) an der Jagst in seinen alten Formen kaum deutsch erscheint.[2]

[1] Zuerst a. 1058 comitatus Mergintaim, 1099 Mergentheim, K.; 1289 Myrgentheim, W. F. 4, 121. Die Form Mergen für die heil. Maria ist zu jung, um hier beigezogen zu werden.

[2] c. 815 in p. Jagesgewe villa Mechitamulin, St.: 846 Mechitamulinero (Genit. Plur.), 976 Mechedemulin, 1042 Meggedimuli, 12. jh. Mechedemulen, 1225 de Meckmûlen, K. — Etwas ähnliches ist Meggen am Vierwaldstättersee, a. 1036 Mageton, das auch F. für „schwerlich deutsch" hält.

XII. Donau.

„Die werden aufschauen in Wien drunten, wenn die Donau nimmer lauft."

Sie lief aber nach wie vor, so energisch auch der Wiener in Donaueschingen den Fuß vorhielt. Er hatte die Hülfsvölker vergessen, die, bald langsam durch flaches Gelände schleichend, bald mächtig von den Höhen brausend, sich dem Herrscher entgegendrängen. Haben sich doch die Geographen besonnen ob nicht eigentlich der Inn die wahre Donau, der Hauptstrom sei. Geschichtlich, kulturhistorisch ist es und bleibt es die Donau, dafür zeugt eben der einheitliche Name des Stromes vom Schwarzwald bis nach Ungarland. Das Donauthal war eine der Völkerstraßen für die Einwanderer von Osten.

Von der Donau spricht Herodot, wenn er sagt: „Der Istros fließe durch ganz Europa, er entspringe bei den Kelten, welche die äußersten seien in Europa gegen Sonnenuntergang." Er natürlich kannte nur den Unterlauf des mächtigen Stromes, und darum auch nur dessen „thrakischen" Namen Istros, Ister, den auch Hesiod schon nennt, während die späteren Griechen und die Römer den unteren und oberen Lauf durch die Namen Ister und Danubius auseinanderhalten. Aus jenem tränkte der Thraker seine Rosse, aus diesem der Kelte seine Herden, und jeder gab seinem Antheil aus der heimischen Sprache den Namen.[1]

[1] Danubius und Danuvius — dieser Wechsel zwischen b und v ist uns schon bekannt; echte Form ist Dânuvius (-uvius häufige keltische Ableitsilbe, z. B. Seguvii); so erscheint das Wort auch als keltischer Mannsname und als Gottesname (Gl. 91). Irisch dána, gälisch dàn (= dân) bedeutet kühn, tapfer,

Von den Zuflüssen der Donau sind Brege und Brigach schon genannt. Vom Federsee her kommt, am Bussen vorbei, die Kanzach.[1] Bei Ulm mündet die Blau, ihre Quelle ist der Blautopf, an dem das Kloster Blaubeuren gegründet wurde. Ueber der Quelle erhob sich einst die Burg Blauenstein. Eine Blau fließt auch oberhalb Gerabronn in die Brettach; an ihr liegen Blaubach und Blaufelden.[2]

Von den Alpen herab strömt die Iller,[3] wild, rauschend, nach rechts und links die baierischen und wirtembergischen Grenzmarken hin und her werfend. Schon der alte Chronist sagt von ihr: Fluvius vocatur Hilara, hilaris autem non est quoniam multos homines conturbat propter velocissimum suum cursum eosque potius in moerorem vertit quam in hilaritatem. Der Name des Flusses gemahnt uns wie eine Art Comparativ (was er nicht ist) zur Ill,[4] welche bei Straßburg, der alten Kelten=

Dānuvius also wohl ursprünglich der Schnelle, Starke, ähnlich wie unser geschwind im gothischen swinths, im altdeutschen swint stark, tapfer, heldenhaft bedeutet. Den Germanen wurde aus dem fremden Klang eine deutsch tönende Tuonawa, Tuonawe, Tônaw, weiblich, weil die awa, aue = Wasser, Fluß, weiblich ist. Die Verdunklung von â in ô, wie in Argwohn aus arcwân u. s. w. Zugleich war tôn, dôn Anklang an das Wort Ton, tuon aber an thun, althd. tuon. Das Volk nennt den Fluß d'Dône. Noch erinnere ich an den britischen Ort Danum (jetzt „Dancastre am Flusse Dun") und an den alten Danastris, jetzt Dniester. — Donaustetten (Lauph.) a. 1194 Tuonosteten, K.

[1] Der gleichnamige Ort (Riedl.) erscheint a. 1227, Ortolf v. Canza. Der Name deutet auf altes Cant-aha, und das erinnert an den gallischen mons Cantobennicus, der ein Canto-benna voraussetzt, zu deutsch Weißenhorn (Gl. 176. Z. 825), also Cant-aha = Weißbach?

[2] Blaubach a. 1262 Blavvach, 1328 Bloach, 1343 Blobach. Blaufelden a. 1157 Blauelden, K.; 1354 Bloveldten, 1449 Plofelden, auch Plob-, Bläfelden. — Blaubeuren (worüber später) heißt a. 1157 Blabivuron. — Der Flußname Blau kann natürlich echt deutsch sein, und die durch alle Lichter von Grün und Blau spielenden Farbenwunder des Blautopfes sind bekannt. Dennoch stelle ich zugleich hier den Ort Blabia an der gallischen Westküste, vielleicht an der Mündung des heutigen Blavet; Blavia an der Garumna (jetzt Blaye?), und Blavutum in Westgallien (Z. 69).

[3] Der Illergau, c. 850 in p. Ilargowe, 972 p. hilargowensis, 1040 comitatus Ilregouue, St.; K. — Auch hier wieder jener unorganische Vorschlag eines h. — Ueber die kelt. Endung — ara Z. 741.

[4] Die Ill (Rhein), im 9. jh. Illa, Hilla, Ille. Zu der gleichen Wurzel gehören wohl die Ilm, die unterhalb Ingolstadt zur Donau fließt, im 9. jh.

stadt,[1] zum Rheine geht. Schon Ptolemäus nennt einen britischen Fluß Ila. Der Fluß scheint ursprünglich männlich, und ward wohl weiblich durch Umdeutschung in Ilar-acha, ähnlich wie mit der Donau geschehen.

In der Gegend der oberen Iller, nach Paulus (P. T. 38) an derselben, bei Ferthofen südwestl. v. Memmingen ist noch die römische Station Vemania oder Vimania zu suchen.[2] Sicherer bestimmt ist eine zweite Station weiter unten am Fluß — der Coelius mons (P. T. und It. Ant.). Sie ist erhalten im baierisch-wirtembergischen Kellmünz.[3] Jener Name klingt um so römi-

Ilma und Ilmina; vielleicht auch, geographisch freilich fernab liegend, die Ilm die zur Saale geht, ebenfalls Ilm (a. 1099) und Ilmena genannt; und die Ilse, Nebenfluß der Ocker, die Ilach, Nbfl. des oberen Lech, im 11. jh. Ilaha. Möglich daß die Wurzel il urverwandt ist mit il, althd. îljan eilen, ein Stamm der auch keltisch ist (das Volk der Amb-îliati; kymr. iliad fermentatio, iliaw fermentare, Gl. 21).

[1] Keltisch, römisch, deutsch, französisch — die ganze Geschichte liegt schon im Namen. Der kelt. Name ist Argento-ratum, entsprechend dem gallischen Argentomagus (jetzt Argenton), im zweiten Theil dem irischen righ-rath = Königsburg. Argentoratum die Silberburg (Gl. 78. 157). Der Geogr. Rav. nennt sie Argentaria, aber auch schon Stratisburgum, die Burg an der römischen Straße; später Strata, Strate-burgum, im 8. jh. Strazpuruc. Aehnlich heißt das benachbarte Colmar im 9. jh. Coloburg, daneben aber Columbra, Columbarium, was sicher auf ein vorrömisches Wort deutet. Auch der Breisgau mit den beiden Breisach, im 10. jh. Brisaca, deutet auf keltisches Brisâcum. Wirklich nennen schon die Römer dort den Mons Brisiacus, der G. Rav. aber Brezecha.

[2] Peut. T. und Not. Imp. — Obiger Form entspräche ein deutsches Wimmen, ähnlich dem Orte Wimmenthal (Weinsb.).

[3] Kellmünz, c. 1132 Beretha cometissa (Gräfin) Cheleminza (und daneben de Clementiae!) Schm. Pf. 532; 1293 Kelmunz, M. 14,342. Die deutsche Bildung gieng etwa durch die Formen Celimont, Celmunt, Celmünz. So wurde aus pondus Pfund, aus moneta, althd. muniza, Münze; aus Septimus mons ward Seftimont, Seftemunt, jetzt der Septimer; aus Venustus mons Finstermünz. Mönzeln (in der Gegend von St. Gallen) ist wohl ein altes Mons Coelius; denn es heißt a. 1155 ad flumen Steinaha .... ad montem Himelberch; ein andermal mons qui dicitur Himilinberg (Uhland in Germania 4,82). Also Mönzeln genau die Umstellung von Kellmünz. — Diese Bildungen erinnern mich an Dürrmenz (Maulb.) a. 779 Turmenzer marca in p. Enzigowe, 1100 Durminzi, St.; 1282 Durmenze, 1338 Gerlach v. Dormentze, M. 2,218. 3,321; 1327 Turmenz, 1409 Durmenz, 1441 Dürmenz, Schm. 35. War das auch ein keltisch-römisches Dûro monte? Freilich wäre u statt û erwünschter.

scher als ja einer der sieben Hügel der Weltstadt der mons Coelius hieß, und unmittelbar bei Kellmünz liegt ja sogar die Venusmühle als klassisches Correlat zu der Pelzmühle von Trippstrill,[1] in welcher die alten Weiber wieder jung gemahlen werden. Doch vielleicht ist der Coelius mons so wenig urlateinisch als die mola Veneris Zunächst erinnert man sich an das Kelamantia (Kelmantia) des Ptol., an der Donau in der Gegend von Komorn (das jetzige Kalmünz?). In Hispanien lag Coeliobriga, und der Stamm cel überhaupt erscheint in manchen kelt. Ortsnamen (vergl. jedoch auch Kalmünz, Steub II, 120. 182).

Die echtdeutsche Eschach heißt von Leutkirch an Nibel und fällt als Aitrach in die Iller. Nibel scheint der älteste Name; nach ihm hieß ein Gau a. 788—1100 Nibul-, Nibal-, Nibilgow.[2] Dagegen die nahe bei Ulm mündende Weihung erinnert stark an das von Ptol. in jener Gegend genannte Viana (auf der P. T.

1 „Dann wer sollte glauben daß jemahls ein Tripstrill in der Welt gewesen und dennoch kann man mit Bestand sagen, daß es so seye. Es hat schon mancher die Worte im Mund geführet, daß dieser oder jener zu Tripstrill auf der Belz-Mühlin gewesen. Sie sollten Scherz seyn, weil sich niemand vorgestellt, daß in Wahrheit ein Ort in der Welt seyn könne, welcher diesen wunderlichen Namen führen sollte.“ Sattler (Gesch. d. Herzogth. Würtemb. 1757. S. 527), dem ich diese Worte entnehme, nennt dann als Variante des Namens Trephetrill und erklärt ihn nach zum Theil noch jetzt beliebter Weise aus römischen Personennamen (Trephonis Truilla, s. St. 44. 94). Das Staatshandbuch führt den Ort als Treffentrill auf. Letzteres ist die alte Form und diese beruht natürlich auf einem deutschen Personennamen, gerade wie Treffelsbuch (Blaub.), das a. 1142 vorkommt (oa.). Schon gegen Ende des 16. jh. kommt die Oertlichkeit von Tripstrill lagerbüchlich vor als „Rauheklinge,“ mit dem Beisatz, daß der Boden daselbst neu angebaut werde. Einen Ort des Namens kennen die Lagerbücher jener Zeit nicht, wohl aber finden sich Spuren von alten Gebäuden; 1685 eine Hofstaat darauf vor Zeiten ein Weiler oder Dörflin, Treffentrill genant, gestanden seyn soll, nunmehro zu Weinbergen gemacht und im Mess 4½ Morgen begreift; also wohl ein abgegangener Ort. Der jetzige Hof ist gegen Ende des 18. jh. entstanden. In der Nähe liegt der Balzhof und die Frauenzimmerner Mühle; daraus wohl die Pelzmühle (Klunz. Zab. 74), welche schon Sattler an der genannten Stelle auf einen Personennamen Balz, Bälz zurückführt.

2 Ein zweiter Gau des Namens lag zwischen Kocher und Lein, a. 1270 bona in Nibelgow, 1570 Nibelgaumülen, eine Mühle bei Lorch. Auf einem Pers. Namen dagegen beruht wohl Niebelsbach (Neuenb.) a. 1321 Nibelzbach, M. 6,68.

Viaca). Dort wo die Römerstraße von Mengen nach Günzburg über Weihung und Iller führt, liegen Weinstetten, Altheim und Steinberg mit der Weinhalde und mit römischen Spuren. An der Quelle der Weihung liegt der Ort Wain. Dieses Wein, Wain deutet auf althochd. Viana, woraus sprachgesetzlich Weien wurde. Auf demselben Straßenzug liegt südöstl. v. Ulm das baierische Finningen, das Phaeniana des Ptolemäus.

Meilenweit sichtbar hebt sich dort aus flachem Gelände der Münsterthurm von Ulm.[1] Jede germanische Deutung scheitert in den Wellen des keltischen Stroms. Eine gallische Völkerschaft waren die Ulmanetes, ein Ulmus lag in Pannonien, ein zweites in Mösien; Ollheim im Reg. B. Köln heißt a. 1064 Ulma und Olma; Ulm südwestl. v. Mainz a. 994 Ulmena, und Ulm in Baden a. 1070 ebenso.[2]

Ueber die gute Stadt Ulm, welche auch dem Schreiber dieses ein Jahr lang gastliche Herberg geboten hat, läßt sich der Dominikaner Felix Fabri (schrieb ums Jahr 1490) in seinen Historiae Suevorum des weiteren aus. Ulma melius sapuit mihi quam Jerosolyma, sagt er in seinem Evagatorium, und ich stimme aus ganzem Herzen ein, obgleich ich niemals in Jerusalem gewesen.[3]

1 Ulm a. 854 ff. Ulma, einmal auch Hulma.

2 Ein Ort Vlun, V̊ln wird a. 1090 genannt, später der Uehlenhof, dann der Hof zu Uelen und zu Felden genannt, endlich zu Uehlen und zu Felds, jetzt nur noch Felz bei Ravensburg, K. — Das wäre also althochd. Uolun, noch älter etwa ôlun und gehört also schwerlich zu unserem Stamm ul, ol. Denn auch ein früheres ol kann dem deutschen ul vorliegen, wie z. B. die hessische Ulfa alt Olaffa heißt. Darum erinnere ich an das kelt. Olino (jetzt Hole b. Basel?), an den gall. Fluß Olina, an den oberitalischen Ollius, Olius, jetzt Oglio, und an den Fluß Olonna, jetzt Olona bei Mailand. Ein britischer Ort hieß Olenâcum, ein pannonischer Olimacum. Schwerlich gehört das alles zusammen; darum stehe zu guter letzt auch noch Uhlbach (Canst.) hier, a. 1279 V̊lbach, M. 3,334; 1399 Uhlbach. Auch ein Uhlberg kommt mehrfach vor. Dieses uol (ôl) verhält sich zu einer Wurzel al (häufig in Wassernamen) wie (môr) muor, das Moor, zu gothisch marei, althochd. mari Meer. Vergl. auch Pfuhl, alt pfûl, pfuol. aus latein. pălus; ferner latein. râpa, althd. ruoba Rübe.

3 Evagatorium I, 30, herausgeg. v. C. D. Haßler in der Biblioth. des Stuttg. Literar. Vereins, a. 1843. Bruder Felix ist unser schwäbischer „Fragmentist,“ wenn er auch dem tirolischen des 19. Jahrhunderts weder in Kraft

Unter anderem singt Fabri ein Loblied auf den hohen Reinlichkeitssinn der Stadt Ulm und hat nur eines auszusetzen: „Nemlich," sagt er in seinem bresthaften Latein, „nichts verunziert die Straßen ärger und verpestet die Luft mit Gestank als die Masse von Schweinen die an allen Ecken und Enden ihre Nothdurft verrichten (stercorizant). Ich glaube so die Schweine nicht wären, schwerlich möchte man eine so reinliche und gesunde Stadt finden. Auch hab' ich keine Stadt gesehen allwo die Leute so gerne Gemeinschaft pflegen wie in Ulm, so reiche wie arme. Für einen Groschen (denario) findet man da alles was zum menschlichen Leben gehört. An den Samstagen ist Wochenmarkt und da ist ein Getöse auf den Plätzen von Käufern und Verkäufern als wenn es Jahrmarkt wäre; insonders aber auf dem Platze wo der Weinmarkt ist (der heutige Weinhof). Da stehen oft 300 Wägen und Karren mit Wein und ich achte daß kein zweiter Weinmarkt in Alemannien sei wie dieser, wo so viel Wein auf den Wägen feil steht und so schnell verkauft ist. Denn vor Mittag ist alles verkauft, und nur für großes Geld. Denn der Wein wird nicht mit Obulen, Denaren oder Kreuzern bezahlt, sondern mit Gulden und böhmischen Thalern blankweg." Damit mochte man freilich damals mehr kaufen als heutzutage. Hat doch im Herbst 1426 der Eimer Wein 13 Kreuzer gekostet, und wenn sich jemand für einen Heller betrinken wollte, so mußte er sich schon zweimal ins Wirthshaus bemühen; auf Einen Sitz brachte ers nicht fertig. Auch etwas säuerlich mag je zuweilen das Getränke gewesen sein, denn dazumalen hielten sie es nicht für Raub, am Michelsberg und im nahen Söflingen (von welchem sich ums Jahr 1180 der Minnesinger Milo v. Sevelingen schreibt) Wein zu bauen. Da mochte es wohl manchmal heißen wie in einem alten Gaildorfer Lagerbuch: „ist ein saurer, saurer Wein, Kocherwein genannt." Wenn ich mich recht entsinne, so war es in demselben Kocherthale wo sie am lichten Tage rechtschaffen Wasser in den Wein gossen um ihn „g'schlachter" zu machen.

und Eleganz des Styls noch in einigen andern Eigenschaften gleichkommen möchte, für deren Abmangel eine um so unbegrenztere Kraft des orthodoxen Glaubens uns kaum entschädigen will.

Da galt es freilich „des Lebens Unverstand mit Wehmuth zu genießen.“

Auch über den Münsterbau weiß Bruder Felix nicht ohne Gefühl und Anmuth zu reden und da es eine der Aufgaben dieses Buches ist solche verschollene Stimmen noch einmal aufklingen zu lassen, so mag er das Wort ergreifen: „Und das Werk wuchs unter ihren Händen und in Zeit von 111 Jahren, nemlich vom Jahr der Gründung bis zu dem Jahre der Neuzeit (annum modernum) 1488 ist es zu einem Tempel gediehen welcher ein Staunen und ein Wunder ist für alle Völker und Jahrhunderte. Und nicht so sehr bewundern die Beschauer das Ungeheure des Baus, als vielmehr die Großheit und Kühnheit der Gründer, daß sie in einem so kleinen Gemeinwesen, ohne Anrufung Fremder, ohne Beihülfe und Bettelei ein solches Gebäu haben aufzurichten gewagt, dessen ungeheuer emporragender Glockenthurm heutzutage zu Ehren göttlicher Majestät noch erhöht wird gleich als wollte er in den Himmel wachsen.“ Nur der Hagia Sophia in Konstantinopel, meint der orientkundige Mönch, möchte er die Ulmer Kathedrale nicht gleichstellen. Eine andere Schönheit aber habe dieselbe vor allen Kirchen voraus; nicht Schmuck der Wände, noch kunstreiche Mosaikböden (structurae pavimentorum), nicht steinerne Gebilde noch Gemälde oder getäfelte Decken (tabulaturae), sondern die Fülle des Lichtglanzes. „Viele Kirchen habe ich gesehen, prunkender in Kunst und Material, aber keine durch welche ein solcher Strom von Licht sich ergießt, keine so hell in alle Winkel hinein beleuchtet wie diese.“ Was sagt der Leser zu diesem ästhetischen Erguß des 15. Jahrhunderts? und was denkt er zu jenem Bau „ohne Beihülfe und Bettelei“ im Verhältniß zu moderner Frömmigkeit auf Subscription und zur Romantik der Dombaulotterien?

Wer ist hier die Ruine? Der einsturzdrohende Prachtbau,
Oder die Zeit die kaum ihn zu erhalten vermag?

Und doch klagt schon Felix über den Verfall der alten Mannlichkeit in der äußeren Politik der Stadt: „Solches haben die alten Ulmer vermocht zur Mehrung ihrer Herrschaft; rasch haben sie gehandelt und das Geld nicht gespart. Nicht also die neue Zeit;

die ulmischen Herren sind jetzt karg (parvifici) und kleinherzig." Dagegen erwähnt er mit Genugthuung die inneren Fortschritte des Gemeinwesens, und zwar mit naiver Beiziehung des Spruches: „Wo ein Aas ist, da sammeln sich die Adler," was man jetzt in Thronreden und in den Jahresberichten der Handelskammern ganz anders auszudrücken pflegt. „Nemlich," so rechtfertigt er sein Citat, „wo viele Menschen sind, da ist viel Gewerb und Handelschaft. Noch vor 70 Jahren waren allhier kaum 2 Bäcker, wo jetzt 20 sind; keine 2 Goldschmiede wo jetzt 20 sind; 2 Bartscherer wo jetzt 10 sind; ein Wirth wo jetzt 20 sind; 2 Tuchscherer wo jetzt 20 sind; ein Arzt wo jetzt 30 sind; ein Priester (sacerdos) wo jetzt 10 sind. Kurz, alle Künste sind heute das dreifache wie vor 70 Jahren, und wachsen noch täglich, weil sie nicht nur für die Mitbürger arbeiten, sondern für ganz Schwaben, und Ulmische Waaren und Werke gehen bis in ferne Lande." Namentlich zwei Industriezweige hebt Fabri hervor, die so zu sagen wenig Verwandtschaft zeigen — die Fabrication von Hostienbroden und von Spielkarten. Die ersteren gehen bis nach Pontina, Bozen (Bolsatium) und Trient. Anfertiger und Maler von Spielkarten gebe es so viele daß sie ihre Erzeugnisse bis nach Italien, Sicilien, den fernsten Inseln, kurz nach allen Himmelsgegenden senden. — Solch preiswürdigen Flor der Stadt führt unser Gewährsmann unter anderem zurück auf die treffliche Rechtspflege welche dem Armen wie dem Reichen mit gleichem Maße messe. Ein Exempel davon hat er selbst aus dem Munde eines alten Mannes vernommen. Am Tage vor der Urtheilsprechung in seinem Proceß brachte einer von Ursperg ein gemästetes Schwein in die Stadt, und zog mit demselbigen Schwein vor die Häuser der Richter und Zunftmeister (magistrorum Zunftarum), mit dem Seufzen der Creatur ihr Herz zu rühren. Aber keiner nahm das Geschenk und er mußte sein Schwein wieder heimführen. Ferner ist in Ulm zu finden ein leichter und großer Verdienst, so daß sogar ein Knabe des Tags ein bis zwei Groschen (Denare) erwerben kann. Zum dritten ein ergötzliches, lustiges Leben, so weltlich wie geistlich. Wer zu letzterem neigt, der findet Gottesdienste, Messen, Predigten, Orgelklang und geistlichen Prunk, lieblichen Chorgesang der Scholaren, süße Melodien, lange oder kurze Predigten, alles nach seines Herzens Gelüste. Sucht aber einer sein Seelenheil in weltlicher und zeitlicher Ergötzung „der findet jegliche Sorte von Exceß in Ulm. Da sind Spiele, Schaustücke, Gesellschaften, Räusche, ein schönes und geputztes Frauenzimmer, ungezügelte Ueppigkeit, zeitliche Herrlichkeit, Müßiggang und Tagesneuigkeiten aus Abend- und Morgenland, mehr denn in irgend einer andern der schwäbischen Städte; aber gemeinsam mit allen sind in Ulm Freuden und Leiden, Leben und Sterben, Tugend und Laster. ... Was aber die Zukunft bringen wird, das weiß der Herr der Zeiten und der Sterne, und künftige Chroniken werden es lehren."

Auch dem schon genannten Thale der Blau widmet der fleißige Mönch seine gewandte Feder und weckt die Erinnerung an manchen seligen und unseligen Tag der Jugend, den man an Quelle und Ufer jenes Flusses verlebt hat. Naturschilderungen aber aus alten Zeiten zu vernehmen, ist stets ein Gewinn und vielleicht reicht die Kunde der klassischen Römersprache, die man in jenem Thale gewonnen hat, auch zu einiger Verdeutschung des spätern Mönchslateins. Also: „Von dem Oertchen Weiler im Aachthale gelangt man nach kurzer Wanderung in einen engen Bergkessel, wo die Berge zusammentreten und sich zu einem Kreise zusammenschließen, aus welchem kein Ausweg ist, außer man klettere die steilen Höhen hinauf oder gehe rückwärts auf dem Thalwege, den man gekommen ist. In diesen Kessel oder Winkel strömt die Aach herein, gleichsam bis in den Wirbel der Blau, welche in dem innersten Winkel am Fuße der Bergrundung so plötzlich und wundersam herausbricht, daß jeder, der solches schaut, nur staunen muß. Nämlich aus der verborgensten Tiefe des Kalkgesteins, aus bodenloser Felsenmuschel, bricht eine solche Fülle des Wassers hervor, daß man meint, die Quellen der Unterwelt öffnen sich. Denn es sprudelt über den Rand des kalkigen Kessels und fließt in raschem stürmischem Schwalle hinaus. Und da jene Muschel sehr tief ist und das Wasser sehr hell, so nimmt es die Farbe des oben strahlenden Himmels an und bekommt von dieser

Farbe seinen Namen, also daß man es die Blaw nennt. Zuerst nämlich speit die Erde aus dem Herzen des Abgrunds durch unerforschte Mündungen ihre Wasser aus, welche dann oben gesammelt eine runde tiefe Fläche bilden, eine Lust und ein Wunder zu schauen. Alsdann speit sie die Wasser aus der Muschel hinaus, so daß es den Rand des Bechers stürmisch überströmend in einen Teich sich ergießt und in ein Bett aufgenommen zum Flusse sich gestaltet, der, einem rauschenden Strome gleich, alsbald Mühlräder treibt, dann aber sanfteren Laufes durch wonnige Auen still und schweigsam dahin schleicht und reich ist an trefflichen Fischen, Forellen, Grundeln (funduli) und andern. Auf seinem Grund aber erzeugt er Kräuter, welche den Thieren so gut schmecken, daß sie bis an den Hals hineingehen und den Kopf unter dem Wasser dieselben so emsig abweiden, daß sie fast ersticken und ersaufen." Letzteres haben wir allerdings nie beobachtet und möchten die Angabe auf dieselbe Stufe stellen, wie die gleich folgende, daß die Blau mit der Donau ins Schwarze Meer gehe und von dort auf unterirdischen Pfaden an ihren Ausgangspunkt zurückkehre. Richtiger ist, wenn Fabri sodann diese Kesselquellen als Eigenthümlichkeit der schwäbischen Alb überhaupt anführt, und ihren Zusammenhang mit unterirdischen Wassern und den Einfluß von Regen und Schneeschmelzen auf das Steigen dieser Quellen annimmt. In dem unterirdischen Rauschen solcher Wasser, sagt er, glaubten die Alten die Harmonien der Nymphen und Musen zu vernehmen und er selbst habe solche Musik oftmals gehört, sonderlich in den Thermen von Pfäfers,[1] allwo in den rauschenden Wassern die Melodien aller Musiker erklingen. Trefflich stimmen zu den Eindrücken, welche jene Felsen- und Höhlenwelt auf uns unterländische Knaben machte, die Worte des Mönchs: „Wer staunt nicht, wenn er diese Höhen erklettert, durch diese Schatten dringt und diese dichtge-

[1] Pfefers, wie Fabri schreibt, heißt urkundlich, vom 9. jh. an, Favaris, Fabaris, monasterium Fabriense, wozu sich noch der Faverwald bei Gümmenen an der Saane stellt. Steub II, 190 nennt noch Pfebers bei Fließ und den Fluß Fabaris in Etrurien, und erinnert u. a. an die römischen favissae.

drängten Gestrüppe? Bange Bewunderung faßt ihn, wenn er diese Grotten und Höhlen schaut, diese wunderbaren Felsenrisse, diese bald weiten, bald engen Steinklüfte." So schrieb man im Jahre 1489.

Wir treten über die Grenze. In der Niederung östlich von Ulm, nahe bei Phaeniana — Finningen, liegt das Dorf Pfuhl, mit dem gleichlautenden Appellativum aus römischem palus hervorgegangen. Der Klang erinnert aber auch an das Städtlein Pfullingen unter der Achalm. Die zwei oder drei Leser, deren mein Buch sich erfreut, kennen das hübsche Nest aus Hauff's Lichtenstein; im übrigen haben dortlands schon sechshundert Jahre vor Georg v. Sturmfeder Leute gelebt. Sie nanntens den Pfullichgau, a. 930 in loco Hohenowe (jetzt Honau) in p. Phullichgowa, 971 (die Abschrift der Urk. jedoch erst etwa c. 1100) Phullingen, 1075 Ruodolf de Phullin, St. Dazu der Pfullenberg bei Honau. Weingärten im Phullin werden a. 1410 bei Eßlingen genannt (Pfaff 302). Der Ort Pfundhardt (Kirchh.) heißt a. 1330 Pfullenhart, 1552 Pfonhart. Endlich noch a. 1352 Pfül, ein Flurname bei Tübingen (Schm. Pf. 435).[1] Weiter abwärts kommen von Süden her die Leibe — alte Formen fehlen mir —, die Roth und die Biber zur Donau, von Norden die Nau, an welcher Langenau (Ulm) liegt.[2] Die alten Formen zeigen, daß nicht etwa eine awa Aue zu Grunde liegt, sondern ein Fluß Nawa oder Nâwa. Das erinnert an die von Tacitus genannte, von Ausonius besungene Nâva, im 8. jh. Nawa, 9. jh. Naha, jetzt die Nahe. Die Naab, die bei Regensburg zur Donau

[1] Ob in jenem Gau um die Echaz her seinerzeit einmal die Götter Phol ende Wodan fuorun zi holza, weiß ich nicht. Ein altes Pol, Pul, schwerlich ein römisches palus, liegt zu Grunde. Auch Fulgenstadt (Saulg.), a. 1098 Phulegenstat (K.), 1281 Vulgenstat (W. 6, 410) hängt doch nicht wohl mit fûl = faul zusammen. Dagegen sind zu vergleichen Polch, westlich von Coblenz, im 11. jh. Pulicha, Pulheim bei Cöln, a. 1067 Polheim (F.); Fulina a. 893 (F. 538); Phullich = Pulâcum?

[2] a. 1003 in p. Duria cortis Nâvua, 1122 Langenowa, 1143 in Nauwe, 1150 Nawa, 1158 villam Nawin, St., K.; — 1515 Naw. Früher unterschied man „die beiden Nauwe" weil der Ort aus zwei Dörfern bestand, Ostheim und Westheim, beim Volk noch jetzt Osten und Westen; das Ulmer Gesetzbuch von 1520 theilt ein in Ostheim, Mitteldorf, Westheim.

mündet, heißt bei Ven. Fort. Naba. Der gleiche Dichter nennt noch einen Fluß Nablis, mit welchem vielleicht der Nabelgowe des 10. jh. zusammenhängt (F.). Tacitus kennt einen Fluß Nabalia in Batavien. Der Nabaeus floß in Britannien.[1] Also Langenau, der Hof Nâvua lag im pagus Duria.[2] Warum denn nicht, wenn Winterthur — Vitodûrum im Thurgau lag? Fluß und Gau aber heißen im 8. und 9. jh. Dura, Duragowe. Mit dem früher erklärten kelt dûrum hat das nichts zu thun, dagegen hießen zwei Zuflüsse des Po Duria, jetzt Dora Ripera und Dora Baltea; der spanische Duero hieß Durius und die französische Dordogne Duranius.[3]

Nordöstlich von Cambodûnum — Kempten entspringend, läuft die Günz in die Donau bei Günzburg. Einen Ort an der oberen Günz nannten die Römer Guntia, natürlich weil der Fluß so hieß (Gunceburg a. 1065 ist vielleicht Günzburg an der Mündung). Parallel der Günz fließt die Mindel[4] mit der Kamlach. Wieder von Norden kommt, die Quelle bei Königsbronn, die Mündung bei Lauingen, die Brenz, a. 779 fluvius Brancia, K.[5]

[1] Man kann das griech. naus, lat. nâvis, das deutsche Nachen und Naue vergleichen; Grundbegriff wäre schwimmen, fließen. Vergl. auch die Nagold. Die P. T. nennt ein Navoae, das man in der Gegend von Kaufbeuren sucht.

[2] a. 898 in p. qui vulgo Duria nuncupatur, 1046 p. Duria, wohl auch 1007 Suntheim (Sontheim bei Mindelheim?) in p. Durihin, St.

[3] Wie oben die Stämme sur und sru, so stelle ich hier dur und dru (s. Traun) als möglicherweise aus gleicher Wurzel entsproßt zusammen. Δούρας Str. (s. F. 446) = Iller? Gelegentlich: Eine römische Station in Mösien (das jetzige Silistria?) wird Durostorum oder Dorostolum, später Distra genannt. Im Saargau (Rhein) aber liegt im 8. 9. jh. ein Torestcdelus, Turestolda, Duristulidon u. s. w.; und wieder wird genannt ein angebliches Duringstadt bei Bamberg?) a. 800 Duristodla, Turstolden, F. 448. Im K. Zürich aber liegt Dürstelen und heißt alt urkundlich turstolden. — Allzuspät erfahre ich, daß in einer, mir nicht zugänglichen, Schrift von Rochholz sich weitläufiges über die Sache finden soll, u. a. mit Hinweisung auf das englische threshold Schwelle.

[4] An ihr liegen Mindelheim und Mindelau, a. 1046 Mindelheim, a. 1075 Mindilowa, F.

[5] Der Ort Brenz (Heidh.) a. 875 capella ad Brenza (was auch der Fluß sein könnte), 895 locus Prenza, K.; St. Es gemahnt an die oberitalische Brenta, alt Brintesia, später Brinta. Brenz konnte aus brint und aus brant werden; obiges Brancia ist vielleicht nur Pfaffenlatein. Die Prims (Prinz, Bremz) bei Saarlouis heißt a. 802 Premantia.

Bei Neresheim entspringt die Egge (Egga, Egau). Zu ihr stelle ich gleich die Eger,[1] welche die Sechta und die Acht aufnimmt und der Wernitz[2] zuträgt, die bei Donauwörth mündet. Von Süden die Zusam.[3]

Unterhalb Augsburg, im sogenannten Wolfszahn, rollen der Lech und die Wertach ihre alpenfrischen Fluthen ineinander. — Pergis ad Augustam quam Vindo Licusque fluentant, wie Venant. Fort. singt. Dreiundzwanzig Orte dieses kaiserlichen Namens zählen die Alten, darunter neun Augusta mit dem Zusatz eines Völkernamens. Die unsere, als Hauptstadt Vindelikiens, heißt bekanntlich Augusta Vindelicorum, und wenn Tacitus (Germ. 41) von der splendidissima Raetiae colonia redet, so kann das nur die spätere Fuggerstadt sein. Schon zu Römerzeiten handelten wir mit Purpurwaaren unter der inschriftlichen Firma eines Tiberius Cleuphas, also ein Jude, der sich seitdem namhaft vermehrt hat. Im 4. Jahrh. zogen die Herren ab und die Alemannen herein, und außer dem Namen haben die letzteren nicht

[1] Die Eger, a. 760 villa Thininga (Deining) in p. Rezi (Rieß) super fluvio Agira, Schmell. 3, 134; F. — Eine Agira erscheint auch in der Gegend von Verdun. Die böhmische Eger heißt im 8. jh. Agara, a. 1061 Egire. Die Aiß (Donau) in Oberösterreich, a. 853 Agasta. Einen Agarus kennt Ptolemäus als Küstenfluß des schwarzen Meers.

[2] Die Wernitz im 9. jh. Warinza. Dazu die Wern (Main) a. 1014 Werina, und ihr Gau im 8. 9. jh. Warin-, Werin-, Werngowa.

[3] Mittelbar erscheint der Fluß in der anliegenden Burg Zusameck, a. 1231—1301 milites de Zusemekke, a. 1377 castrum Zusmegg, Steichelein 29. 48. An der Zusam liegt ferner Zusmarshausen, a. 892 Zusemarohuson, F. Man denkt vielleicht diese „Häuser des Zusemar" hätten dem ganzen 9 Meilen langen Wasser den Namen gegeben. Es gibt solche Fälle, hier aber liegt wohl keiner vor, sondern nur ein zufälliger Gleichklang des alten Flußnamens und des späteren Ortsnamens. Die Zusam würde auf vordeutsches Tusama führen. Nun betrachte man das Trigisamum der P. T., im 9. 10. jh. Treisima, Treisma, im Nibelungenlied Treisen mit der Treisenmûre, wo Frau Helche saß, jetzt der Traisen und Traismauer; ferner die badische Treisam, a. 864 Dreisima, so verhielte sich Treisam zu Treisima — Trigisamum genau wie Zusam zu Tusama — Togisonus. Togisonus aber war ein oberitalischer Fluß (jetzt Togna); tog wie auch son ein durch mehrfache kelt. Personennamen belegter Stamm (Gl. 71. Z. 163). Togisonus heißt nach Glück (Rein und Main S. 2.) der lieblich tönende (irisch, gälisch toigh = angenehm; kymr. und irisch son = Ton, Stimme).

viel stehen lassen. Den Gau nannten sie August-, Augisgawe, die Stadt Augest-, Ougespurc u. s. w. Aber auch der taciteischen provincia Raetia gedachten sie noch lang und dankbar und sprachen noch a. 1483 von der „stat Augspurgk im obern rieß.“ Auch Aventin spricht von „Augspurg im Rieß.“ Bruder Berchtold (c. 1260): „Var hin gein einem lande, daz heizet daz Riez, do ist ein stat inne, diu heizet Auguspurc.“ Ferner: „Sy fur gen Swaben in das Rieß, in ein stadt zu teutschen landt, die war zu teutsch Auspurg genant.“ In einer Glosse des 11. jh. heißt es: tres sunt Retiae, Retia curiensis (Chur in der Schweiz, Churwelsch), Retia augustensis . . . (Schmell. 3, 134). Im 13. Jahrh., als jener klösterliche Kartograph die alte römische Generalstabskarte copirte, die später von unsern Peutingern erworben wurde, zeichnete er die Station Augusta durch zwei Wachtthürme aus, deren jeder drei Fenster hat und größerer Bequemlichkeit wegen keine Thüre. Letzteres hat sich geändert und die Bettelleute laufen einem seitdem oft das Haus schier weg. Schon ganz anders nimmt sich der Stadtplan aus, welchen a. 1521 der wackere Künstler Georg Seld angefertigt.

Wie mag auf keltischer Zunge die Stadt erklungen sein? Denn, wenn irgendwo, so stehen wir hier auf keltischem Grund, im Lande der Vindeliker. Nicht als ob dieser Name mit den beiden Flüssen zusammenhienge. Vindo ist nur eine alte falsche Lesart für den gut bezeugten Virdo, die Wertach. Der Lech aber heißt Licus (latinisirt) im 10. jh., Licca bei Ven. Fort., Likias bei Ptolemäus, Leh, Lech schon im 8. jh.[1]

Wie steht es denn aber mit der alten Göttin Zisa, die in

[1] Gl. 19 setzt als Urform Lĭca und stellt das Wort zu kymr. llech, altirisch liac Stein (Z. 21. 174), welche Formen einem kelt. lĕc entsprächen. Dieser Stamm scheint auch germanisch, altsächsisch die leia Stein; noch jetzt die niederdeutschen Familiennamen Von der Leyen, Leiendecker (= Dachdecker, Schieferdecker). Dem deutschen Lech entspräche jedoch zunächst ein Lĭcus, wie Neckar — Nicer, Wertach — Virdo. Auch Venantius setzt Lĭcus, wie sein oben angeführter Vers zeigt. Sollte aber der gewaltige Bergstock Karwendel im bairischen Oberland, südlich vom Walchensee, nicht eine Erinnerung an die Vindeliker sein, das Berghaupt (Kar) der Vindeli?

Augsburg gethront haben soll, und die man mit dem Gotte Ziu, Zio zusammengestellt hat? Der ersten Erwähnung um das Jahr 1100 (Schmell. 4, 288) folgen eine Reihe anderer mehr oder minder fabuloser Angaben, die wenig Verlaß und Ermuthigung bieten. In einer Augsburger Chronik heißt es: „Darnach über ettlich zeitt da wurffen die Schwaben Vindelici ain apgötti auff, die nannten sie Zisaris, also gewan die stat zwen namen Vindelica Zisaris und pawten der abgötti Zisa ain tempel an der stat, da yetz unser frawen kirch stat zu dem thumb und haißt der Zisenperg.“ Diese Stelle war mir noch unbekannt, als ich längst zu den bisherigen mythologischen Deutungen eine historische gefunden zu haben glaubte. Was die Kritik der verschiedenen Quellen über die angebliche Zisa betrifft, so darf ich auf die von Hrn. Dr. F. Frensdorff so trefflich bearbeiteten Chroniken von Augsburg verweisen.[1] Nachdem mein eigener Einfall einmal reif war, wurde mir jenes obige Vindelica Zisaris allerdings doppelt merkwürdig. Wie kommt der Chronist auf diese Form, die mit der Zisa gar keinen Zusammenhang hat? Eine Augusta Caesaris wäre freilich eine Tautologie, aber nicht tautologischer als Kaiser=Augst östlich von Basel. Hier eine Augusta Rauraca Caesaris, dort eine Augusta Vindelica Caesaris. Den Lautwandel von ae in i betreffend, so vergleiche man was beim Aenus — Inn, bei Raetia — Rieß gesagt wird und was W. Wackernagel (Umdeutschung S. 20) beibringt. Ebendort und in seinem Altdeutschen Handwörterbuch S. 227 führt Wackernagel den althochd. Ortsnamen Porzîser, Bur-cîsara an, einen Engpaß der Pyrenäen, entstanden aus Porta Caesaris. Wäre die Vermuthung zu kühn, daß der ganze Zisa=Mythus aus dieser geschichtlichen Erinnerung emporgewuchert sei, daß die Stadt nebenher Cîser-burc geheißen hätte, woraus Cisen-, Zisburg sich leicht entwickeln mochte?[2]

1 Die Chroniken der deutschen Städte, Band 4 u. 5, Leipz. 1865 u. 1866; besonders die Noten des 4. Bandes S. 270. 281. — Für die mythologische Auffassung hat Herberger Material gesammelt (Jahr. Ber. des hist. Ver. für Schwab. u. Neub. 1858).

2 Freilich fällt das anlautende z auf, da doch schon früher aus römischem caesar deutsches keisar geworden war. Kaiser und Zisar verhalten sich also

Eine andere Oertlichkeit Augsburgs, der Perlach, gehört insofern hierher, als sie gleichfalls auf römische Erinnerungen zurückzuweisen scheint. Vor etwa einem Jahr wurde dem „Verein für die Geschichte der Stadt Berlin“ eine Schrift gewidmet, über „Ursprung und Namen der Städte Berlin und Kölln an der Spree“ (Nordhausen 1866), verfaßt von Dr. C. F. Riecke. Schon ein Jahr vorher hatte dieser Gelehrte ein Buch ausgehen lassen, „Der Volksmund in Deutschland“, in welchem der kühnste Keltomane seine Wünsche und Hoffnungen überflügelt sehen mochte. Zwar schweifte der Verfasser nicht so weit, wie Hr. Obermüller's „Deutsch-keltisches Wörterbuch“, welches nicht allein in Deutschland, sondern auch in Palästina, Sibirien und Peru keltische „Wasserorte“ wittert. Letzterem Opus gegenüber konnte man die Frage aufwerfen, ob denn diese braven Kelten eine Art Biber gewesen seien, welche mit unbezwinglichem Instinct und in fabelhaften Massen in alle Wasser und Wässerlein des Erdballs ihre feuchten Colonien gesetzt, und Wechselfieber und Rheumatismus als Normalzustand der menschlichen Gesellschaft sanktionirt haben? Heute ist nur noch ein Vergleich möglich: „Und der Herr sprach: Recke deine Hand aus mit deinem Stab über die Bäche und Ströme und Seen, und laß Frösche kommen über Aegyptenland. Und Aaron reckte seine Hand und kamen Frösche herauf, daß Aegyptenland bedecket ward.“ Setzt man Deutschland statt Aegyptenland, Kelten statt der Frösche, und den Hrn. Dr. Riecke statt des alten Aaron, so ist die Geschichte fertig. In irgendeinem Jahrtausend der Vorzeit muß durch eine Art generatio aequivoca Mitteleuropa, speciell das liebe Deutschland, mit einem einzigen unermeßlichen Keltenlaich sich überzogen haben, und heraus kroch es „in dein Haus, in deine Kammer, auf dein Lager, auf dein

wie Keller und Zelle, beides aus lateinischem cella, wie kicher und ziser, beide aus latein. cicer (die Erbse) entstanden. Die Formen mit z aber deuten auf späteren Ursprung, auf eine Zeit, da römisches c vor e und i schon wie z gesprochen wurde. Demnach, die Entstehung der Zisa, Ziesburg aus caesar angenommen, wäre das doch keine volksmäßige, sondern eine spätere, gelehrt-romantische Schöpfung. Gelahrtheit und Geschichtsromantik gab es aber auch schon im 10. u. 11. Jahrhundert (vergl. Wack. Umdeutschung S. 15. 16).

Bette; auch in die Häuser deiner Knechte, unter dein Volk, in deine Backöfen und in deine Teige, auf dich und dein Volk und auf alle deine Knechte.“ Auch unser Augsburg hat die erforderliche Anzahl Quadratruthen des besagten Stoffs bekommen, obwohl seine Lage für amphibiale Entwicklungen nicht sehr günstig sein soll. Hr. Riecke theilt nämlich den Berlinern mit, „daß die Stadt Augsburg an und auf einem dürren wasserlosen Hochrande des Lechs liegt, es also gewiß nothwendig war, etwa rieselndes Quell- oder Regenwasser für das Vieh zu sammeln.“ Das ist, wenn ich meine Worte aus der Allg. Ztg. Nr. 213 anführen darf, wohl das merkwürdigste, was jemals in diesen Blättern gestanden, und die Augsburger werden es gelassen hinnehmen, wenn etwa morgen gemeldet wird, daß die englische Flotte, den Great-Eastern mit dem Sultan voran, auf dem Berliner Molkenmarkt gelandet sei. Also „ein dürrer wasserloser Hochrand“ sind wir; das ist ja eine nette Gegend. Hr. Riecke erzählt uns, daß er zehn Jahre lang Deutschland durchwandert, und seine Ergebnisse vom Po bis Irland, von den Karpathen bis zum Ocean geprüft habe. Wir kennen einen Mann, der vielleicht noch ein wenig weiter herumgekommen, und gelegentlich auch viel in unsern Mauern gelebt hat. Der pflegte zu sagen: „Die Stadt Augsburg allein habe mehr natürliches Wassergefälle, als alle englischen Fabrikbezirke zusammengenommen.“ Der Mann pflegte sich „Friedrich List“ zu unterschreiben. Und eine andere auch nicht ganz unbekannte Autorität, ein gewisser W. H. Riehl, schreibt in seinen prächtigen „Augsburger Studien“ (Deutsche Vierteljahrsschrift 1858. Erstes Heft): „Gewiß ist keine in der Ebene gelegene deutsche Stadt so reich wie Augsburg an trefflichen Brunnen und Quellen.... Die alte Augusta Vindelicorum ist die brunnenreichste deutsche Stadt.“ Die Augsburger werden es höchst überflüssig finden, daß wir ihnen aus fremden Aeußerungen vordemonstriren, was uns aus allen Enden und Ecken der Stadt lebendig entgegenquillt. Um so dankbarer werden sie die zweite Neuigkeit entgegennehmen, daß sie in ihren Mauern einen Ort besitzen, welchen sie „Berlin“ nennen. Und zwar ist dieß, wie auch der Name der preußischen Hauptstadt, ein schottisches und irisches Wort, und bedeutet natürlich einen „Wasserbehälter.“ Vor 3000 Jahren, als wir noch schottische Berliner waren, als der herkynische Urwald noch von Zugspitz[1] und Grinden herab bis zu den Ufern des Danubius zog, und die zehntausende von Flüssen und Bächen zwischen Iller und Lech noch in volleren Wogen gingen, da standen wir mit unsern Ochsen und Eseln zwischen den rauschenden Quellen der Stadt an unserer leeren Gemeindepütsche, dem „Berlin,“ und flehten zum ehernen Himmel im gediegensten Altschottisch um „etwa rieselndes Quell- oder Regenwasser.“ Was aber unsre Ochsen und Esel über ihre Herren gedacht haben, wollen wir verschweigen. —

Was nun der vielumräthselte Perlach (Berg, Platz und

[1] Man hat die Zugspitz in Verbindung gebracht mit dem schweizerischen Zug. Wenn nur die Lage des letzteren eine andere wäre! Man vergleiche ferner folgende Worte aus dem 12. jh.: in lacu Zugerse habemus duos tractus et dimidium: nomina lacus, ubi pisces debent capi, sunt ista: Burruk, Huirwilzug, Honzug, Tenrein, der for Huirwilzug, Fleben .... an Slunt, an Godelzug, im Rörli. Der Ort Zug selbst heißt dort ebenfalls immer Zug, Zuge. Hier hat also Gatschet's Erklärung des Ortes als Fischplatz, Fischzug, hohe Wahrscheinlichkeit und mit Recht vergleicht er damit den Namen Tracht, wie ein Theil des Dorfes Brienz heißt, und Trachtwegen in Hilterfingen am Thuner See (1663 Trachswegen), endlich le trait de Baie bei Montreux. Tracht heißt das Grundgarn, Grundnetz, von latein. tractus. Noch ein anderes hohes Haupt des baierischen Gebirgs sei hier genannt — der Scharfreiter (Schafreuter, Schöfreuter). Ein berühmter Gelehrter und ein Kenner des Hochlands macht aufmerksam auf das altdeutsche scafareita (fem), scafreida, scapreida, uuinscafbreita (= wîn-) (Graff II, 481), das eine Art Gestell (für Milch- u. Weingefäße?) zu bedeuten scheint. Also der Schafreiter etwa von einer Sennhütte genannt? Aber nicht genug; der Gelehrte findet eine weitere Form des Namens, Capreitta (Meichelbeck, Hist. Fris. II, Nr. 242) und dabei gedenkt er des von Ptol. und Strabo genannten Waldgebirges Gabrêta (nach Glück Gabrēta), welches ungefähr dem Fichtelgebirg oder Böhmerwald entsprechen muß. Eine Deutung dieses Namens versucht Zeuß (D. 6.); eine andere Glück (43). Keltische Personennamen sind Gabrus, Gabrillus; Ortsnamen Gabris, Gabromagus, Gabrosentum. Ptolemäus nennt noch das Volk der *Γαβρgalloύικοι* (*Γαβρανικοί?*). Alt-irisch gabor, kymr. gabr u. s. w. heißt der Bock (= lat. caper, altnord. hafr, angelsächs. häfer). Daß mit diesem gabor (Z. 744) jene Personen- und Ortsnamen zusammenhängen, ist möglich; weiter zu gehen, den Schafreiter als mons Gabreta — Bocksberg, Gemsenberg zu deuten, der dann in ein deutsches scafreita umgedeutet worden, das wird man nur unter der Voraussetzung wagen dürfen, daß das anlautende g vorher über romanische Zunge gelaufen und von dieser als dsch, tsch an die germanische abgegeben worden ist.

Thurm) bedeute, das scheint mir durch einen Aufsatz, den Hr. J. Becker in Frankfurt a. M. neulich in einer rheinischen Zeitschrift niedergelegt, um einen guten Schritt der Entscheidung näher gebracht. Des Wortes älteste Form, aus dem Ende des 10. Jahrhunderts, ist collis Perleihc, Perleich, Pereleih (h = ch). Alle die zahlreichen späteren Abformen sind naturwüchsige Variationen jener ersten, und zu ihnen stellt sich auch der Berlich in Köln a. Rh. Beide Städte waren bekanntlich bedeutende römische Plätze. Nun heißen die Reste und Stätten römischer Amphitheater in italienischen Städten im Volksmund vielfach Vorlascio, Verlasci, Parluscio, Parlagio, in alten urkundlichen Formen aber bis zum 14. Jahrhundert herab Berelais, Berelasio, Berolassi, Perilasium, Perlagium, Perlascio, Pierlascio, Piarlagio u. s. w. Daß eine Masse italienischer Wörter germanische Wildfänge sind, ist eine bekannte Sache. Die Deutschen, so argumentirt Hr. Becker, haben den römischen (größern oder kleinern) Amphitheatern in den römischen Städten Deutschlands einen deutschen Namen gegeben, später nach Italien einströmend dieses deutsche Wort auch auf die dortigen gleichartigen Römerwerke angewendet, und so ist es in die italienischen Mundarten eingedrungen.[1] Daß nun im ersten Gliede des fraglichen Wortes der deutsche Bär, althochd. bero, pero stecke, ist eine alte Vermuthung; seine neue Beziehung auf die Spiele des Amphitheaters und die Vergleichung mit jenen italienischen Formen scheint wenigstens uns ein guter Griff zu sein. Streitig bleibt noch das zweite Glied. Ich möchte erinnern an die althochdeutschen hant-lâz und frilâz = manumissio, Freilassung, und an den mittelhochdeutschen Waidmannsausdruck lâzen = die Hunde von der Leine, gegen das Wild loslassen, wie z. B. Sigfried es auf jener traurigen Jagd im Nibelungenliede thut. Aber unsere heimische Form heißt ja leich. Diese gemahnt an das gothische laikan springen, tanzen (spielen), laiks Tanz, althochd. der leih, leich. In Franken sagt man

[1] Ein Verzeichniß der römischen Amphitheater, auch in den Provinzen, findet man in Friedländers trefflichem Werke „Sittengeschichte Roms," Bd. II, S. 342—385.

noch das Kugellaich = Kegelspiel (Schmeller 2, 421). Ferner mache ich noch aufmerksam auf das zum obigen collis Perleihc wörtlich stimmende althochd. perleih, welches mit tumulus (Hügel), und auf rang-leich (Ringspiel, Kampfspiel), das geradezu mit palaestricus glossirt ist (Graff II, 155, 153). Der Perlach wäre also ursprünglich ein Bärenspiel, eine Bärenhetze, sodann der Platz dazu. Das gemahnt mich an den Horazischen Vers (Ep. II, 1, 185):

. . . . media inter carmina poscunt
Aut ursum aut pugiles; his nam plebecula plaudit.

Und letzteres hat heute noch seine Richtigkeit, in Augsburg, wie allerwärts im lieben deutschen Vaterland.

Um den Lech her saßen die Licates, Licatii, welche Strabo zu unsrem Leidwesen die übermüthigsten unter den Vindelikern nennt. Diesem Namen entspricht das norische Volk der Ambi-lici,[1] welche in dem der Drau benachbarten Thale der Gail gesucht werden, und Zeuß (D. 244) macht die scharfsinnige Bemerkung, daß dieser Name noch in dem slavisirten „Lessachthal" an der oberen Gail lebe; also auch die Gail habe keltisch Licus geheißen. Laut der Note wäre dann der Lech ein Stein-fluß, ein deutsches Stein-aha, wie auch unsre Tübinger Steinlach hieß. Wer bei ablaufendem Hochwasser auf der Steinlachbrücke bei Ofterdingen oder auf der Lechbrücke bei Augsburg gestanden, der begreift's. Die Wertach aber wäre entweder der grüne, oder der starke Strom, beides trifft zu.[2] In sie münden die Gennach und die Sinkel,

[1] So hießen die Umwohner des Dravus (Drau) Ambi-dravi, die des Arar (Saone) Ambarri (= Amb-arari), des Isonta (Salzach) Amb-is-ntii, Ambisuntes. Die Salzach bei Salzburg heißt zwar vorgermanisch (rätisch) Ivarus, und so noch im 8. jh., wo er dann durch die deutsche Salzaha verdrängt wird. Uns hat aber schon Arar-Sauconna gezeigt, daß Doppelnamen vorkommen, und die Gleichung Isonta = Ivarus ist höchst wahrscheinlich (Z. D. 242). Ja ich möchte hier ganz entschieden mit Steub (I, 104 ff.) gehen, und den Namen Juvavum für rätisch erklären, vielleicht identisch mit Ivarus (= Juvavus?). Wir hätten dann hier ein Beispiel wie Stadt und Fluß durch die Reihenfolge ihrer Namen die ethnographische Schichtung bis zur tertiären Epoche bezeichnen.

[2] Vergleiche die gallischen Personennamen Virdo, Viridus, Virdo- und Viridomărus, Viridovix, und das kymr. gwyrdd grün, gwrdd stark, tapfer, wurzelverwandt mit latein. viridis, Gl. 77.

letztere a. 1056 Sinckalta (F.), was merkwürdig zu Nagalta — Nagold klingt.

Unterhalb des Lech mündet die kleine, unter Ingolstadt die große Paar, beide von Süden. Dazu erwähne ich nur die Bahr (fränkische Saale), im 11. jh. Bar-aba. Keltisch scheint die Abens oberhalb Kelheim. Die P. T. verzeichnet den Ort Abusina, a. 750 heißt der Fluß Abunsna. Nahe seiner Mündung liegt Abensberg, a. 1031 Abensperch, vielleicht der Peutinger'sche Ort. Ein britischer Fluß hieß Abus (s. Abnoba). Steub II, 176 verzeichnet Avens, Fluß, und Aventia, Stadt in Etrurien, und das Dorf Avens im Pfitschthale.

Keltischer Wassersturz und klingender Najadensang von allen Enden, und nicht Horaz allein durfte die lymphae loquaces feiern; auch die transalpinen Barbaren hatten Augen für das Farbenspiel grüngoldener Wellen, ein Ohr für das Murmeln der träumenden Woge. Die Laber nennt man drei Zuflüsse der bairischen Donau (die große und die kleine unterhalb Regensburg von Süden, die schwarze oberhalb R. von Norden) und eine vierte mischt sich mit der Altmühl. Einen gallischen Personennamen Lăbărus kennt schon Silius Italicus (4, 232), und als Flußname bedeutet er nichts anderes als der tönende, klingende, das was die Deutschen eine klingo, Klinge nannten, einen rauschenden Waldbach.[1] Auch in dem und jenem Leberbach möchte eine Labara nachklingen; es kommen noch ganz andere Maskenscherze vor, wie z. B. kein Mensch der Altmühl[2] es ansieht, wenn sie bei Kelheim in die Donau rinnt, daß sie dereinst gar anders gelautet, und nicht

[1] Alt-irisch und altkymr. heißt labar redend, su-labar, he-labar wohlredend, kymr. af-lafar stumm, Z. 5. Es ist wurzelverwandt mit latein. loquor, loquax, sanskr. lapâmi. — Die alten Formen sind a. 731 Lapara, 829 Labara, 11. jh. Laber, F. Vielleicht ist es kein Zufall daß der Lambrus (Plin. 3, 16, 20) jetzt Lambro, Nebenfl. des Po, bei Sidon. Ap. Labrus heißt.

[2] Vom 8. jh. an Alcmana, Alchmuna, Alcmona, auch Alimonia, a. 1000 Altmuna, und schon im 9. jh. Altmule. Wahrscheinlich aber lag auch das viel ältere Alkimoennis des Ptolemäus an der Alcmuna. Gedenkt man des gallischen Ortsnamens Muenna (Z. 40, vorausgesetzt daß diese Lesart richtig ist), so ergäbe sich als älteste Form für den Fluß Alci-muenna (Algund bei Meran, im 11. jh. Alagumna, Steub II, 174).

unschöner wahrlich. Der grimme Hagen von Tronje hat den Namen sonder Zweifel wohl gekannt, als er seine Nibelungen ûf durch Ostervranken an die Donau führte. Jetzt macht man's von Worms nach Wien mit der Eisenbahn; damals giengs minder schnell und minder sänftlich. Aber durch ist man auch gekommen. Dâ ze Moeringen, oberhalb Kelheim setzten sie ins Baierland über.

> Jan ist mir, sprach dô Hagene, mîn leben niht sô leit
> daz ich mich welle ertrenken in disem wâge breit;
> ê sol von mînen handen ersterben manic man
> in Etzelen landen des ich vil guoten willen hân.

In Helm und Brünne hüllt er sich und nimmt das Schwert, ein Waffen das gar bitterliche schnitt. Den badenden Wasserfrauen raubt er das Zaubergewand, zum Lohne zeigen sie ihm die Fähre und singen ihm ein Lied vor dem der schnellen Nibelungen mancher erbleichte. Dem Fergen schlug er den Kopf ab und den Pfaffen warf er in die Donau. Es hat aber auch nichts geholfen. Seitdem ist mancherlei anders geworden; die Alcmuna zum Beispiel heißt jetzt Altmühl.

„Wenn wir nun weiter an den Ufern der Donau fortspazieren, auch gesehen haben wie sie die Laber und die Nabe verschlingt; So kommen wir mit ihr auf die kayserliche freye Reichsstadt Regenspurg. Allda fällt der Fluß Regen in die Donau" — so erzählt a. 1743 „ein Nachforscher in historischen Dingen," und es hat seine Richtigkeit. Die Stadt hieß den Römern Reginum und Castra Regina, wohl mit î gesprochen in der Erinnerung an regîna, die Königin; deutsch vom 8. jh. an Reganispurc u. s. w. Der Fluß heißt beim Geogr. Rav. Regan, schon im 11. jh. mit der Unterscheidung Albus Regin, Wizer regin und niger R., im Pfaffenlatein auch Ymber. Fluß und Stadt sind sicherlich keltische Namen. Woher aber das mittelalterliche, ebenfalls kelt. klingende Ratisbona (Z. 819) stammt, weiß ich nicht. Ist es romanische Verstümmlung des deutschen Reganisburg mit Anlehnung an ein latein. bona? Ob nicht der und jener deutsche Regenbach nur [illegible]tsch ist, läßt sich ohne urkundlichen Nachweis natürlich nicht behaupten.[1] Im keltischen Oberitalien ist der Rigonum, jetzt Rigozo, ein Zufluß des Tarus.

In die Isar fällt unterhalb Moosburg von links her die Amper mit der Glon, von rechts die Sempt. Glan (Glon, Gleen)[2] ist einer der beliebtesten Flußnamen auf keltischem Boden, wie er denn auch wirklich unserer gleichbeliebten deutschen Lauter entspricht. Die Glan ist die lautere, reine, klare. Auch die Sempt gibt eigenen Klang.[3]

Endlich der Inn mit der Traun und der Salzach. Den Hauptfluß nennt Tacitus Aenus, Ptol. Ainos, im Mittelalter heißt er Innus, Ina, Ine, auch Enus und Ein. Später wird er Neutrum, wie denn schon im Nibelungenlied Passau an der Stelle steht „dâ daz In mit fluzze in die Tuonouwe gât;" und noch a. 1455 „das In." Der Volksmund spricht ein kaum mit der Schrift zu bezeichnendes ĭĕ. (Schmell. 1, 70.)[4]

Auch Draun, Traun erscheint mehrfach als Fluß. In den Rodanus floß die Druna, jetzt Drôme; auch die französische Durance, die Druentia der Alten ist wohl des gleichen Stamms. In die Mosel fließt die Drone, a. 895 Drona, und man darf wohl auch die Drau oder Drave, Dravus bei den Alten, her-

[1] O. u. U. Regenbach (Gerabr.), a. 1033 Regenbach in p. Mulgowe, St.

[2] Diese Glon heißt im 9. jh. Glana (F.). Auch auf italischem Boden gab es Clanis- und Glanis-flüsse; ein Ort Glanum lag im südlichen Gallien. Ein britischer Ort hieß Amboglanna, was wohl besser Ambi-glanna heißt. Irisch ghlan (Gl. 187), kymr. glân, gälisch glan = rein, hell. Das Wort ist verwandt mit dem deutschen klein, das in der alten Zeit auch glänzend, klar, glatt bedeutete (s. Grimm, Wb. 5, 1088), so daß auch der Flußname Glatt sich als gleichbedeutend darstellt, um so mehr als althd. glat zunächst glänzend heißt.

[3] Ein keltischer Name ist Sembedo (Gl. 17). Der schweizerische Säntis heißt (rätisch?) a. 868 Sambiti. Doch muß man auch an die althd. semida, mhd. semde, Binse, Schilfrohr, denken.

[4] Ueber das lautliche vergl. Raetia — Rieß. Dem Namen liegt (nach Glück) die Wurzel i zu Grunde, dieselbe welcher das latein. ire, ĕo entsproßt, und der Inn ist also, ähnlich wie der Rhein, schlechtweg der Gehende, der Läufer (sanskrit. gangâ — Ganges), wie denn auch derselben Wurzel i das sanskr. êmas Gang, Bahn, das griech. oimos Gang, Weg, das lat. iter entstammt. (Ainus rätisch? Steub II, 175.)

ziehen.[1] Salzburg an der Salzach war zu römischen Zeiten Juvavum an der Isonta.[2]

Der Inn mag uns an die östlichste unserer Römerstationen führen, auf classischen Boden, wenn irgend einer in Deutschland ist. Dort, wo der Strom „mit Flusse in die Donau geht," lag die Keltenburg Boio-dûrum, zu deutsch die Bojerfeste, und ihr Aug-in-Auge das castrum Batavum, oppidum Batavinum, so genannt weil dort (s. F. 189) die neunte batavische Cohorte im Quartier lag.[3] Nah genug berühren hier sich Geschichte und Sage. Aus den Niederungen der Waal und Schelde herauf waren jene batavischen Geschwader gezogen, um die pannonischen Marken zu hüten. Sie kannten vielleicht jene Burg dâ nidene bî dem Rîne, diu was ze Santen genant, aus der, nicht viel später, Herr Sigfrid ausritt, der schnelle Degen gut, um viel der Reiche zu versuchen durch ellenhaften Muth. Seiner Wittwe Chriemhild zu Ehren geschah's dann, daß die Burgundischen Herren gen Hunnenland zogen, und dort, nahe dem Lager der batavischen Nibelungen, zu Bechelaren haben „die elenden Recken" ihren letzten guten Tag gehabt. Unten lagen die Knechte mit den Rossen und oben in Rüdegers Palas trieb der Spielmann Volker seine Späße und strich seine Saiten, und den jungen Giselher trauten sie mit Frau Gotelindens Töchterlein. Dort ward sogar dem grimmen Hagen Gruß und Kuß von minniglichem Mund bekannt. Zuletzt aber —

[1] Die bairische Traun heißt im 9. jh. Truon, Truna, Trun. Dies und weiteres, was ich hier weglasse, z. B. die norddeutsche Trave, s. F. 429; vgl. Schmell. 1, 492. Die Wurzel steckt wohl im sanskrit. drâ-mi, ich fliehe, griech. drânai, laufen, di-dra-skô, ich laufe. Eine zweite Sanskritwurzel ist dru, daher drav-âmi, ich laufe; eine dritte dram, daher dram-âmi, ich laufe, griech. e-dram-on, ich lief. Für obige Flußnamen muß man wohl zwei Stämme annehmen, dru und drû, womit man noch das früher bei dur gesagte vergleiche.

[2] Die Isonta heißt im deutschen Mittelalter Ivarus, Ivaris, Wiarus, auf der P. T. Ivaro, später (Vita S. Ruperti) Jovavus.

[3] Laut der Not Imp. — Man könnte das für Zufall halten und an das keltische Patavium, das jetzige Padua in Oberitalien denken (das Förstemann 189 mit unserem Passau verwechselt), wo Livius, ein keltischer Name, seinen sermo patavinus gelernt hatte. Allein dann hätten wir ein deutsches Faſſau oder Pfassau; so aber haben wir vom 9. jh. an ein Pazawa, Pazauwa, jetzt Passau, was genau dem obigen Batava entspricht.

Da trat mit seiner Fiedel Volker der kühne Mann —
Er wußte was sich ziemte — zu Gotelind heran,
Er fiedelte süße Töne und sang ihr manches Lied,
Also nahm er Urlaub, da er von Bechelaren schied.

Es kam keiner mehr zurück aus Hunnenland, aber in den Namen jener Helden lebt das Angedenken fort an deutsche Kraft und Treue, und ihre Schatten wandeln noch heut in riesiger Größe vom Rhein zur Donau. Man hat solche Erinnerungen vonnöthen an beiden Strömen. Räten, Kelten und Römer sind über unsern Boden gewandelt — ihre Fußstapfen haben wir gezeigt; auch dem Germanen hat das Schicksal keinen Schenkungsbrief auf ewige Zeiten geschrieben.

XIII. Alb und Schwarzwald.

Silvae nigrae corde toto
Qui devinctus sum, aegroto
Distans in exilio.
Scheffel.

Wenn die Anzahl der uns von den Alten überlieferten Gebirgs- und Bergnamen eine weit geringere ist als der Flußnamen, so ist dieß ein ganz natürliches Verhältniß. Der Fluß mit seiner Thalfurche ist ein bestimmtes geographisches Individuum, das Gebirge stellt sich dem Auge als unbestimmte Masse dar; der Fluß ist eine scharf gezeichnete Linie von der Quelle bis zur Mündung, das Gebirg senkt sich unmerklich in die Fläche nieder; das Flußthal ist die Stätte des Anbaues, der Heimlichkeit, die Straße für Handel und Wandel, der Pfad des ruhmvollen Kriegs und die offene Bahn für die Siege des Friedens; das Gebirg mit seinen schroffen Wechseln von Höhe und Tiefe, seinen Wäldern, seinen Eis- und Schnee- und Wasserstürzen ist wüst, unheimlich, unwirthlich, schreckend und hemmend. Das Flußthal führt hinab zu dem breiteren und schöneren Mutterthal, dieses zum großen Strom und der Strom zum Meere; das Gebirg führt nur zu sich selbst. Und heute noch pflegen ja die Bewohner des Gebirgs selbst ihre nächste Heimath ganz anders zu benennen als der Geograph, der sie wissenschaftlich definirt, und vielleicht hat niemals ein Kelte oder Germane gesagt, er wohne im herkynischen Wald. Es gibt geographische Ausdrücke, welchen absolut keine bestimmte Localität entspricht, oder welche nur für den zu gelten scheinen, der noch nicht oder nicht mehr in einer bestimmten Localität sich befindet; so der „Busch“ in Australien, der „Westen“ oder die backwoods in

Nord-Amerika. Vom Kamme der Vogesen aus mochte ein römischer Ingenieur den Eingebornen fragen: was ist das für ein Gebirge da drüben im Osten? — Das ist die Hercynia, die Höhe, der Hochwald; drüben aber deuteten die Leute wieder nach Osten: dort liegt die Hercynia, und so immer nach Aufgang hin über die endlos wogenden Waldhöhen bis zum böhmischen Grenzgebirge, welch letzteres denn richtig auch im 9. jh. als Hircanus saltus noch einmal auftaucht. Gewiß war unser Schwarzwald ein Theil jenes unbestimmten Etwas, das sich Römer und Griechen unter der silva hercynia dachten. Aber gerade der eigentliche Schwarzwald trug seinen eigenen Namen. Denn, sagt Tacitus, auf der sanft ansteigenden Höhe des Gebirges Abnōba entquelle die Donau. Der Name wird bestätigt und topographisch aufs schönste bestimmt durch die Diana Abnoba, welche auf römischen Steinschriften bei Alpirsbach und Badenweiler erscheint. Minder bestimmt, doch ohne Zweifel ein Theil des Schwarzwalds, sind die Marcianae silvae bei Ammian, die Marciana silva der Peut. T., auch später (F. 991) noch einmal als Martiana silva genannt. Wer für letzteren Namen eine Deutung sucht, sei auf J. Grimm verwiesen; ich wage keine. Auch für die Abnoba ist nur ein schwacher Schein geboten, der altbrittische Ortsname Abo (Ablat. Abone), das kymrische afon (= abon), der Fluß, das gäl. abhainn (Genitiv. aibhne) Fluß, woraus Zeuß (D. 10) die Abnoba als den Flußwald bestimmen will, „sei's weil ihm die Donau entquillt, sei's weil ihn der Rhein umströmt?"[1] Der herkynische Wald, die Hercynia (silva, saltus, jugum) der Römer, würde besser die Arcunia genannt, wie schon Aristoteles in der That Ἀρκυνία ὄρη schreibt. Es ist der Hochwald, das Hochland schlechtweg.[2] Es liegt also in dem Namen wohl die

[1] Abnoba, Ἄβνοβα auch Plin. und Ptol.; im 4. jh. Abnoba mons. Zu dem Stamme ab vergl. die Abens, Nebenfluß der Donau, auf der P. T. Abusina genannt, und die später zu besprechenden deutschen apa und affa. Zu der Endung in Abnoba vergl. die britischen Flußnamen Ausoba, Toisobis, Tuerobis, den gall. Fluß Orobis und das Volk der Orobii; auch den keltischen Ort Gelduba am Rhein (Z. 752).

[2] Das h ist römischer und germanischer Vorschlag; kein altkeltisches Wort lautet mit h an. So schrieben die Römer Helvetii, Helvii, Haedui statt und

älteste Bezeichnung des Gegensatzes zwischen Ober- und Niederdeutschland. Der Name Schwarzwald erscheint urkundlich zuerst a. 763 als nigra silva, 982 Swarzwalt, 1120 silva Swarzwalt, K., F., St.

Der dunkelwaldigen Abnoba gegenüber steht die weißschimmernde Kalkmauer der schwäbischen Alb[1] — die Weiße. Denn das war wohl zunächst die Bedeutung der weitverbreiteten indogermanischen Sprachwurzel alb, welche in Ortsnamen verwendet sowohl Berge (Albion, das schottische Bergland) als Flüsse zu bezeichnen vermag. Alba, als einzeln vorgelagerte Alb, steht gegenüber dem Gesammtgebirge der Alpen.

Nur von den Alpen, nicht von unserer Alb, sei behauptet daß sie vorgermanischen Klanges seien. Da der Wortstamm auch ein deutscher ist, so läßt sich recht wohl denken daß erst die Germanen

neben Elvetii u. s. w. Die Urform wäre Ar-cun, Er-cunia (Plin. schreibt in der That Hercuniates). Der Stamm cun lebt in dem britischen Ortsn. Cunetion, in den keltischen Personennamen Cunotamus, Cunobelinus, Cunatius (und Conatius), Maglocunus. Kymr. cwn heißt hoch und die Höhe, cynu sich erheben, cwnad die Erhebung, er-chynu aufheben, erhöhen, er-chyniad und ar-gyniad Erhebung, argwn, argon der Gipfel (Z. 109). Das er-, altkeltisch ar-, ist Verstärkungspartikel (vergl. ἀρι-, ἐρι-). Zu dem Wechsel zwischen a und e vergl. die Namen Aravisci bei Tac. und Ptol., Eravisci be Plinius; auch Inschriften zeigen Araviscus und Eraviscus (Gl. 10).

[1] Alpes Gallorum lingua alti montes vocantur — dieses und andere alte Zeugnisse für den keltischen Ursprung bei Dief. Or. Ἄλπεις, Ἄλπεια ὄρη, Ἄλβια, Ὄλπια u. a.; ferner der Albis zwischen Zürich und Zug, c. 690 Albis, F. 57; althd. die alpâ, Alpe, hoher Berg, plur. alpûn, die Alpen; mhd. die albe, ein hoher, zur Weide benützter Berg (zer wilden albe, ûf den hôhen alben). — Unsere Alb vielleicht zuerst genannt, wenn Ptol. von einem Gebirge Germaniens spricht, ὄρη ὁμώνυμα τοῖς Ἄλπιοις; sicher c. 280 Nicrus fluvius et Alba, Vop. Prob.; 826 Alba Suevorum. St. 70. 333. In den latein. Urk. oft im plur., z. B. 1102 Bleichstetin supra Alpes, 1127 Ursprinc in comitatu Alpium. K.; 12. jh. Alpes Retianae, St. 87. a. 1093 Touwondorf — — in pago Vvsunalbun [so statt ûf dêm Albûn dat. pl.] St., K.; 1261 Egelolf. de Stiuzelingen [Steußlingen] in Vrankenhovin in pago qui dicitur Usen Albe, St. Daugendorf liegt aber am Abhang der Alb bei Riedlingen, und der Gau, nur hier genannt, ist wohl nicht im engeren Sinn zu nehmen, und sicher verschieden von dem pagus Alba a. 1125, mit dem Kloster Anhausen (Heidenh.) St. 279. — Das Allgäu zwischen Iller und Lech, a. 1370 „In dem Albgeu und in der stat ze Chömptun" (Kempten), ist das Vorland vor den Alpen. Schmell. 1, 47.

diesem Höhenzug, der Fortsetzung des keltischen mons Jurassus, den Namen einer deutschen albâ gegeben hätten. Jedenfalls ist es unnöthig vornehme Pedanterie, wenn man neuerdings die alte gute Alb durch den „schwäbischen Jura" verdrängen will; man soll vielmehr die uralten volkthümlichen Landschaftsnamen sorgfältig hüten und hegen.[1]

[1] Der keltische Name Jura, Jora, mons Jurassus läßt sich vielleicht deuten. In Urkunden des Mittelalters erscheint joria, juria (Plural) als Ausdruck für Wälder, so a. 1317 joria et pascua, Wälder und Weiden. Wald- und Bergnamen aus der Gegend des Jura sind: Jorasse, Jouratte, le Jorat, a. 1234 nemora iorat et vernant (letzteres erinnert mich an das kelt. nemetum, Vernemetum = Heiligthum, s. u.), a. 1448 nemoris Joreti. Dortige Ortsnamen sind Juriens (a. 1276 jurians) und Jorissens. In altfranzösischen Urk. erscheint ly neiry jours, sylvae nigrae quae theotonice vulgo Tobwälde (Dobel?) appellantur. Höfe im Berner Jura heißen Pré de Joux, Plaine Joux, Waldungen en vieille Joux, la haute Joux, le Bois Jure u. s. w. (Gatschet.) Also nemus vernant = gallisch Vernemetum; denn so und nicht Verometum ist der von It. Ant. aufgeführte Ort in Britannien zu lesen (Gl. 16), und dann entspricht er vollkommen dem später britischen Guornemet (= Vernemet) und dem armorischen „silva quae vocatur Nemet." Venant. Fort. aber singt (I, 9, 9):

Nomine *Vernemetis* voluit vocitare vetustas
Quod quasi *fanum ingens* Gallica lingua refert.

Augustonemetum (vielleicht gleich dem Nemossus des Strabo) war eine Stadt der gallischen Arverni (jetzt die Auvergne); Drynemetum ein von Strabo genannter Ort (= Eichenhain? vergl. Z. 8); Nemetobriga lag in Hispanien, Nemetocenna im Lande der gallischen Atrebates (daher jetzt Arras); Nemetâcum ebenfalls ein gallischer, Tasinemetum (Z. 11) ein norischer Ort; Nemetes und Nemetatae waren keltische Völker; Nemeto ein gallischer Mannsname (armorischer Pers.-N. ist Catnemet). Altirisch nem heißt der Himmel, nemed Heiligthum, „sacellum," nemde himmlisch (Z. 11. 259 ff. 448. 460). Ver-nemetum ganz richtig von Venantius übersetzt = großes (himmlisches) Heiligthum (gallisch ver, kymr. guer ist Verstärkungspartikel, Z. 151. 867. Gl. 174). Könnte ein solches Heiligthum, etwa in einem heiligen Haine, nicht als Waldname stehen geblieben sein? Zwar mit dem latein. nemus, Hain, hat das kelt. nem nichts zu schaffen; aber man denkt unwillkürlich an das Taciteische: (Germani) lucos ac nemora consecrant, an die silva Herculi sacra, lucus quem Baduhennae vocant, Erthae castum nemus (Tac. Germ. 9. 40. Ann. 2, 12. 4, 73). Man bedenke, daß auch der Name der Druiden mit der Eiche zusammenhängt (alt-irisch daur, Eiche, kymr. derw, Eiche, derwydd Druide; dazu vielleicht auch die S. 18 und 135 von mir anders gedeuteten Namen Durovernum, Druentia u. s. w. s. Z. 8). Aus vernemetum konnte leicht vernant werden. So heißt das gallische Vernosole jetzt Vernose; das Volk der Veromandui lebt in der französischen Landschaft

Aber man hat mit der Alb noch einen anderen Namen in Verbindung gebracht.

Ach Alm — rief einst ein Ritter, ihn traf des Mörders Stoß,
Allmächt'ger! wollt' er rufen, man hieß davon das Schloß.

Uhland der Sprachforscher hätte sich mit dieser Erklärung Uhland des Dichters schwerlich begnügt, schwerlich auch mit der einer Ach-Alm. Zwar singt noch ein andrer Dichter: „Wir wohnen heut auf Almen Im luftgen Schweizerland." Aber bei Rückert heißt es eben hier, wie auch sonst jezuweilen — Reim dich oder ich freß dich! Es gibt keine Alm im Schweizerland, deßwegen weil es überhaupt keine Alm gab noch gibt soweit alemannischer Grund und Mund geht. Die Alm, aus Alb'n verweicht, ist bairisch und tirolisch.[1] Im Volksmund heißt der Berg d'Ach'l und die Note zeigt wie dieß eine Verschleifung aus uraltem auslautendem m, späterem n ist.[2] Zu weiterer Vergleichung mögen noch hier

Vermandoise fort; Vergunni heißt jetzt Vergons (s. Forbiger). Das nant in vernant verhält sich zu nemetum wie das französ. tante zu latein. amita (s. Diez, Gramm. 1, 440).

[1] Die Alpe als einzelnes Berggut erscheint übrigens schon früh; so gibt in einer salzburg. Urk. Theodo dux duas Alpes qui vocantur Gauzo et Ladusa in quo sunt tantummodo pascua ovium; a. 974 Alpam Bosangam (bairisch), Schmell. 1,47. Im 11. jh. Veldalpe in der Gegend des bairischen Schliersees, F. 492. Die Alm zuerst bei Hans Sachs (Grimm, Wb.)

[2] a. 1075 comes Liutold. de Achelm, c. 1150 Liutolf. de Achelm und Berhtold. de Achelm, 1161 Adelbert de Achalm K.; 12. jh. montem qui a praeterfluente rivo (Schatz) Achalmin vocatur, und de castello Achalmen, und Liutold. et Cuno comites de Achalmen St. 565; 1281 aichaln (die Urk. schreibt auch aichzig für achtzig), 1294 castrum Achalm, c. 1300 castrum Achelme, 1454 Achalm, Schm. Zh. 1484 in Betzenriet an der staig do man gen Acheln uff hin fert, lb. Reutl. Das unaussprechbare Achaln ist augenscheinlich orthographische Tradition aus früherem Achalm; dieses m selbst aber ist vielleicht aus einem noch älteren und ursprünglichen n entstanden. Statt einer Erklärung aber will ich Analogieen geben. Dem Ach'l entspricht genau der Ort Kuchl a. der Salzach; dieser heißt auf der P. T. Cucullae (wohl Genit. v. Cuculla), später Castellum Cucullus, im 8. jh. Cucullos, Cuculana alpis; Kochel am Kochelsee heißt im 8. jh. Cochalon, Cochalun, 11. jh. der Chochelse (F.). Freilich liegen diese Punkte so daß man ebensogut rätischen Ursprung annehmen könnte. Aber jedenfalls ist die Endung — ullus, — ulla auch im Keltischen häufig (Z. 729), wenigstens in Pers. Namen. (Ein Ortsname war noch Medullum in Rätien.) Auch cucullus, cuculla selbst wird ausdrücklich als kelt. Wort von den Alten aufgeführt (Dief. Or.); es war

stehen die kelt. Ortsn. Aguntum (Hic montana sedens in colle superbit Aguntum, singt Venant. Fortun.) und Agedincum und das irische aighe, der Hügel. Das gleichfalls kelt. Agaunum, auch Acaunum geschrieben, in den Schweizeralpen gelegen, wird ausdrücklich als ein gallisches Wort „petram, saxum significans," als Stein, Fels erklärt (Z. 736. Gl. 15. Steub II, 174). Von der die Wurzeln der Achalm bespülenden Echaz ist schon geredet; Berg und Bach haben nichts miteinander gemein.

eine Art Kapuze (von caput, also zunächst Kopfbedeckung. Vergl. Kugel, Kogel). — Als Urform für Achalm stelle ich nun auf ein vorgermanisches Acallum, Acallo oder Acalla, nach Analogie der kelt. Ortsn. Vexalla, Bonalla, Pentallum, Marsallum (und — ellum, Concurcallum (und Concorcellum), Varallo, Aballo (Z. 728). Daraus sprachgerecht eine althochdeutsche Achallâ. Dativ (zu der, auf der) Achallûn, Achalun, Achaln und Achelen. Die beiden letzteren Formen bieten dann den gemeinsamen Blattwinkel für die nachlässigere volkliche Sproßform Achel, wie für die genauere der diplomatischen Tradition, welche nur die schwere Lautgruppe ln in die leichtere lm, Achalm, Achelm umbog. Die obigen Formen aber Achalmin, Achelme zeigen mir neue, unorganische Weiterbildungen zu einem schwachen und starken Dativ von Achalma, Achalm.

XIV. Einzelne Berge.

Nun besann sich die Königin die ganze Nacht über auf alle Namen die sie jemals gehört hatte und schickte einen Boten über Land, der sollte sich erkundigen weit und breit was es sonst noch für Namen gäbe.

Das Märlein vom Rumpelstilzchen.

Die Achalm ist nicht die einzige Bergveste der Alb um deren gebrochene Zinnen es rauscht wie ein Klang aus vorgermanischer Zeit. Schon oben wurde der Lupfen, ihr südwestlicher Vorposten, eines undeutschen Namens bezichtigt. Auch der Hohenzollern[1] ragt hoch und einsam aus dem alemannischen Sprachmeer auf, das um seine mächtigen Wurzeln fluthet. „Vom Fels zum Meer" steht Preußens Wahlspruch über dem Adlerthor. Die Uebersetzung könnte annähernd richtig sein. Förstemann (D. O.) denkt an das gothische tulgus fest, tulgjan befestigen, tulgitha Befestigung, was allerdings eine althochdeutsche Wurzel zul, oder einen Stamm zulg, zolg, durch Angleichung etwa zoll ergeben könnte. Ich will noch erinnern an den Zullenstein, im 9. jh. Zule-, Zulle-, Zullenstein (F, 1591). Aber auch an den benachbarten helvetischen Volksstamm der Tulingi, an das gallische Tullum, jetzt Toul genannt, und an den von Strabo genannten Berg Tullum in den Alpen; mögen Andere noch Tolosa und Toletum, Toulouse und Toledo, beiziehen. Noch aber ist ein vielleicht gallisches Wort toles, tolles erhalten, die sogen. Mandeln in der Gaumenhöhle, „tumor in faucibus,"

[1] a. 1031 Rudolf comes de Zolrn, 1061 Burkardus et Wezil de Zolorin occiduntur, 1095 A. de Zolro, 1155 G. de Zolren, Stäl.; Schm. ZH.; Mon. Zoll.

also eine Schwellung.[1] — Wandel der menschlichen Dinge! Vor zweitausend Jahren ein keltischer Regulus der von seinem Tolarium, wenn es so hieß, über die Silva Arcunia hinschaute; dann im römischen Sold ein Centurio, dem der Gluthhauch parthischer Wüsten die Knochen gesengt, dem jetzt germanischer Wintersturm den Helmbusch zauste. Dann kam der Tag wo die alamanische Brandfackel in die Blockhäuser fuhr, während die letzte Cohorte aus den Mauern von Sumelocenna zog um den Rhein zu gewinnen. Und jetzt stehst du droben auf dem Balkone des säulengetragenen Fürstensaals und von drunten knallen die Zündnadelbüchsen der preußischen Rekruten herauf, die leichte Rauchwolke fliegt von der Mündung, und verfliegt in die Lüfte, so leicht, so vergänglich wie Macht und Herrlichkeit der Erde. Nur eins ist geblieben, den Kelten, Römern und Germanen gemeinsam. Steige hinab die Treppe vom Fürstensaal, hinüber durch den Hof und hinein in die gemauerte Rotunde, wo eine freundliche Kellnerin den edlen Gerstensaft credenzt. Cerevisia, ein edler echter keltischer Klang, den die lätinischen Regimenter gewiß nicht ohne „Gebrauchsanweisung“ von den Galliern übernommen haben; er gilt auch heute noch dort oben, galt wenigstens als wir das letztemal in der Rotunde saßen.

Kein neues Schloß, aber, vielleicht noch schöner, ein weit leuchtender Trümmerkranz zieht sich um die Kuppe des Hohen-Neuffen.[2] Der Name muß althochd. Nîfa geklungen haben, ein zweisilbiges Räthsel. Will man eine Lautstufe weiter hinaufsteigen, so ergäbe sich etwa ein keltisches Nêpa (wie der Rhein, Rîn aus Rênus), mit dem aber ebensowenig anzufangen ist. Zwischen den Jahren 1234 und 1255 hat dort oben ein lustiger Vogel gepfiffen. Von diesem Berg nemlich schreibt sich der Minnesänger Herr Gotfrid von Neifen, von dem uns noch eine gute Zahl Lieder erhalten

[1] Toles, tumor in faucibus, sagt Festus. Isidor aber: Toles lingua gallica dicitur, quas vulgo tosillas vocant, qua in faucibus turgescere solent. Weiteres bei Dief. Or.

[2] c. 1100 Manegolt de Nifin, c. 1150 Egino comes de Nifen; seit 1206 oft Niffen (St. 2,571); 1219 H. de Nifa, K.

ist. Eines der kürzeren und leicht verständlichen mag im Urtext in der Note stehen.[1] Ein zweites läßt uns ahnen daß es auf der rauhen Höhe droben mitunter recht gemüthlich zugegangen. Der Ritter Gotfrid muß die Kindsmagd machen und singt also:

Geht es den ganzen Sommer lang
So fort mit meinem Kinde,
So wollt' ich eh'r ich wäre todt,
Mir wird im Herzen angst und bang;
Zum Reigen bei der Linde
Soll ich nicht gehn, o schwere Noth!
Wiegen wagen, giegen gagen! ach wann will es tagen?
Herzchen, Herzchen, liebes Herzchen, schweig, ich will dich wagen.

Amme, nimm das Kind zu dir
Daß es nicht mehr weine;
Nimm's, so lieb als ich dir bin,
Lindre meine Bürde mir,
Du kannst mir alleine
Trösten meinen trüben Sinn.
Wiegen wagen, giegen gagen! ach wann will es tagen?
Herzchen, Herzchen, liebes Herzchen, schweig, ich will dich wagen.

Die benachbarte Teck zeigt schon darin etwas fremdartiges daß, wenigstens meines Wissens, das Volk ein wirkliches t oder th spricht, einen Anlaut den die schwäbische Mundart sonst nur in einigen Fremdwörtern kennt. Ist diese Beobachtung richtig, so ist Ableitung von die Ecke, d'Eck vornweg unmöglich; denn sie würde ein klares „Deck" ergeben. Zum zweiten widerspricht dieser Erklärung das Alter des Namens.[2] Zum dritten haben wir eine Masse Ortsnamen mit Eck, Egg, Egge u. s. w., alte und neue; aber in all diesen erscheint das Grundwort stets im Dativ: An, auf, unter der Ecke u. s. w.[3] Ja wenn einmal der Reutlinger sagt: „ich wohne an der Tachel," dann soll Teck = die Ecke sein.

[1] Diu nahtegal diu sanc sô wol,
daz man irs iemer danken sol,
und andern kleinen vogellîn.
Dô dâht ich an die frowen mîn.
diu ist mîs herzen künigîn.

[2] a. 1152 castrum Thecce, 1219 B. v. Dekke, 1249 Thekke, K.; Stäl. 2,293; ob.

[3] So heißt gleich das nahe Boll (Göpp.) a. 1321 Bolle unter der Egge.

Bis jetzt wohnen sie an der Achel. Von anklingenden keltischen Namen wüßte ich nur etwa den gallischen Ort Dec-etia (auf der P. T. Degena) beizubringen.

Der Gedanke läßt sich schwer abweisen daß noch manche unsrer heimischen Berghöhen neben den Trümmern zerfallener Burgen auch die Trümmer einer längst zerbröckelten Sprache bewahrt hat bis auf diesen Tag. Namentlich die Bergnamen der oberschwäbischen Hochebene, des Hegau und des südl. Schwarzwalds wollen uns immer wieder so fremd und sonderartig anmuthen. Bei Riedlingen der weitschauende Bussen[1] mit seinen Römerspuren enthält schwerlich das alte gothische s statt des spätern althochd. r in seinem Namen, ist also nicht etwa mit dem schwäbischen Burren zu vergleichen. Auch die Albhöhe südl. vom Ursprung der Fils heißt der Bussen, und die mittlere Höhe des Bergzugs zwischen Tübingen und Wurmlingen der Bußbuckel. Früher soll der Bussen auch der Schwabenberg, Schwabe, mons suevus geheißen haben (ob), gleichsam die Ergänzung zum schwäbischen Meer, das man von seiner Höhe aus leuchten sieht.

Schon oben erwähnt wurde der Hohentwiel. Nördlich von ihm liegt in nächster Nähe der Hohenkrähen und Mägdeberg, nordwestlich der Hohenhöwen und Neuhöwen; südwestlich von Spaichingen, dem Lupfen benachbart, der Hohenkarpfen.[2]

[1] a. 805 in Pussone, 892 Pusso, K.; 889 in p. Eritgewe in loco qui dicitur Pusso; Stäl. 293.295; 1300 ze dem Bussen — — diu hinder burg — — diu vorder burg, H. Urb; 1314 die burg die man nennet den Bussen, Schm. Zs.

[2] Der Hohen-Karpfen ist Andeutschung aus Calpfen; a. 1050 Calpfen, Fickl. I, 99; c. 1090 de Calphe; ferner Kalphen bi Husen (bei Hausen ob Verena) M. 9, 203. Genau so hieß der Karpfenbühl bei Neuffen früher Kalverbühl. Es war nämlich ein Wallfahrtskirchlein oben, ein Calvarienberg. Dem Hohenkarpfen läge ein Calpa, Calapa zu Grunde. In der Verlegenheit bringe ich hier auch die Oberamtsstadt Calw unter, a. 1037 Adelbert. comes de Kalewa, 1075 Calwa, St.; K.; 1245 de Kalwe, Schm. Zs. Ptol. nennt eine britische Stadt Calêva, später Calleva, Caleba genannt; eine zweite britische Stadt hieß Galava. Ein Kallenberg a. 1334 in der Gegend von Münchingen (Eßl. Lagb.); ebenso hieß eine abg. Burg a. d. Donau, im Hohenzoll., a. 1253 Kaln-, Kallenberc, 1256 Callinberc, M. 2, 81. 96. Bei letzterem muß natürlich auch an „Kahler Berg" gedacht werden.

Die ganze Gegend um den Höwen und Twiel her heißt das Hê-gau, Hegau. Denn so und nicht Höhgau ist zu schreiben. Würde der Name einen hohen Gau bezeichnen, dann hieße er Hochgau, Hohgau, oder schwäbisch Hau-, Häugau (wie Hauenstein, Häuberg). Ohnedem haben wir ja unten die urkundlichen Formen. Es ist der Gau der um den Höwen sich lagert.[1]

Stat nigerrimi basaltis
Mons et arx.

Der Twiel und seine Umgebung bis gen St. Gallen hin ist auch nichtschwäbischen Lesern eine heimische Stätte geworden, seit J. V. Scheffel mit dem Stabe des Dichters an den klingenden Stein schlug, daß ein breiter Strom von Poesie sich über jene Gaue ausgoß in seinem „Ekkehard." Im 10. jh. heißt der Berg in den latinisirenden Chroniken Duellum (a. 1005), Duellium (a. 973), sodann deutsch Twiela, Tviel, F. K.; c. 1080 munitio Twiela. St. 2, 26. Im Kanton Zürich gibt es ein Hohentwiel, ein Hohetwiel und zwei Hotwiel. Diese gothische und althochdeutsche Lautverbindung tw erlischt vollends im Mittelhochdeutschen und geht in zw und kw über;[2] wir finden im Kanton Zürich auch einen Ort Zwiel.

Der Hohenkrähen ist schwerlich ein deutscher Krähenberg; nach ihm nennt sich a. 1221 Diethalm de Craige, M. 2, 87.[3]

[1] Der Hohen-Höwen; a. 1226 de Hewe, 1258 de Hewen, Schm. Zh. Der Hegau heißt a. 787 in pago Egauinsse, Wartm. 111; 806 Hegduvi (offenbar verschrieben), 866 Heegewa, 995 Hegou, 1096 Hegowe. Wir dürfen ein ursprüngliches Hewi-, Hewa-gau vermuthen. Ein andrer Hegau liegt in Bayern zwischen Rednitz und Tauber um die Ehe her, einen Nebenfluß der Aisch; er heißt im 8. jh. Egewi.

[2] Gothisch tvai ist schon althochd. zwei; althochd., mittelhd. twerg = Zwerg; ahd. twer. = quer, daneben aber auch Zwerchsack, Zwerchfell u. s. w. = Quersack. Hierher gehören auch die verschiedenen Zwehrenberg; ein Brunnen bei Herrenalb heißt a. 1270 Twerinbrvnen, M. 1, 97.

[3] Vielleicht liegt das kelt. crag = Stein zu Grunde (Dief. Or. 117). Hier kann man vielleicht auch die Kraich unterbringen, welche im Ob. Maulbronn entspringend zum Rheine geht und dem Kraichgau den Namen gab, a. 1023 in p. Chreigowe. Krähenberg (Wang.) a. 866 Chreginberc, K.; St.; 1143 Creigeberc. K. — Graneck (Herrenb.), abg. Burg bei Ent-

Für den Mägdeberg habe ich gar kein altes Citat gefunden; indeß vergl. man Möckmühl.

Der Vollständigkeit halber seien noch die Vogesen genannt, französisch les Vosges, ein sonderbar schwankendes Namengebilde. Cäsar kennt das Gebirge als Quelle der Maas: Mosa profluit ex monte — Vosego oder Vogeso, denn schon hier schwanken die Lesarten.[1] Eine griechische Schreibung ist Barsegos, entschieden falsch für Bôsegos. Inschriftlich erscheint Vosegus, die P. T. hat Vosagus. Lucan dagegen schreibt Vŏgĕsus, das neben Vogasus auch später noch erscheint. Dagegen herrscht in den deutschen Quellen vom 7. jh an Wosagus, Wosegus, Wosogus vor. Daraus wurde später leicht der Was-gau, sowie der sagenberühmte Waskenwalt und Waskenstein des Nibelungen- und des Walthari-liedes. Vosegus scheint die richtige Form, welche auch dem französischen vosges zu Grund liegt, und fast scheint es als wäre das neudeutsche Vogesen aus diesem vosges hervorgegangen.

ringen; a. 1037 Graf Hugo de Creginecka (wenn das nicht Crauinegge = Grafeneck heißen soll, Schm. Pf.); später wird Kreinecke neben Hildrizhausen erwähnt, vergl. jedoch WF. IV, 108). Keltisch ist das gewiß nicht alles.

[1] Ein gallischer Personenname heißt Vesagus, aber gleichfalls mit den Varianten Vesegus, Vesogus, Vosegus, Vogesus, Z. 755. Der Stamm Vos erscheint noch in dem Ort Vosava der P. T., unterhalb Mainz.

XIV. Windisch. Winnenden.

Daenen mit den Winden
sich liezen ouch dâ vinden.

Scheinbar an keltisches Vindonissa, Vindobona und ähnliches mahnen die Windisch-Orte im fränkischen Wirtemberg und die verschiedenen Winnenden.[1] Diese Namen aber stammen weder

[1] 1) Winnenden (Blaub.) c. 1155 (spätere Copie) Gvineden, 1171 predium in Winede, K.; 1501 Winiden, Reysch. 319. 2) Winnenden (Saulg.), 3) Michel-Winnenden (Waldsee), a. 1220 de Winidon (2 oder 3), 1222 C. de Winedin (= 3) K.; St. 4) Winnenden (Waibl.), a. 1181 Wineden, K.; 1193 G. de Winede, Schm. ZH.; 1210 castrum Winden, 1280 de Wineden; c. 1250 Stat ze Winden (Gottfrid v. Neifen); 1427 Wynneden Burg und Statt (die Burg ist das jetzige Filial Bürg, eine zweite frühere Burg ist das jetzige Winnenthal, d. h. Winnenden im Thal). 5) Althenwineden a. 1085 hieß ein abg. Ort bei der Theuerzer Mühle (Gaild.), K. I, 395; noch a. 1363 genannt (WF. VI). Wahrscheinlich nahe dabei lag 6) das abg. Windeneich, a. 1085 Undeneich, K. I, 395. — 7) Heufelwinden (Gerabr.), a. 1350 Winden. 8) u. 9) Nieder- u. Ober-Winden (Gerab.). — Ein Berg bei Neuffen heißt der Wenneder Berg, von einem abg. Hof: 10) Winden, a. 1434 der Hof zu Winden ob der Stadt zu Neifen gelegen, St. II, 576. 11) Wennedach (Bib.) a. 1260 Diethold v. Winegen; auch Winneden, Winnenden geschrieben, ob. — Dazu noch: Windisch-Bockenfeld u. Windisch-Brachbach (beide Gerabr.), Windischenbach (Oehr.), Wendischenhof (Künz.), endlich Pfedelbach (Oehr.), das a. 1364 Windeschen Phedelbach heißt, WF. VI, 272. (vielleicht ist das heutige Windischenbach darunter verstanden). Lautlich würden sich noch fügen: Wenden (Nag.), Wendenhof (Aal.), Wendenreute (Saulg.). Eine wendische Spur zeigt sich vielleicht auch in dem (gegensätzlich benannten) Teutschenhof bei Lauffen am Kocher (Gaild.), während der Deutschhof (Riedl.) eher auf einen Personennamen zurückgehen kann. Solche Unterscheidung ist bekanntlich anderwärts sehr gewöhnlich, Böhmisch-Brod und Deutsch-Brod u. s. w. (Brod = Furt). Auch im alten Wendenland, im Fürstenthum Rügen, fand und findet sich diese Unterscheidung, z. B. Wendisch Bag-

von Kelten noch Vorkelten, sondern mit ihnen tritt ein neues Völkerelement in unser Gebiet, das slavische, wendische. Slaven im südlichen Wirtemberg, um die Quellen der Rieß und der Schussen! Gewiß; genau dort, wo man neusterdings die ältesten Spuren menschlicher Rasse auf wirtembergischem Grunde gefunden, dort finden wir die späteste Einwanderung eines fremden Volkes auf unserem Boden (wenn man von Waldensern und ähnlichen Einspringlingen absieht). Das Wunder ist nicht so groß, sobald man ähnliche Erscheinungen des Mittelalters vergleicht, wie z. B. die flämischen Siedlungen bis nach Siebenbürgen hinein.[1] Slavische Stämme haben bekanntlich halb Deutschland bedeckt, slavische Sprache tönt noch in einzelnen Theilen Sachsens und Preußens, slavische Ortsnamen gehen durch Thüringen, Sachsen und ganz Niederdeutschland zwischen Elbe und Weichsel, und selbst im östlichen Hannover, im Kreise Lüchow, im Wendland, ist die Mundart der slavischen Drevjanen und Glinjanen erst in diesem Jahrhundert erloschen.[2] Ein großer Theil des preußischen Adels trägt slavischen Namen und in Gotthold Ephraim Lessing klingt germanische, semitische und slavische Zunge. Die Zeit, da der slavische Name in deutschen Chroniken erscheint, ist ungefähr dieselbe, wo er furchtbaren Klanges an Byzanz vorüberrauschend sich bis zur Südspitze des Peloponneses ausgoß. Ist doch die Halbinsel Morea, diese südlichste Mark der „Sklaboi," nur ein und derselbe Name mit ihrer damaligen Nordmark, mit Pommern,

gendorf, Dudeschen Gotzekow (Deutschen Gutzkow) u. s. w. Man hat dort eine Beobachtung gemacht, die sich vielleicht auch anderwärts wiederholen möchte, daß die Bezeichnung Wendisch und Deutsch später öfters in den Gegensatz von Klein und Groß übergieng. Vergleiche das treffliche Werk von Otto Fock, Rügen'sch-Pommer'sche Geschichten aus sieben Jahrhunderten. Leipzig 1861—65. Bd. I, S. 120.

[1] Ich verweise hier auf das schöne Werk von Emile de Borchgrave, Histoire des Colonies Belges qui s'établirent en Allemagne pendant le 12. et 13. siècle. Bruxelles 1865.

[2] A. Hilferding, „Die sprachlichen Denkmäler der Elbslaven." Aus dem Russischen von J. E. Schmaler. Bautzen 1857. Das neueste in der Sache sind die „Bemerkungen über die Sprache der lüneburger Polaben," von C. T. Pfuhl (Beitr. z. vergl. Sprachf. v. Kuhn und Schleicher 5, 194 ff.).

beides heißt zu deutsch das Seeland, das Land am Meer.[1] Zum erstenmal aus deutschen Quellen tauchen die Slaven oder Wenden auf an der oberen Elbe a. 623, wo sie bereits Sclavi, cognomento Winidi genannt sind (Zeuß, D. 636 ff.).[2] Daß die Bekanntschaft eine sehr genaue, in Zeit und Raum sehr ausgedehnte wurde, weiß man aus der Geschichte des deutschen Reichs; daß sie aber auch auf wirtembergisches Gebiet sich ausgedehnt hätte, ist meines Wissens noch nirgends festgestellt worden; auf der Versammlung der deutschen Alterthumsforscher in Reutlingen, im Jahr 1862, wo ich den Satz aufstellte, fand ich wenig Beifall.[3] Selbst die Oberamtsbeschreibung von Oehringen, 1865 erschienen, unterläßt es, das auffallende Windeschen Phedelbach von a. 1364 anzuführen. Welcher Art die Berührung zwischen Deutschen und

[1] Morea, jetzt ἡ Μορέα, früher aber, und auch jetzt noch ὁ Μορέας, Μοραίας, Μορεᾶς, vom slavischen more Meer (keltisch mor, daher die Aremorici in Gallien, die am Meer wohnenden). Die Pomorjanen aber die Leute po-moro, po-moran, längs dem Meere (vergl. Fallmerayer, Gesch. der Halbinsel Morea I, 240—342 und Buttmann 60 ff.). Das haben schon unsre alten Chronisten gewußt: Morim pagus Slavicus a Venedico (wendisch) vocabulo More denominatus, de quo in Vita S. Ottonis Episcopi Bambergensis scribitur: Barbarorum natio, quae Morim vocatur, in vastissima sylva ad stagnum mirae longitudinis (Chron. Gottvicense. Es ist damit die Gegend zwischen der Oder und der Havel in Süd-Mekkenburg gemeint). Ein zweiter slavischer Gau Moracia, Morasson lag südlich dem ersten beim jetzigen Havelberg, und dort finden wir noch heute die Slavenstadt Belegast, wie einst die Franken auf dem slavisirten Peloponnes eine Stadt Beligosti fanden. (Vgl. Wolgast.)

[2] Schon zu den Alten war Kunde slavischer Stämme gelangt. Plinius nennt die Venedi, Tacitus (Germ. 46) Veneti, Ptolemäus Venedai; sodann Jornandes Winidae, die Peut. T. Venedi, Venadi. Althochdeutsch heißt der Angehörige dieser Rasse Winid, mhd. Wint, Winde, angelsächs. Veonodas. Im 13. jh. erscheint mhd. der slave, griech. Sklabos u. Sklabenos (Slovenen), latein. Sclavi, Sclaveni, Sclavini (Dief. Or. 205). Das althd. Winid wird glossirt mit Vandalus, Avarus; ferner „huni et winida, sclâvus et avarus; windischer, slavicus.“ Endlich noch ein merkwürdiges Wort: „a venetiduno, i. e. a sclavi monte.“ (Graff 1, 892.) Mit diesem Venetidunum hätten wir noch ein weiteres Beispiel zu dem keltischen dûnum und zugleich, vielleicht einzig in ihrer Art, eine slavisch-keltische Namenbildung. Auch die Uebersetzung dunum — mons ist merkwürdig. Wo lag der Ort?

[3] Erst in der Nr. 110 des Schwäb. Merkurs 1867 habe ich die Sache wieder angeregt.

Slaven vorherrschend gewesen, geht schon daraus hervor, daß der Name jener fremden Rasse dem Deutschen ein neues Wort für den leibeigenen Knecht wurde. Der Sklave ist der kriegsgefangene und verkaufte Slave.[1] So nennen die Güterverzeichnisse des Klosters Fulda Slaven, und zwar als Volksname, unter ihren Dienstpflichtigen in einer Reihe von Ortschaften, und heißt (a. 958) einer dieser Orte Winatsazen, d. h. Gesäße, Ansitz der Winden, ein zweiter Eitenwiniden, beide im Salgau. Ein dritter Ort heißt Winidoheim.[2] Die unten gegebenen Beispiele von Zusammensetzung des Winidon mit deutschen Personennamen, Ernst, Adelhart, Rudhart, Reginhart, Walchram, Wolfher, Gerhard, Kozzo, Reinhard (= Reginhart), Poppo, Razzo, Brozzo, scheinen darauf hinzuweisen, daß diese Slavendörfer bestimmten deutschen Herren pflichtig waren.

Auch am Unterharz, in der Gegend von Mansfeld, erscheinen leibeigene Slaven (a. 973) in deutschen Dörfern, „quas sclavuanicae familiae inhabitant," und eine Urkunde von a. 993

1 Allgemeiner wird das Wort erst im 17. jh. Der Schlave, bei Moscherosch, die Schlavin, im Simplicissimus. Doch erscheint der slave als Knecht auch in zwei Stellen der mittelhd. Zeit. Die Einschiebung des k ist entweder eine gelehrte Erinnerung an die byzantinische Benennung Sklaboi oder einfach eine lautliche Erleichterung, vielleicht genau dieselbe, welche sich die Griechen erlaubten, indem sie Sklaboi statt Slaboi sprachen (letzteres in der Voraussetzung, daß Sla- die slavische Urform ist).

2 Ferner: Ernesteswiniden im Aischthal (die Aisch fließt südlich von Bamberg von Westen her in die Rednitz), Adalharteswiniden a. 905, Ruthardeswiniden a. 1034, Regenharteswineden a. 1057, Walahrameswinida a. 908, Wolfheresvinidon a. 979 (wenn das Wolferschwende südlich von Sondershausen ist, so ist's ein neuer Beweis, wie vorsichtig man bei Deutung von Ortsnamen zu verfahren hat; wer würde diesen Namen nicht mit bestem Gewissen auf das altdeutsche Schwende = Waldabtrieb zurückführen? Uebrigens heißt ein ganzer Gau im Schwarzburg-Sondershausischen im 9. jh. Vinidon = zu den Winden). Gerhartiswindin a. 1151, Kotzenwinden a. 1225. Sicherlich hierher gehören noch im Aischlande die heutigen Orte Reinhardswinden, Poppenwind, Ratzenwinden, Brodswinden u. a., wohl auch Burg-Windheim. Dazu noch Moinuvinida (und -viniden, = Winiden am Main, a. 874), Nabawinida a. 863 (an der Naab), und, etwas fernab Nidarun Winida in Kärnten. — Das Fuldaische Bronnzell, jämmerlichen Angedenkens, lautet urkundlich Premestescella, später Promcella (F.), worin Vilmar einen slavischen Namen vermuthet.

führt sogar die Namen solcher Eigenen auf, in denen wir das bekannte slavische — itzsch zischen hören.[1] Wenn ferner a. 955 zwölf „sclavische Familien" mit ihren dortigen Gütern genannt werden, in der villa Spileberg quae etiam alio nomine Sibrouuici (= Sibro-vicus oder Sibrowitz?) dicitur, in marca quoque quae Smeon nominatur (Schmon bei Querfurt), so ist vielleicht dieses Smeon ein slavisches Wort; das Dorf Sibro-vici aber scheint mir ein sorbisches (serbisches) Dorf zu sein.[2] Das Land um die Rednitz- und Aisch her heißt a. 846 kurzweg die terra Sclavorum, qui sedent inter Moinum et Radantiam fluvios, qui vocantur Moin-winidi et Ratanz-winidi, und a. 889 mit deutscher Endung Moinvinida et Radanzwinida.[3] Sogar in den Flußnamen Rednitz, Pegnitz, Wernitz, möchte jemand, wenn auch mit Unrecht, slavische Zischlaute hören.[4]

Am oberen Main beginnen von Rechtswegen die „böhmischen Dörfer," aber auf bairischem Boden. Da ist im Bezirksamt Tirschenreut, wo des unvergeßlichen Schmellers Vater seine Körbe flocht, der Ort Leugast (urkundlich Lubegast, entsprechend dem Liebe-

[1] Riedauuizi, Drogolisci, Siabudisci, Osutiscie, Cedlisciani (Zedlitz).

[2] Serben, Sorben nennen die Wenden sich selbst. Der Name ist vielleicht erhalten in der Stadt Zerbst (früher Zirwisti) und in Zörbig (früher Zurbizi). Vielleicht ist auch die Spree nichts anderes als der Serbenfluß. Schwürbitz (bair. Amt Lichtenfels), a. 1220 Swerbiz, identisch mit Servitza, Serfidsche jenseits des Balkan, ist wohl auch = locus Serbicus.

[3] Neben dem obengenannten thüringischen Gau Vinidon wird a. 966 auch ein pagus Culm genannt und eine villa Culmnaha. Das sind slavische Wörter so gut, wie das bairische Kulmbach (das noch 1521 Culminach heißt). Es ist das in böhmischen Ortsnamen so häufige chlum, Diminutiv chlumek, chlumetz und bedeutet einen Berg. Es kehrt in den verschiedenen Formen, Kulm, Chulm, Chlum, Chelm, Chlomin, Golm, Gollmitz, in dem hellenischen Chlumutzi u. s. w.

[4] Die Pegnitz a. 912 Paginza, 1021 Pegenza; die Rednitz im 8 jh. Radantia (latinisirt), dann Ratanza, Ratenza, a. 1069 Retneza: die Rezat a. 786 Rethratanze, offenbar mit der Ratanza zusammenhängend; Rezat vielleicht Umstellung aus Retratanz, Retratz. Die Wernitz heißt im 9 jh. Warinza. Man vergleiche mit diesen Endungen das Costenz, Costnitz, welche der Deutsche aus dem römischen Constantia Constanz herausbildete. Der Analogie wegen erinnere ich hier an die Weschnitz (in den Rhein bei Lorsch), die im 8 jh. regelmäßig Wisgoz heißt (die Form Regnitz statt Rednitz hat ihre Analogie in Einsiegel, statt Einsiedel und ähnlichem). (Vgl. noch Z. 760.)

gast im Kreise Hoyerswerda), ein ganz gemüthlicher Klang auf jenen Höhen des baierischen Walds, denn es heißt zu deutsch die Lindenkneipe, das Wirthshaus zur Linde, ursprünglich wohl eigentlich „unter den Linden," wie man in dem weiland slavischen Berlin sagt.[1] Kirche und Wirthshaus sind und waren allzeit und allerwärts die Grundfesten und Mittelpunkte socialen Zusammenlebens; sie verhalten sich wie Krummstab und Kaiserscepter, und halten Leib und Seele des Volks zusammen, ohne daß vorderhand viel Aussicht auf einen vernünftigeren Dualismus wäre. Daß es übrigens jedesmal der Teufel gewesen, der neben die Kirche das Wirthshaus setzte, läßt sich urkundlich nicht nachweisen. Solcher slavischer „Krüge" oder bairischer „Krügln" gab es noch mehr in dem allzeit durstigen Bajuvarenland; so zwei Schorgast, beide nahe bei Leugast. Das ist wohl derselbe Name, der anderwärts als Zschornegosda erscheint, wendisch zarny gosd, d. h. die schwarze Schenke (wie Montenegro = Tschernagora = die schwarzen Berge). Deßgleichen Trebgast (früher auch Treuegast), das wir wohl billig mit dem slavischen drowo (gothisch triu, englisch tree) = Holz, Wald, zusammenstellen. Andere entschieden wendische Namen der Gegend sind villa Slopece in pago Ratenzgowe, a. 1024; Selbitz (a. 1035 Silewize); ferner im Bezirksamt des Jean Paul'schen Wunsidel der Ort Redwitz (a. 1338 Redewiz), wo man, den Erzeugnissen eines berühmten Poeten nach zu schließen, heute noch kein Deutsch versteht.[2] Schmölz (Amt Kronach), a. 1194 Smoulnce, erinnert bedeutend an Smolensk.

Als weitere slavische Klänge jener Gegend nennt Zeuß (D. 650 f.) noch Küps, Kronach (das an sich allerdings auch deutsch sein könnte),[3]

1 Wendisch lipa, die Linde, daher Leipzig und andere Namen; das slavische goscz heißt Gast, daher gospoda die Herberge, wie denn der Ortsname Gosda mehrfach erscheint; daraus -gast. Fernere Beispiele sind Gorgast, Dobergast, Salgast, Wolgast, Dargast. Hierher gehört vielleicht sogar das badische Antogast.

2 Dieser und ähnliche Namen, Radowitz, Ratibor u. s. w., hängen viell. mit dem slavischen Gotte Radgost, vulgo Radegast, zusammen. Ein Gott der Dichtkunst war er nicht.

3 In Vogtendorf bei Kronach in Oberfranken ist am 22. Juli 1806 J. Kaspar Zeuß geboren († 10. Nov. 1856), zehn Meilen entfernt von dem Geburtsorte Schmellers. Dieser eines Korbflechters, jener eines Maurers Kind.

Graiz, Mitewitz (wendisch mutniza = trübes Wasser? Buttm.), Mödlitz, Zedlitz (polnisch siedlisko = Wohnsitz, altdeutsch sedel), Scheslitz, Zwernitz, Oelsnitz (wendisch wolscha, poln. olsza, Erle), Döberschütz (dazu Döberlitz), Döberein, Kulmain, Dölnitz; Namen welche sich noch um einige Duzend vermehren ließen. Von diesen Höhen des Frankenwalds, vermuthet Zeuß, seien die Wenden etwa im 7. jh. an die Rednitz und Aisch hinabgezogen. Mir liegt daran sie noch weiter zu verfolgen, bis an die wirtembergische Grenze.[1] So liegen westlich und östlich von der oberen Tauber Herrnwinden und Reinswinden, südlich der Tauberquelle Grimschwinden; nordwestlich von Ansbach Colmberg (s. Kulmbach);[2] um Ansbach herum Bernhardswinden, Brodswinden, Wolfartswinden, Eglofswinden, nördlich von Feuchtwang Windshofen. Im Badischen, südwestlich von Mergentheim, liegt nah unsrer Grenze Windischbuch. Häufige Namen auf echt slavischem Boden sind Kadolz, Kadöll, Kadlez, Kadlub und ähnliche; vielleicht darf man damit Kadolzburg bei Fürth und Kadolzhofen bei Rothenburg a. d. Tauber verbinden (Urkunden fehlen mir; ein deutscher Personenname kann freilich ebenso gut zu Grund liegen). Zwei merkwürdige Bildungen sind die Orte Dorf-Prozelten und Stadt-Prozelten, beide am Main zwischen Miltenberg und Aschaffenburg. Richtigere Schreibung scheint Brodselten oder Brodselden, und da erinnert die erste Silbe an das so häufige slavische Brod, Brody in Galizien, Deutsch-Brod, Böhmisch-Brod, Eisenbrod in Böhmen, die preußischen Sabrod, Brodsack, Dolzenbrod u. s. w. Das böhmische und polnische brod, wendisch

[1] Die neun mit Windisch- zusammengesetzten baierischen Ortsnamen liegen in den Bezirksämtern Cham, Schwabach, Miltenberg, Naila, Neustadt a. W. N., Kulmbach, Gunzenhausen, Bamberg. Von den verschiedenen einfachen Winden wird wohl auch eins und das andere hierhergehören.

[2] In einer so slavischen Umgebung darf man sogar bei einem Namen wie Schorndorf (bei Schillingsfürst, östl. v. d. Tauberquelle) der sonst gebotenen Erklärung aus dem Deutschen eine Möglichkeit slavischer Deutung zur Seite stellen, um so mehr als ein zweites Schorndorf auch in jener so vielfach windischen Gegend des Landgerichts Cham liegt. Das Wort erinnert nämlich an eine Menge slavisch-deutscher Ortsnamen (Sorno, Zschorne 2c.), welche auf das slavische zarny, czarny = schwarz, zurückgehen (vergl. oben Schorngast).

brody, aber heißt die Furt, und das würde für die beiden Main-Orte trefflich passen. Das selden wäre dann irgend eine Verstümmlung einer slavischen Endung.[1] So hatte ich combinirt und geschrieben, und es mag stehen bleiben als Warnung für männiglich. All diese Finessen verschwinden vor der einfachen, erst spät von mir gefundenen Thatsache, daß die älteste Schreibung Bratinshelda, und a. 1275 Bratshelden lautet (Bavaria 4, 553), was auf einen deutschen Personennamen Brato führt (Bratins Halde oder Bratins Selde, Salida?).

Auch so aber bleibt noch genug, um kaum einen Zweifel zu lassen, daß die oben genannten Windisch-Brachbach, Windisch-Bockenfeld, Windisch-Pfedelbach, Windischenbach und Wendischenhof im nordöstlichen Wirtemberg nur die Fortzweigungen jener wendischen, sei's freiwilligen, sei's gezwungenen, Colonien sind. Leider ist nur von einem dieser vier Namen eine ältere Form zuhanden. Wohl aber fällt mir das Wort Bockenfeld auch sonst auf: auch in Baiern an der Tauber, nahe ihrer Quelle, liegt ein Bockenfeld. Hat sich in diesem k der slavische Name der Buche erhalten, buk, der im wendischen Preußen gegen vierzigmal erscheint und in der galizischen Bukowina = Buchwald uns allen bekannt ist? Die Gegend zwischen Fulda und dem Main heißt das Grabfeld (a. 756 pagus Grapfeld u. s. w.), dieselbe Gegend aber (genauer die westlicher liegende) wird vom 8. jh. an Boconia, Bochonia, Buconia u. s. w. genannt. Diese Buconia gieng später ebenfalls in dem Namen Grabfeld unter, als nemlich (wie K. Roth, Beiträge I, 11. sagt) ihre Buchenwaldungen verschwanden und Fruchtfelder an deren Stelle traten. Sehr natürlich; denn das wußten die Leute dort nicht, daß Grabfeld auch nichts anderes hieß als Buchenfeld, Bukowina. Die slavischen Colonisten des Klosters Fuld waren es offenbar, von welchen der Name des Gaues stammt; grab ist das wendische Wort für die Rothbuche (böhmisch hrab, polnisch grab, doch geben die Wörterbücher auch Weiß-, Hagebuche u. a.). So heißt eine preußische Stadt noch jetzt bei den

[1] Der Brodesender Krug bei Lamspringe (Hildesheim) heißt a. 1018 Brodesende, ob deutsch, ob slavisch?

Wenden Grabin (auch der Name Grabow, Grabowitz [Gräfenitz?] gehört hierher, polnisch grabina heißt Weißbuchenhecke), die Deutschen aber übersetzen das mit Finsterwalde. Leicht möglich daß unsere obigen zwei Bockenfeld wendische grab-felder oder bukfelder sind.

Im Oberamt Gerabronn liegt ein Ort Dörrmenz. Seine ältere Form Dörmitz, Dürrmitz (ob.) scheidet ihn vollkommen von Dürrmenz (Maulbr.). Stäke auch hier ein slavischer „Stumpen," ähnlich den Namen Drewitz, Drewnitz u. s. w., die vom slavischen drewo, drowo Holz, Gehölz (gothisch triu) stammen? oder von dem dazu gehörigen drewniza, Herdstätte, Holzherd?[1]

Gegen die gruppenweise stehenden Windisch-Orte heben sich die verschiedenen Winnenden[2] doppelt ab, durch ihre Vereinzlung und durch ihr weiteres Vordringen. Daß einzelne wendische Colonien gezwungen oder freiwillig sich über die allgemeine Linie hinaus verloren, wird an sich nichts unglaubwürdiges haben; Vorgänge dieser Art bieten alle Zeiten und alle Völker. So finden wir in der That ein Windenreuthe bei Emmendingen im Breisgau, ein Hachinga quae aliter Winidum nuncipatur a. 1010, im südöstlichen Baiern (F.), ein Winiden, Winden a. 1085, welches wahrscheinlich einem der beiden Winden im bairischen Amt Pfaffenhofen entspricht (F.)[3] Endlich soll der Wirmsee im 9. jh. auch Winidouwa heißen (windische Aue; F. 1544).

Ein Wunder an Gestalt und Verbreitung ist der Name Gies-

[1] Zu bedenken ist jedoch das althd. turniz, mhd. dörntze, durnitze, die Badstube, Wärmestube, Stube (Haupt, Zeitschrift 3, 89); aber dieses selbst will slavisch klingen und sieht genau aus wie das obige drewniza (vergl. noch Schmeller 1, 398). — Kaum für deutsch halte ich auch die Theuerzer Sägmühle nahe bei dem oben genannten abgegangenen Althenwineden; der Ort heißt a. 1085 Tiurizis. Ebenso auffallend ist der Ort Kerleweck (Hall), der in Ermanglung eines Bessern einstweilen an die zahlreichen slavischen Karlovec, Karlovic, Karlowiz ꝛc. erinnern mag.

[2] Das Wort ist Dativ Pluralis; althd. der Winid (Plur. die Winidâ, der Winidô, den Winidum, -om, -on, -en) mhd. Wind, zuo den Winden; davon das Adject. windisch. Man nannte die fremde Ansiedlung nach deutscher Ortsbezeichnung dâ ze den, dâ zen Winidun u. s. w. Winidoheim ist Winidô heim, die Heimstätte der Winden.

[3] Ein Haching und ein Winden liegen bei München.

übel (Güßhübel, Kieshübel, Gißübel ꝛc.). Förstemann (D. O.) zählt solcher Punkte in Böhmen 7, in Mähren 2, in Steiermark 3, in Niederösterreich 2, im Regierungsbezirk Liegnitz 2, in Nassau 1, in Hessen-Starkenburg 1, am badischen Oberrhein 2, in Oberfranken 1, in Meiningen 1, in Ober- und Niederbaiern je 1. Nein, der Name ist viel häufiger; in H. Rudolphs Ortslexikon Sp. 1267 f., 1275, 1429 finde ich ihn 34mal, und dazu kommen wohl noch eine Reihe von Zusammensetzungen, wie Berg-Gießhübel in Sachsen. Auch in Baden, der Schweiz, in Wirtemberg findet sich das Wort als Ortsname,[1] und dann in ganz besonderer Bedeutung. Das Statut der Stadt Biberach a. 1438 besagt: „Wer ein Handgelübde nicht hält, soll bei Wasser und Brot acht tag in den Güßübel und dann aus der Stadt geschafft werden." (Schmid, Schwäb. Wörterb.). In Regensburg heißt ein Gefängnißthurm der Gißübel (Schmell. 2, 75). Das hängt wohl zusammen mit einer noch specielleren und anmuthigeren Seite dieses Instituts. Es war nemlich der Gießübel ein hölzerner Kasten über dem Wässer mit einer Fallthüre, durch welche man „leichtfertige Weibspersonen" sagt der Baier Schmeller, „Huren" sagt der Schwabe Schmid, zur Abkühlung in das Wasser tauchen ließ. Das war freilich ein übles Gießen, aber was hätte diese Ableitung mit all jenen Ortsnamen zu thun? Oder was will das vorherrschend niederdeutsche Hübel in all den genannten Gegenden? Oder wie konnte jemals Gieß aus Kieß entstehen, und so unabänderlich durch alle Mundarten setzen?[2] Gerade die verhärtete Lautform, in welcher

[1] zum Geyssübell a. 1424, abg. Hof bei Züttlingen, W. F. VI, 79. Güssübl, Zehntbezirk des Stifts Oehringen zw. Luzmannsdorf und Rüblingen, W. F. VI. In der Schweiz ist der Ortsname Gieshübel, Giesübel häufig, in älterer Form Gissübel, Gisubel. Meyer (Zürich) erklärte es als Kieshubel = Kieshügel; dagegen erinnert J. Petters (Germania 4, 377) an althd. giozo, mhd. gieze und hübel, niederdeutsch hövel = Hügel. Aber was soll das niederd. Wort in Oberdeutschland?

[2] Einzelne Fälle solcher unorganischen Verrückung sind immer möglich. So gibt es in Eßlingen eine Kiesmauer, schon in älteren Zeiten Kißmur genannt, aber ursprünglich, a. 1350 Güssmauer, ein Damm gegen die Ueberschwemmungen, die Güsse des Neckars (Pf. Eßl. 79). Althd. das gussi, mhd. die und das güsse, ist stehendes Wort für Ueberschwemmung.

das Wort durch Mittel- und Ober-, West- und Ostdeutschland, durch slavische und deutsche Provinzen geht, läßt auf einen fremden Ursprung schließen, auf ein angedeutschtes Barbarenwort, dem seine Unverständlichkeit das Leben rettete. War es vielleicht ein Strafort, Gefängniß oder dergleichen in windischen Gemeinden, woran sich dann die deutsche Strafe des Wassertauchens anschloß?[1]

Wieder in Franken, südwestl. von Hall liegt das Oertchen Bubenorbis, a. 1278 Bubenurbes und -urbis, 1475 Bůbenurbes (M. 3,411), 1596 (Gadner) Buebenurbs; vielleicht auch ein windisches Trümmerstück.[2] Auch das südwestl. von Bubenorbis gelegene Prevorst bei Gronau (Marbach) ist merkwürdig und der nach ihm benannten „Seherin“ wollten wir herzlich gerne ihre abgeschmackten Visionen sammt und sonders erlassen haben gegen die eine zuverlässige Offenbarung über Herkunft und Bedeutung jenes Namens.[3]

In einem Seitenthälchen der oberen Fils, im Oberamt Göppingen, liegt bescheiden versteckt das Oertlein Auendorf. Wer aber in einem älteren Staatshandbuch nachschlägt, der muß unter dem Buchstaben G suchen. Der Ort heißt nemlich von Alters her Ganslosen; maßen aber dieser gute Name dem thörichten Volk der nähern und fernern Nachbarschaft, ja zuletzt von Dan bis Bersaba, von Friedrichshafen bis Mergentheim, Anlaß zum Lachen und übler Nachrede gab, und weil, wie man sagt, am Ende keine

[1] Ein Ort in Mähren heißt deutsch Gießhübel, slavisch kyselow; ein anderer in Siebenbürgen trägt ebenfalls den Doppelnamen Gießhübel und Kis-Ludas; einer in Ungarn heißt Kis-Iblye. In der Steiermark liegt ein Güßkübl.

[2] Man vergl. Worbis und Breitenworbis, die mehrfachen Würben und Würbitz, Wurbis (Worbis) in Sachsen u. a. Orbis in Rheinbaiern heißt a. 1214 Orbeiz (K. 563). Am slavischen Obermain führt Zeuß auf (D. 648): Worbis, früher Worbizi, Worbiz. Diese Namen hängen wohl zusammen mit dem böhmischen wrba Weidenbaum, wrbowi Weidengehölz. Das o in Bubenorbis ist fränkische Mundart. Das Buben aber, doch wohl deutsch, hatte vielleicht einen verächtlichen Klang, war Schelte gegen das windische Gesindel, die windischen Schälke oder Knechte? Die Wörterbücher zeigen daß diese Bedeutung des Wortes im Mittelalter die vorherrschende war.

[3] Prevorst heißt der Ort schon lagerbüchlich; andere Zeugnisse gehen mir vollständig ab. Das t könnte, wie in Jagst u. s. w., späteres Anhängsel sein; aber was ist dann Prevors, Brefors?

Pfarrfrau mehr ihrem ehlichen Gemahl in das Oertlein folgen wollte, so ward eines Tages verkündigt daß der Ort fürder Auendorf geheißen und Friede im Land sein solle. Uns wird es erlaubt sein den früheren Namen noch einmal leise zu flüstern, um so mehr als wir glauben den Urgrund der alten Spötteleien aufdecken zu können. Was nemlich den Urahnen der Auendorfer das erste Aergerniß und die Quelle aller späteren vielleicht fünfhundertjährigen Prügeleien war, das ist die ungerechte und böswillige Verstümmelung ihres alten ehrlichen Namens und seine Beziehung auf einen im übrigen durchaus achtungswerthen Vogel. Das Dorf hieß nicht Ganslosen, sondern schon um das Jahr 1100 Gaslosen. So und Gafflosen schrieben sie sich noch lange nachher.[1] Nach Sulzer's Chronik I, 30 übergab nemlich Cuno v. Lenningen c. 1100 dem Kloster Zwiefalten „apud Gaslosen sacellum et mansus sex, quae tamen postea, utpote in medio nationis pravae et perversae sita" vertauscht worden seien. Später muß eine Lesart G a s t l o s e n aufgekommen sein, denn ein Bericht vom Jahr 1535 erklärt den Namen des Orts daraus „weil viel Wirth und wenig Gäste daselbst gewesen." Auch wir allerdings haben dereinst das Quartier im benachbarten Gruibingen vorgezogen. Bei Gelegenheit eines den Ort betreffenden Vertrags zwischen dem Grafen Eberhard v. Wirtemberg und den Grafen v. Helfenstein (5 Aug. 1482) nennt Sattler (Grafen 3,188) den Ort Ganslosen, ohne jedoch die Urkunde mitzutheilen. Also den geistlichen Herren von Zwiefalten war sogar die geschenkte Kapelle nebst sechs Tagewerk Landes zu schlecht, „dieweil inmitten eines verderbten und widerborstigen Volkes gelegen?" Hatten die Sticheleien und Prügeleien damals schon begonnen? hatte einer der Herren selber seine witzige Zunge nicht gehütet? — Ueber all das schweigen die Urkunden, mir aber sind jene Worte bedeutsam. Der Name Gaslosen

[1] s. 1207 in Gaslosun, 1383 Gaslosen, 1389 Gaslousen, letzteres die schwäbische Aussprache ganslausĕ. Der Ort kommt sonst noch vor c. 1182 und 1421, St. II. III. Ueber wendische Ortsn. auf -ojze (anderwärts -witz) vergl. Pott, Perf. N. 397. Sollte das l in Gaslosen noch zum Stamme gehören, so vergleiche man etwa das wendische Nossidlojze, verdeutscht Roßdorf.

ist ein blankes Räthsel, ein Unicum wie — Bubenorbis. Unter den wenigen deutschen Ortsnamen überhaupt, welche mit Gas—, Gaß—, Gast— und dergleichen anlautend nicht sonst sich erklären, fallen mir die zwei bairischen Gastenfelden auf bei Schillingsfürst und bei Herrieden (südwestl. v. Ansbach), also genau in der Gegend wo es von wendischen Namen wimmelt. Slavische Namen auf —gast auslautend sind bekanntlich ungeheuer häufig (Schorngast, Wolgast u. s. w.). Aber auch im Anlaut erscheint die Silbe (Gastgrund in Pommern, Gastdorf in Böhmen, Gastrose an der Neisse,[1] ferner Gaschowitz, Gaschwitz, Gassnitz u. a.). Für die ganze Form Gaslosen weiß ich nun allerdings keinen slavischen Namen anzugeben den man zu Grunde legen könnte, aber zwischen slavischem und deutschem Ursprung scheint mir die Wage mindestens gleich zu stehen. Ich stelle mir eine versprengte Wendenhorde vor die eines Tages sich in das abgelegene Albthal einbaut oder leibeigen hineingetrieben wird und dort jene Götter und Penaten aufstellt, an deren weitberühmte Tempel dereinst die Wogen der Ostsee schlugen, ihren Swjatowit und Triglaff, ihren Radegast und Juthrbog, ihre Belbog und Tschernibog.[2] Doch mochte ihnen räthlich erscheinen mit dem Glauben der Väter, keine Pracht und Hoffahrt zu treiben, denn die heilige Mutter Kirche hat in solchen Dingen keinen Spaß verstanden und pflegte auch den Getauften noch auf die Finger zu sehen, sie mochten Wenden oder Germanen heißen. Fremd in Erscheinung, Sprache, Brauch und Sitte saßen die Verstoßenen unverstanden und unheimlich unter dem rauhen Alemannenvolk, eine natio prava et perversa, ein schlechtes, widerhaariges Gesindel für die correcte Orthodoxie alemannischen Staats- und Kirchenlebens, ein Aergerniß und Gespötte der Nachbarn bis zum heimischen Namen ihres Hüttenlagers herunter. So etwa möchte ein Poet sich die Leinwand grundiren, wenn er die Gestalten vergangener Jahrhunderte in jene Thäler zurückrufen wollte. Sollte aber einem Auendorfer von heute auf Grund unserer Schil-

[1] Der Ort Lieberose in Brandenburg heißt wendisch luboras (Buttmann).

[2] Von diesen Göttergestalten wohl die Ortsnamen Schwantewitz, Zwednitz, Schweidnitz, Radegast, Ratibor, Ratzeburg, Triglaff, Jüterbok u. s. w.

derung das Gelüste kommen die Spiralgänge seines Stammbaums bis auf die Wurzeln zu verfolgen — ein kurzer Marsch an den mächtigen Höhen der Alb hin, an dem wasserspendenden Ditzenbach, dem lindenschattigen Ueberlingen vorbei führt ihn nach Geislingen, wo eben die Lokomotive auf kühngewundenen Pfaden von der Hochfläche niederbraust um ihn in reißendem Schwunge nach der Ostsee zu tragen. Dort mag er über den Bord des Dampfbootes gelehnt nach der versunkenen Märchenstadt Vineta suchen, der vielgepriesenen und nie ergründeten einstigen Metropole des großen Windenreichs. Und am Ende preist sich der Wanderer doch noch glücklich daß über sein schwäbisches Winida noch die Sonne auf und niedergeht, wenn es auch nicht gerade die Sonne Homers ist.

Und aber nach fünfhundert Jahren
Will ich desselbigen Weges fahren.

Register.

[1] Man vergleiche noch die bedeutsame Stelle aus dem Indicul. superstitionum: „de sacris silvarum quae *nimidas* vocant" (Graff II, 1090).

[1] Der Ort Perlach bei München ist wohl ganz identisch mit Bernlach, Bernloch u. s. w., etwa wie Pullach bei München gleich Bulach, Buchloh u. s. w.

CPSIA information can be obtained
at www.ICGtesting.com
Printed in the USA
BVHW070457220921
617192BV00011B/1240